Mels Entführung oder der fragile Frieden in Asien

KLAUS MICHEL

Mels Entführung

oder

der fragile Frieden in Asien

Bibliografische Information der Deutschen Nationalbibliothek:

Die Deutsche Nationalbibliothek verzeichnet diese Publikation in der Deutschen Nationalbibliografie; detaillierte bibliografische Daten sind im Internet über dnb.dnb.de abrufbar.

© 2022 Klaus Michel

Satz, Umschlaggestaltung, Herstellung und Verlag: BoD – Books on Demand, Norderstedt

Grafik: viper-zero/ Shutterstock.com

Lektorat Esther Haffner, Umschlaggrafik Ludger Otten

ISBN: 978-3-7562-9821-1

Kapitel 1

Jeder, der zur Inaugenscheinnahme von Yang Qianlings Villa Gelegenheit erhielt, erblasste angesichts des luxuriösen Immobilienobjekts vor Neid. Das von einer hohen Ziegelmauer umfasste und mittels Kameras überwachte Herrenhaus lag im Norden Pekings in der Nähe des sogenannten Ming-Gräberfelds.

Zahlreiche vermögende Chinesen nannten inzwischen Villen ihr Eigen, bevorzugt in idyllischer Lage außerhalb der Stadt. Dedizierte, *Developer* genannte Unternehmen bemühten sich, den Bedarf nach gehobenem Wohnraum zu befriedigen, auch wenn der nur sporadisch, beispielsweise an Wochenenden, einer Nutzung unterlag.

In der Regel kooperierten die Firmen mit der lokalen Verwaltungsorganisation, deren verantwortliche Beamte sie in dem Bestreben bestachen, ihnen geeignetes Bauland zu übertragen. Die sahen sich hinfort vor die Aufgabe gestellt, die das Land bewirtschaftenden Bauern umzusiedeln. Zwar stand denen eine Entschädigung zu, die sie theoretisch in die Lage versetzte, andernorts Land zu erwerben oder sich in alternativen Berufen zu betätigen. Dass die Kompensation den Betroffenen nur in Ausnahmefällen in voller Höhe zugutekam, kaum noch landwirtschaftlich nutzbare Fläche zur Verfügung stand und die unternehmerische Tätigkeit der ehemaligen Bauern oft ein Desaster nach sich zog, stellte ein Faktum dar, welches die Regierung allenfalls am Rande zur Kenntnis nahm.

Hatten sich die früheren Besitzer – oft unter Gewaltanwendung – absentiert, rückten umgehend die Baumaschinen an und ebneten die Häuser der Vorbesitzer ein. Gleichzeitig wurde um das gesamte Gelände eine unüberwindbare Mauer erbaut, die den Bauern einen Blick auf ihr einstiges Eigentum verschloss. Danach entfaltete sich auf der ehemaligen Ackerkrume rege Bautätigkeit. Im Eiltempo schossen je nach Lage und Grundstückspreis entweder Wohnsilos ins Firmament oder man errichtete Villen jeder Größe und Ausstattungsqualität. Die fluteten lange vor dem Fertigstellungstermin den Immobilienmarkt und finanzierten auf diese Weise ein zukünftiges Bauprojekt.

Obgleich der Verkaufspreis einer ständigen Steigerungstendenz unterlag, fanden sämtliche Objekte reißenden Absatz und sei es auch nur als Kapitalinvestition. In wenigen Jahren erzielten die Immobilien einen Preis, der die Einstiegskosten um das Mehrfache überstieg. Ein Geldvermehrungseffekt, der die chinesische Immobilienblase beständig anschwellen ließ.

Die Yang'sche Villa, obgleich von derselben Baufirma errichtet, stellte gleichwohl eine Besonderheit dar. Außerhalb des als *Garden* bezeichneten Wohnareals fand sie hinter einer eigenen Mauer Schutz vor von Neugier erfüllter Nachbarschaft. Ausgefeilte Sicherheitstechnik gewährte dem Anwesen Diskretion. Insofern Herr Yang einen zehnprozentigen Anteil an dem Entwicklungsunternehmen hielt und auf allen Ebenen über Regierungskontakte verfügte, bereitete ihm der Erwerb des begehrten Baulands nur geringe Mühe.

Das Gelände, auf dem das Villenviertel entstanden war, erstreckte sich von der Straße, deren Ausbau ebenfalls dem Bauunternehmen oblag, in Richtung eines nahegelegenen Bergareals, einem beliebten Naherholungsgebiet. Ein Zipfel des monumentalen Grundstückareals reichte in ein sich nach oben verjüngendes Tal, das für einen ausgedehnten Gebäudekomplex ungeeignet erschien. Zumindest nach Meinung Herrn Yangs, dem es die an dem Projekt Beteiligten von dem Faktum zu überzeugen gelang, das Gelände stehe ihm zu. Mittels Geldgeschenken sowie des Versprechens, das ortsansässige Bauunternehmen mit dem Bau des Traumhauses zu betrauen, sicherte er sich aufgrund des Einflusses der Baubehörde, deren Unterstützung sich besonders kostspielig erwies, das Areal, das über den gewöhnlichen Villen zu thronen versprach. Gleichwohl verzichtete er auf die Dienste eines chinesischen Architektenteams. Stattdessen verpflichtete er ein kalifornisches Architekturbüro, dem es die anspruchsvollen Wünsche des Bauherrn besser zu vermitteln gelang. Nach reger Bautätigkeit – dem Bauprojekt im Tal allzeit um Monate voraus – entstand ein Gebäudekomplex, der in China seinesgleichen sucht. Indoor- und Outdoor-Pools, ein Tennisplatz, Gärten mit Fischteichen sowie einem eigens angelegten Forst entsprachen exakt der Vorstellung von einem angemessenen Domizil für sich und den Familienverband, inklusive Unterkünften fürs Dienstpersonal.

Nach dem Einzug geizte er allerdings mit Einladungen in sein neuerrichtetes Heim. Folglich fühlte sich jeder Geschäftsfreund oder Beamte geadelt, wenn er die Pforte des Yang'schen Imperiums durchschritt. In der Gewissheit, dem gemeinen Durchschnittsbürger bleibe eine solche Ehre verwehrt, sicherten sich die Auserwählten mittels Unterstützung der intendierten Projekte die Freundschaft des Familienoberhaupts. Dessen Interessen galten weit gestreut. Sie umfassten Fabriken im gesamten Land, Logistikunternehmen, Handelshäuser sowie einige tendenziell zwielichtige Unternehmen. Beteiligungen in Übersee rundeten das Portfolio ab.

Jedermann erachtete Herrn Yang als weltoffenen Geist. Dank seiner Weltläufigkeit ergriff er Chancen auf jedem Kontinent. Freunde und ausländische Geschäftspartner nannten ihn Jack. Ein Studium in den USA sowie ausgedehnte Aufenthalte vor Ort hatten ihn an die nonchalanten Umgangsformen der Amerikaner herangeführt. In China lautete die korrekte Anredeform Lao-ban oder Präsident Yang. Sein gesamtes Imperium erschuf er innerhalb eines Vierteljahrhunderts mit eigener Hand. Ein staatliches Stipendium, das ihm ein Universitätsstudium im Musterland des Kapitalismus finanzierte, legte die Basis für den beruflichen Werdegang. Zusätzlich zu einer mit Auszeichnung erworbenen Examensurkunde, kehrte er mit zahlreichen Geschäftskontakten sowie einem bescheidenen, in den USA neben dem Studium erwirtschafteten Grundkapital ins Heimatland zurück. Statt wie kleinmütige Geister die Dollars in die Landeswährung Renminbi zu konvertieren, fand das Kapital Verwendung, um im Land der Väter Beziehungen zu knüpfen und für die Zukunft zu bestärken. Den Rest legte er in ausgewählten Projekten an.

Wie durch ein Wunder verwandelte sich jedes Unterfangen, dem sich Yang zu widmen begann, in pures Gold, das er generös mit den Förderern in den Amtsstuben zu teilen pflegte. Zumindest empfanden die Beschenkten die Zuwendungen als Beweis der Yang'schen Großzügigkeit. In dem Maße, wie sich die Geschäfte entwickelten, wuchs sein Ruf als erfolgsverwöhnter Entrepreneur.

Der Vater, obgleich Parteimitglied, gehörte lebenslang dem anwachsenden subalternen chinesischen Beamtenstab an. Er hatte immerfort versucht, dem Sohn konfuzianische Tugenden anzuerziehen und in eigener Person das vermeintlich korrekte Leben vorgelebt, das in aufopferndem Dienst am Vaterland bestand. Dass ihm der Staat eine solche Einstellung nur unzureichend vergalt, über diesen bedauernswerten Umstand sah der alte Herr großmütig hinweg.

Auch Jack Yang predigte Großzügigkeit, nach oben wohlgemerkt, insofern von unten wenig zu erwarten stand, gleichwohl erwartete er für die Großherzigkeit ein Äquivalent, selbst wenn er erst in der Zukunft daraus Nutzen ziehen konnte. Gleichzeitig akzeptierte er die Allmacht der Partei als unabdingbare Notwendigkeit. Indessen widerstand er sämtlichen Anwerbungsversuchen der Staatspartei, indem er sich als der Ehre unwürdig zu bezeichnen pflegte. Unterdessen mehrte er sein Vermögen zum eigenen und dem Wohl des Staates. Leider verstarb der Vater, bevor es Jack sein Unternehmen unter die Top Ten des Landes zu torpedieren gelang, ein Umstand, der ihm die Erfüllung des Herzenswunsches versagte, dem alten Herrn vor Augen zu führen, in welchem Maß das Leben auf Gegenseitigkeit beruht.

Als der Grundstock zu einem Imperium geschaffen schien, widmete er sich der weltweiten Geschäftstätigkeit, die ihn bevorzugt den Blick nach Nord, Mittel- und Südamerika richten ließ. Landauf, landab knüpfte er Kontakte an, wobei er anders als in China den Beziehungen weniger durch finanzielle Zuwendungen eine Basis schuf. Stattdessen schilderte er Freunden und Geschäftspartnern die überdurchschnittlichen Anlagemöglichkeiten auf dem chinesischen Markt. Sofern sie seine Einschätzung eines lukrativen Investments im Reich der Mitte teilten, versprach er zusätzlich großzügige Unterstützung vor Ort. Gleichzeitig demonstrierte er, wie ein Bürger Asiens typischerweise zu Werke ging. In Miami sicherte er sich eine zwanzigprozentige Teilhaberschaft an einem Logistikunternehmen, das nicht nur Bananen und andere Früchte aus den südlichen Nachbarländern zu importieren begann. Im Erfolgsfall plante er, die Beteiligung zu erhöhen und die Partner aus dem Unternehmen zu drängen. In der Regel begnügte er sich jedoch mit einem Anteil von achtzig Prozent. Angesichts einer derartigen Quote bemühte sich der Miteigentümer schon aus Eigeninteresse um das Gedeihen des jeweiligen Betriebs.

Anlässlich eines geschäftsbedingten Aufenthalts in den USA verliebte er sich in seine zukünftige Ehegattin Jane. Obgleich er unter Freunden bereitwillig den eigenen Lebensweg beschrieb, blieb die Vergangenheit der Angetrauten stets ein wohlgehütetes Familiengeheimnis.

  Als Janina Hagenholz hatte sie in einem winzigen Dorf im Harz in ärmlichen Verhältnissen das Licht der Welt erblickt. Im zarten Alter von achtzehn Jahren brannte sie mit ihrem damaligen Geliebten durch. Den Abschied von der Heimat befeuerte seitens des Freundes ein lebhaftes Interesse der Polizei an einer Unterhaltung mit ihm. Da eine solche Konversation hinter Gittern zu enden drohte, zogen sie das Land der unbegrenzten Möglichkeiten dem Harz als zukünftige Wirkungsstätte vor. Die Romanze währte nur kurz. Als Janina, die sich seit der Ankunft in der Neuen Welt des Vornamens Jane bediente, einem vermögenden Fitnessapostel in Miami in die Arme lief, endete das Liebesverhältnis jäh.

Nach zwei Monaten führte Darren Armstrong das blonde Mädchen aus *Germany* vor den Traualtar und beging das Ereignis mit über fünfzig Freunden in einem Kasinokomplex. An die Strände Miamis zurückgekehrt, verlor Jane allerdings sowohl die sportliche Leidenschaft am Surfen als auch die Zuneigung des Frischvermählten. Die Scheidung, annähernd so zügig vollzogen wie der Eheschluss, ließ Jane Armstrong mittellos in der Millionenmetropole zurück. Weshalb der charmante Chinese mit dem uramerikanischen Vornamen Jack, unverzüglich ihr Interesse fand, zumal er über nahezu unbegrenzte finanzielle Mittel zu verfügen schien. Einladungen in kostspielige Restaurants sowie in lauschige Clubs eröffneten ihr eine unbekannte Welt, die es umgehend zu erobern galt.

Blind vor Liebe und von Stolz erfüllt, mit einer blonden europäischen Schönheit den Bund der Ehe einzugehen, führte Jack sie vor den Traualtar. Da in China die Ehefrau den eigenen Familiennamen beibehält, hieß sie weiterhin Jane Armstrong. Jack kam dieser Umstand insofern entgegen, als der Name jedermann bewies, dass er eine Ausländerin seine Ehegattin nannte. Zwar stieg auch im Heimatland die Zahl der Mischehen an, allerdings wählten männliche Fremde meist ein attraktives Chinesenmädchen. Chinesen mit ausländischer Ehefrau stellten eine Seltenheit dar, ein Status, der Jack über die Masse der Mitbürger erhob.

Mit geschwellter Brust führte er die Angetraute in die Gesellschaft der Heimat ein. Sie dankte ihm die Zuneigung, indem sie ihm elf Monate nach der Vermählung eine Tochter gebar.

Im Allgemeinen ersehnen chinesische Familienväter, vor allem in ländlichen Regionen, bevorzugt männliche Nachkommenschaft, die sich in Ermangelung einer Altersversorgung später um das Elternpaar sorgt. Da die staatlich verordnete Einkindehe in der Regel einen zweiten Versuch verwehrt, versterben weibliche Babys meist schon im Säuglingsalter oder werden in Flüssen entsorgt.

Doch dank der internationalen Erziehung pflegte Jack einen differenzierteren Blick auf die Welt. Zudem stellte es für ihn zweifellos keine Schwierigkeit dar, die Beamtenschaft von der Notwendigkeit weiterer Nachkommen zu überzeugen. Kurzum, er liebte das kleine Wesen abgöttisch von der allerersten Stunde an.

Um seine Internationalität unter Beweis zu stellen, bat er Jane, einen westlichen Vornamen für das Kind zu wählen. Der lautete Melanie, verkürzte sich jedoch im Lauf der Jahre auf amerikanische Weise zu Mel. Da im Reich der Mitte auch ein chinesischer Name angeraten schien, nannte er das Baby Meilin, „schöner Wald", und nahm dabei Bezug auf den eigenen Rufnamen Qianlin, wodurch sich die Verbundenheit zu dem kleinen Wesen weiter vertiefte.

In China pflegen Ehemänner, vornehmlich der gehobenen Stände, nach angemessenen Ehefreuden das Interesse an der Angetrauten zu verlieren und beweisen ihre Männlichkeit bei Kolleginnen, Sekretärinnen oder einer Gespielin, die in einer diskreten Wohnung den Sinnesfreuden dient. Hier bildete Jack, möglicherweise dank der konfuzianischen Erziehung eine lobenswerte Ausnahmeerscheinung, insofern er sich weitestgehend außerehelicher Freuden enthielt, die Ausnahme bestätigt bekannt ich die Regel. Stattdessen genoss er die beschränkte Freizeit am heimischen Tisch. Überdies forderte Jane, in steter Regelmäßigkeit extensiv den ehelichen Pflichten zu genügen. Einem solchen Diktat unterwarf er sich gern. Der Blick in die strahlenden Kinderaugen Mels entschädigte für manchen Verzicht.

Leider stellte sich, trotz fleißigen Bemühens, kein weiterer Nachwuchs ein, weshalb er das Töchterlein um so mehr zu verwöhnen begann. Zuweilen begleiteten ihn Gattin und Tochter auf ausgedehnten Reisen, wobei er praktischerweise geschäftliche Obliegenheiten mit privaten verwob. Während er Verhandlungen in den oberen Etagen der New Yorker Partnerfirmen führte, flanierten Jane und Mel im Central Park. Insofern er die neiderfüllten Blicke der Mitmenschen genoss, zeigte er seinen liebevoll *Mädchen* genannten Damen die Welt. Bei diesen Gelegenheiten nahm er sich der Allgemeinbildung sowohl der Tochter als auch der Gattin an – die Schule im Harz hatte ihr höhere Bildung zu vermitteln versäumt.

Bald sah sich Mel in der Lage, sämtliche Hauptstädte der Welt zu benennen, und ordnete sie Ländern zu. Ihr erschloss sich die exotische Pflanzenwelt, sie erwarb Kenntnisse der Rassen dieser Welt. Asiatische Küche schätzte sie ebenso wie französische oder italienische Kost.

Auch der Spracherziehung Mels wies Jack hohe Bedeutung zu. Zu Hause galt die amerikanische Form des Englischen als obligat, wobei er stets im Auge behielt, dass sich niemals New Yorker Gassenslang in die häusliche Unterhaltung schlich. Jane kommunizierte mit der Tochter ausschließlich im deutschen Idiom. Außerhalb des Anwesens sowie mit den Dienstboten bediente Letztere sich des Chinesischen, weshalb sie bei Einkäufen der Mama als Dolmetscherin zur Verfügung stand. Zuweilen nutzte sie die sprachliche Überlegenheit zum eigenen Wohl.

»Mama, ich frage die Tante gern, wie viel sie für das Kleid verlangt, doch nur, wenn du mir ein Eis spendierst«, pflegte sie die Mutter zu erpressen. Wenn Jane abends solche Erlebnisse wiedergab, strich Jack der Kleinen liebevoll übers Haar und konstatierte, sie entwickle schon früh den notwendigen Sinn fürs Geschäft.

Nur die besten Kindergärten erachtete er für Mel als geeignete Stätte, sich gehobene Umgangsformen anzueignen. Später besuchte sie die internationale Schule, wobei er stets auf der Forderung bestand, dass die chinesische Spracherziehung der Tochter nie Vernachlässigung fand. Während das Kind allmählich heranwuchs, wies sie hervorragende Zeugnisse vor, wurde allgemein von den Lehrern gelobt und entwickelte sich mit der Zeit zu einer Schönheit, die den Liebreiz der Mutter noch übertraf. Sowohl Jack als auch Jane achteten darüber hinaus, dass sich Mel aufgrund ihrer hervorgehobenen gesellschaftlichen Position nie über die Mitschüler erhob. Indem sie in der Villa Spielräume schufen, ermunterten sie das Kind, jederzeit mit Klassenkameraden Umgang zu pflegen. Das Ansinnen gestaltete sich infolge der abgeschiedenen Lage des Yang'schen Anwesens diffizil. Deshalb verpflichtete Jack eigens einen Chauffeur, der der jauchzenden Kinderschar in einem Kleinbus Fahrdienste angedeihen ließ.

Einzig als Mel das Alter erreichte, in dem Mädchen das andere Geschlecht nicht mehr als lästige Plage erleben, kühlte sich das Verhältnis zum Vater zwischenzeitlich ab. Obgleich Jack der Tochter gesteigerte Aufmerksamkeit zuteilwerden ließ, vermochte er letztlich kaum mit den Jungen zu konkurrieren. Deshalb wählte er hinfort eine veränderte Strategie, die ihrem Interesse an Tanzveranstaltungen und Diskos Rechnung trug. Dass er zu solchen Gelegenheiten auch Fahrtdienste leistete, dankte sie ihm mit vermehrter Empathie. Das Angebot, sie auch in die Disco zu begleiten, wies sie gleichwohl zurück. Hinterher erging sie sich mit Freunden lachend über die Vorstellung, wie sich ihr alter Herr auf einer glitzernden Tanzfläche in Verrenkungen übte.

Dennoch zahlte sich die Offenheit gegenüber den Anliegen der Tochter aus. Eines Tages akzeptierte sie zögerlich das Angebot, auch Verehrern Zutritt in das Yang'sche Anwesen zu gewähren. Zudem forderte sie ihn ausdrücklich auf, ihr seine väterliche Meinung zu dem Jungen anzuvertrauen.

Fast brach er in erheitertes Lachen aus, als ihm der Angebetete, für den ihr Herz derzeit schlug, gegenüberstand. Dennoch übte er sich, auch wenn er bei Themen wie Popgruppen und Modefragen Unbewandertheit bewies, in artiger Konversation. In der Gewissheit, das Jüngelchen wisse die Ehre der Tochter zu wahren – kannte der überhaupt den Geschlechterunterschied? – überließ er geflissentlich die beiden im Wohnzimmer sich selbst. Am nächsten Tag vermittelte er dem Töchterlein auf diplomatische Art, Mädchen ihrer Altersgruppe interessierten sich seiner Ansicht nach für ältere Jungs.

Als sie allerdings einige Monate später ein weiteres Exemplar männlicher Ignoranz in die väterliche Villa lud, bereute er den voreiligen Rat. Der Lümmel wirkte, als könne er kaum erwarten, die Dessous der geliebten Tochter einer Inspektion zu unterziehen. In diesem Fall wachte er von Argwohn erfüllt über die Jungfräulichkeit des Töchterleins. Gleichzeitig bedrängte er den Jüngling mit Fragen nach schulischem Engagement. Die Zeugnisse demonstrierten einen ausgeprägten Hang zu außerschulischen Aktivitäten, die er bevorzugt in windigen Bars vollzog. Zu Hobbys befragt zählte er freimütig seine Lieblingsbeschäftigungen »Mädchen und mit Freunden rumhängen« auf.

Am Abend führte Jack ein dezidiertes Gespräch mit Jane über den Umgang ihres Töchterleins. Die entgegnete unbeherrscht: »Warum sprichst du, wenn du Kritik an ihr übst, statt von unserem stets von meinem Kind?«
Gleichzeitig wies sie ihn auf das Faktum hin, Mel habe bereits das Alter von achtzehn Jahren erreicht. *Na und,* hätte er fast repliziert, doch erschloss sich ihm der Aussage tieferer Sinn. Er fragte, ob sie ernsthaft die Möglichkeit erwog, dass sein Kind ... Den Satz ließ er unvollendet im Raume stehen.
»In dem Alter brannte ich mit meinem damaligen Freund nach Amerika durch«, erwiderte Jane.
Zurückhaltend offenbarte sie ihm, dass sich der Lauf der Welt nicht verändern ließe. Er müsse sich eingestehen, dass Mel allmählich die Kontrolle über das eigene Leben übernahm.
Noch höchst unzureichend, wie er innerhalb kurzer Zeit konstatierte, als er eine schluchzende unter Liebeskummer leidende Mel in den Armen hielt. Immerhin erschloss sich ihm, sie habe dem Burschen mit den einseitigen Hobbys einen Griff in ihre Dessous

verwehrt. Der hatte sich in der Folge an Mels Klassenkameradinnen delektiert. Jack enthielt sich der Frage, ob sie die Zurückhaltung auch gegenüber anderen Jungen beibehielt. Stattdessen hielt er sie in den Armen und genoss die Nähe, die sie ihm in letzter Zeit zuweilen vorenthielt.

Insofern Jane das Gespräch mit angehört hatte, lobte sie ihn hinterher, er finde stets den passenden Ton mit Mel.

Versöhnt umarmte er die Gattin und fragte, obgleich sich ihm die Antwort erschloss, höflich nach, ob das eheliche Pflichterfüllungsprogramm auch an einem Sonntagnachmittag Gültigkeit besaß.

Bevor Mel einen Abschluss der oberen Mittelschule, vergleichbar dem deutschen Abitur, erlangte, befragte er sie zu ihren Zukunftsplänen. In Andeutungen vermittelte sie ihm, sie strebe ein Studium in den Vereinigten Staaten an. Obgleich er das Lächeln beibehielt, erschrak er bei dem Gedanken, dass ihm eine Trennungsphase bevorzustehen schien. Angesichts der Vorstellung, wie die eigene Tochter ihr Leben in den USA auf sich selbst gestellt bestritt, setzte umgehend Bauchgrimmen ein. Vorerst verhehlte er die Beklommenheit und gab ihr stattdessen zu verstehen, ein Auslandsstudium stelle ihn zumindest vor kein finanzielles Problem.

Lächelnd drückte ihm Mel einen Kuss auf die Stirn. »Angesichts der Vorstellung, mich im Ausland zu wissen, befällt dich offensichtlich unsägliche Furcht.«

Indem er sie in die Arme schloss, vermittelte er ihr väterliche Sympathie. Zudem bat er um Verständnis, falls er sich als Vatergestalt möglicherweise zu beschützerisch verhielt. Einzig aus Vaterliebe lebe er in steter Sorge um ihr Wohlergehen.

Während sie ihm liebevoll in die Augen blickte, bekundete sie, die Zuneigung beruhe auf Gegenseitigkeit. Zugleich bestätigte sie, als Vater übe er Vorbildfunktion aus. Betrachte sie dagegen die Eltern der Klassenkameraden, vermittle sich ihr ein völlig abweichendes Bild.

Anschließend überraschte sie ihn mit einem unerwarteten Angebot. Sie fragte, wie er dem Vorschlag gegenüberstand, wenn sie nach erfolgreichem Schulabschluss noch ein Jahr bei ihm in China blieb und sich erst danach zu einem Studium ins Ausland begab. Das biete ihr Gelegenheit, die eigene Zukunft einer Analyse zu unterziehen. Aufgrund der Aussicht, das Töchterlein ein weiteres Jahr in seiner Nähe zu sehen, jauchzte er innerlich auf. Während er sie in die Arme schloss, versicherte er, der Vorschlag erwärme das väterliche Herz.

Kapitel 2

Mel Yang genoss ihr Dasein in vollen Zügen und völlig unbeschwert. Den Schulabschluss absolvierte sie mit einem Prädikatsexamen. Danach nutzte sie, wie mit Daddy besprochen, die Zeit, bezüglich der eigenen Zukunft Orientierung zu erstreben. Über das Faktum, dass sich das Bemühen um einen Platz im Leben vorwiegend auf Partys und in Diskotheken vollzog, sah er großmütig hinweg.

Zum zwanzigsten Geburtstag beglückte er sie mit einem flotten BMW-Coupé, mit dem sie die Straßen der Hauptstadt in eine Rennstrecke zu verwandeln begann. Strafmandate und Bußgelder beglich der alte Herr ohne tadelnden Kommentar. Mit dem Leiter der Distriktsverkehrsbehörde führte er ein ausgedehntes Gespräch, in dessen Verlauf er auf die Ungeduld der Jugend verwies. Der Beamte berichtete seufzend, dass ihn der eigene Sohn zuweilen in Ingrimm versinken ließ. Jack versprach umgehend und in glaubwürdiger Intonation, er nehme sich hinfort der Karriere des Jünglings an.

In Liebesdingen bewies Mel leider weniger Geschick. Seit der Abiturabschlussfeier verband sie eine Liaison mit Peter, dem Sohn eines Botschaftsattachés. Ebenso wie Mel verschob der den endgültigen Schritt ins Leben auf einen Zeitpunkt, zu dem das Auswärtige Amt den Vater in die Heimat zurückberief. Der Umstand gewährte dem Paar hinlänglich gemeinsame Zeit. Gleichwohl erschloss sich Mel, offensichtlich hatte sie ihn unter Alkoholeinfluss erwählt. Im Bett ermangelte es ihm an der notwendigen Kondition, befand Mel. Zwar verfügte sie, was Männer betraf, nur über einen beschränkten Erfahrungsschatz, doch brachten die Freundinnen völlig andere Geschichten zu Gehör.

Als er sie eines Tages in die verwaiste elterliche Wohnung lud und ihr – von Drogen berauscht – erstmals in der Beziehung zu befriedigendem Sex verhalf, ließ sie Peters Karriere als Liebhaber eine vorübergehende Gnadenfrist angedeihen. Hinterher fragte sie sich, hatte sie der Drogenrausch ins Paradies entführt oder seine verzweifelten Anstrengungen am weiblichen Unterleib.

Um der Liaison die notwendige Würze zu verleihen, ließ sie sich auf weitere Besuche ein, erteilte ihm allerdings zuvor einige grundlegende Lektionen in Lustbefriedigung. Bisher gipfelte die männliche Strategie in dem Bemühen, möglichst rasch die Ziellinie zu überqueren. Leider stellte er nur bedingt Lernbereitschaft unter Beweis, ein Umstand, der sich möglicherweise auf den Drogenkonsum zurückführen ließ. Als er eines Nachmittags nach einem zwar ungestümen, doch überaus kurzen Akt auf dem Wohnzimmerteppich in Morpheus Arme sank, fragte sie sich, während sie den verschwitzten Körper einer Betrachtung unterzog, was um alles in der Welt sie an dem Jüngling fand.

Aus dem Drogenrausch erwacht, eröffnete sie ihm zuvorkommend gleichwohl in der gebotenen Entschiedenheit, wie es ihrer Art entsprach, sie sehe die Beziehung als beendet an.

Peters Weltverständnis barst in Sekundenfrist. Er wimmerte, vergoss Krokodilstränen und versuchte sie gar mit Gewalt, zu einer Wiederholung zu bewegen. Als sie temporär dem Werben erlag, ersehnte sie eine abschließende Befriedigung. Als er jedoch abermals kläglich auf der Strecke blieb, beendete sie die Liaison zeitgleich mit dem ohnehin missglückten Liebesakt. Leider ließ sie sich hinreißen, auf sein schlaffes Glied zu verweisen und ihm ungehalten vorzuhalten: »Ich erachte dich nicht nur als Langweiler, sondern auch als Versagertyp.«

Sodann kleidete sie sich an und verließ ihn in dem Bestreben, die Wohnung nie wieder zu betreten.

Peter erlebte einen Zusammenbruch der Welt. Zornerfüllt brüllte er ihr verächtlich »Hure« hinterher und bediente sich der derbsten Tiraden aus einem Sprachschatz, den man in Botschaftskreisen mit Missbilligung zur Kenntnis nahm. Doch Mel hatte sich längst absentiert. Erzürnt betrachtete er das erschlaffte Glied, dem er mit der Hand Leben einzuhauchen trachtete. Doch auch das misslang. Der betrübliche Umstand beruhte in seinen Augen ausschließlich auf der Verweigerungshaltung des missratenen Weibs. Was fand er nur an ihr?

In den Folgetagen irrte er wie in Trance durch die Straßen der Stadt. Der Vater diente dem Heimatland in diplomatischer Mission, die Mutter suchte mit Diplomatenfrauen der Wohltätigkeit gewidmete Empfänge auf. Er schrieb ungestüme Liebesbriefe, die er jedoch noch vor der Fertigstellung dem Feuer übergab. In einem schwor er ewige Liebe, im nächsten glühenden Hass. Mel verwandelte sich in seinen Augen innerhalb Sekundenfrist von einem anbetungswürdigen, himmelsgleichen Wesen zu einer verabscheuungswürdigen Teufelin. Nur die Drogen verhalfen ihm vorübergehend zu einer entspannteren Betrachtungsweise zurück, wenngleich es ihm nie gelang, sie aus den drogeninduzierten Träumen zu verbannen.

Mel wiederum bereute bereits auf der Heimfahrt die allzu harschen Worte. Sie hatte Peter verletzt, ein Umstand, der keinesfalls in ihrer Absicht gelegen hatte. Sie wusste von seinem zartfühlenden Wesen. Was geschähe, wenn er sich von Hader erfüllt etwas zuleide tat?

In den nächsten Tagen versuchte sie sich an zahllosen Entschuldigungsbriefen, die sie letztlich alle dem Papierkorb übergab. Sie befürchtete, Hoffnung auf eine Wiederaufnahme der Verrenkungen auf dem Teppich zu wecken und verfehlte stets den passenden Ton. Doch schloss sie ein erneutes Ringen um Lust kategorisch aus. Sie wünschte, ihn nie wiederzusehen, niemals mehr die gierigen Hände auf dem eigenen Körper zu erspüren und seine überhasteten Bemühungen um Lust über sich ergehen zu lassen. Sie suchte nur ihr Gewissen zu beruhigen.

Um Peter eine Entschuldigung zu überbringen, sann sie über die

Einschaltung einer Freundin nach, verwarf den Gedanken jedoch. Im Grunde wünschte sie nur, die Episode falle alsbald dem Vergessen anheim.

Als ihr Vater beim Abendmahl eine bevorstehende Dienstreise nach Hongkong erwähnte, bekundete sie hoffnungsfroh, sie begleite ihn. Sie suchte Distanz zum durchlittenen Liebesleid. Zudem fühlte sie sich von dem Wunsch beseelt, Dad mit ein wenig Vaterglück zu behelligen. Der nahm die Idee begeistert auf.

Die geschäftliche Agenda in der vormaligen britischen Enklave reduzierte er auf das absolute Minimum. Stattdessen fuhr er mit dem Töchterlein auf den Peak, führte sie in exklusive Restaurants, bereicherte ihre Garderobe mit extravaganten Dessous und genoss in vollen Zügen das Glück einer Tochter, die sich ihm verbunden fühlte.

Am letzten Abend in der ehemaligen Kronkolonie delektierten sie sich auf einem Boot an einem exquisiten Mahl. Die skeptischen Blicke des Deckpersonals, das Mel für seine Geliebte hielt, ertrug er mit stoischer Distanz. Wenn ein Kellner den Tisch passierte, legte er demonstrativ den Arm um sie.

Leider blieb ihm nach der Rückkehr in die Hauptstadt kaum Zeit zum Genuss des Familienglücks. Die Geschäfte riefen in einer Lautstärke, die umgehende Aufmerksamkeit anempfahl. Unglücklicherweise absorbierte ihn auch am Wochenende die Mehrung seines Kontostands. Stattdessen suchte er nach einer Möglichkeit, sich während der Woche um Mel zu bemühen.

Am Montag, dem sechsten August, traf Mel eine Verabredung mit ihrer Freundin Jenny, einer Australierin, die nach eigener Aussage soeben ein Tief in einer Liebesbeziehung durchlitt. Mel hoffte lediglich, sie ergehe sich nicht den gesamten Tag über die Niedertracht des männlichen Geschlechts. Das fehlgeschlagene Abenteuer mit Peter bereitete ihr weiterhin Seelenpein, rief ihr schmerzlich das Liebesdebakel in Erinnerung.

Als Mel gegen zehn Uhr den Schlüssel des BMW in der Hand das Haus verließ, fragte Jane, ob sie zur Abendtafel zurückzuerwarten sei. Mel bestätigte eine Heimkehr bis spätestens achtzehn Uhr.

Gleichwohl wartete Jenny vergeblich auf Mel. In einem Café übte sie sich mit Schulfreunden in trivialer Konversation. Zwar rief das Ausbleiben Mels Verwunderung hervor, denn sie galt allgemein als Pünktlichkeit in Person, indessen hielten sie die euphorischen Gespräche am Tisch von Rückfragen per Mobiltelefon ab.

Jane erinnerte sich des Versprechens der Tochter, sie kehre um achtzehn Uhr nach Hause zurück. Zudem rief sie sich in Erinnerung, in welchem Maß Jack die Stunden mit dem Töchterlein genoss, namentlich vor der bevorstehenden Ausreise in die USA. Deshalb wählte sie kurz nach neunzehn Uhr Mels Mobilfunknummer, um in Erfahrung zu bringen, wann mit ihrem Eintreffen zu rechnen sei. Gleichwohl konstatierte sie, dass die Tochter offenbar erneut die Speicherzelle des Mobiltelefons aufzuladen vergessen hatte. Eine Computerstimme informierte sie, das Gerät sei außer Betrieb. Sie maß dem Umstand jedoch nur untergeordnete Bedeutung bei. Zuweilen enthielt sich Mel jeglicher telefonischer Kommunikation und versäumte auch nicht zum ersten Mal das häusliche Abendmahl.

Da Jack ebenfalls verspätet das Haus betrat, thematisierte sie das Ausbleiben Mels erst um neun. Auch er unternahm Versuche, sie auf dem Mobiltelefon zu kontaktieren, erzielte jedoch das gleiche negative Resultat.

Erst um elf befiel ihn Sorge ums Töchterlein. Zwar kehrte Mel auch in der Vergangenheit zuweilen verspätet nach Hause zurück, doch hatte sie bisher jede längere Abwesenheit zuvor erwähnt. Im Falle einer Verspätung pflegte sie stets die Eltern zu informieren. Ohne Entschuldigung auszubleiben, widersprach ihrer zuvorkommenden Art.

In dem Wissen um Mels Verabredung unterbreitete Jane den Vorschlag, bei der Freundin nachzufragen, wo sich Mel befinden mochte. Sowie Jack den australischen Akzent in Jennys Stimme vernahm, trat auf seinem Antlitz ein zufriedenes Lächeln hervor. Als sie jedoch von dem geplatzten Treffen zu berichten begann, bildeten sich Sorgenfalten auf der väterlichen Stirn. Auch Jenny räumte ein, ohne Begründung einer Verabredung fernzubleiben, widerspreche Mels Wesensart.

Gemeinsam riefen sie sämtliche Freundinnen der Tochter an. Niemand hatte Mel an dem Tag erspäht.

Schließlich versuchte Jack sein Glück bei Peter Landwerk, Mels Ex-Freund. Jener wusste nur von dessen Rolle in Mels Liebesglück und zeigte nicht zum ersten Mal Verwunderung über Mels Geschmack, was Männer betraf. Gleichwohl hatte er sich klugerweise über Liebesdinge mit ihr auszutauschen versagt. Er hielt die Beziehung ohnehin für eine vorübergehende Liaison, die spätestens dann ein Ende fand, wenn sie sich zum Studium nach Amerika begab.

Peters Intonation klang diffus unartikuliert. Offensichtlich hatte er sich Alkohol zugeführt. Allerdings keimte Hoffnung in ihm auf, als er im Hörer Jack Yangs Stimme vernahm. Bediente sich Mel, um eine Versöhnung anzubahnen, der vermittelnden Vatergestalt? Als der jedoch zu erfahren begehrte, ob er Mel am selbigen Tag ansichtig geworden sei, verneinte er nur. Zudem erachtete er es unter seiner Würde, Jack die Trennung zu offenbaren. Er unterdrückte auch die Intention, ihm entgegenzuschleudern: »Woher soll ich wissen, in welchen Gassen die Hure herumvagabundiert?« Stattdessen versicherte er, er kontaktiere ihn, sobald sich ihm Mels Aufenthaltsort erschließe. Er erbot sich sogar, bei sämtlichen Freunden nachzufragen.

Nach dem erfolglosen Telefonat blickten sich Jack und Jane fragend an. Beiden stand die Sorge ins Antlitz geschrieben. Während sie sich noch das Gehirn zermarterten, wer über Mels Verbleib Auskunft zu erteilen vermochte, erscholl ein Klingeln des Telefons auf der Anrichte im Flur. Da nur wenige Menschen die Nummer kannten – Jack bemühte sich, der Familie einen Rest Privatsphäre zu bewahren – gingen beide von der Annahme aus, nach dem Abheben Mels Stimme zu vernehmen, die für ihre Verspätung um Entschuldigung bat. Jack trug sich bereits mit dem Gedanken, keinesfalls eine weitere lauwarme Rechtfertigung zu akzeptieren. Sie hatte die Eltern in Sorgen gestürzt, das sollte sie verstehen.

Er nahm den Hörer ab und meldete sich, wie in China üblich mit »Wei«.

Statt der Stimme des Töchterleins vernahm er aus dem Apparat den barschen Befehl, Jack möge schweigend lauschen. Ein Fremder informierte ihn, seine Tochter sei das Opfer einer Entführung geworden. Falls er die Polizei um Unterstützung ersuche, kehre sie niemals zurück.

Unvermittelt verspürte er einen eisigen Schauer auf der Haut, vernahm im Hörer ein Klicken und anschließend tatsächlich Mels Stimme: »Dad, ich bin wohlauf. Bitte komm umgehend seinem Begehren nach.«

Er wünschte soeben nachzufragen, wo sie sich befand, als erneut ein Klickgeräusch erklang, das ihm vermittelte, er hatte einer Tonbandaufnahme gelauscht. Schließlich vernahm er abermals den Anrufer: »Keine polizeiliche Ermittlungsarbeit. Um unsere Forderungen zu übermitteln, kontaktieren wir Sie in Tagesfrist.« Nach einem weiteren Klick senkte sich Stille über den Raum.

Während Jack sprachlos mit dem Hörer in der Hand verharrte, versuchte er, die überbordende Gedankenflut zu bezähmen. Die Vorstellung, dass sich die Tochter in Gefahr befand, drängte er zunächst zurück. Die fremde Stimme klang noch in den Ohren nach. Eine barsche, herrisch fordernde Intonation. Bis ihm ins Bewusstsein trat, sowohl der Anrufer als auch Mel hatten sich des Chinesischen bedient. Da die Familie im Allgemeinen Konversationen auf Englisch bestritt, nur mit der Mutter kommunizierte Mel im deutschen Idiom, wähnte Jack, der Entführer habe Mel zur Nutzung der Landessprache gedrängt. Möglicherweise blieb ihm eine Fremdsprachenkenntnisse vermittelnde Bildung versagt.

Erst nach Minuten der Kontemplation und einem kräftigenden Schluck eines alkoholischen Destillats erschloss sich ihm die Bedeutung des Telefonats. Die allesgeliebte Tochter befand sich in den Händen eines Missetäters. Sein Hirn wiederholte den Gedankengang wie in einer Endlosschleife. Er widerstand der Versuchung, das Glas an die Wand zu schmettern. In verzweifeltem Groll verspürte er den Wunsch, dem Geiselnehmer Schmerzen zuzufügen, fühlte den inneren Drang, dem Töchterlein zu Hilfe zu eilen. Ihn erfüllte das Verlangen, in den Wagen zu springen, um dem Entführer nachzusetzen, ihn mit eigenen Händen ins Jenseits zu befördern.

Stattdessen zwang er sich Ruhe und Gelassenheit auf. Er rief Liu Wei, seinen Assistenten, an. Ohne weitere Erklärung forderte er ihn zu umgehendem Erscheinen auf. Der kannte Jack zwar als friedfertiges Individuum, doch die angespannte Stimmungslage vermittelte ihm das Gefühl, dass er sich möglichst jeglicher Rückfrage enthielt.

Als Liu nach einer Stunde das Yang'sche Anwesen betrat, hatte Jack zwar zum einen die Contenance so weit wiedererlangt, um nüchterne Erklärungen abzugeben, doch innerlich kochte weiterhin der Zorn in ihm, drohte, jederzeit erneut hervorzubrechen.

Indem er die missliche Situation beschrieb, wartete er auf Vorschläge, wie sich dem Missetäter entgegentreten ließ, als ob Liu zu sagen wüsste, wen er der Entführung zieh und wie sich ihm das Mädchen entreißen ließ.

In dem intuitiven Wissen, welche Erwartungen Jack mit der Frage verband, seufzte Liu. Er riet, die Drohungen ernstzunehmen, zumindest vorläufig Verzicht auf den Einsatz der Polizei zu üben.

Nickend gab Jack zu verstehen, er schließe sich dessen Meinung an. Gleichwohl zeige er Bereitschaft, annähernd jeden Betrag für die Befreiung Mels aufzubringen.

Lius Vorschlag schien zwar bei Weitem prosaischer, doch vermochte ihn Jack nachzuvollziehen. Beim nächsten Telefonat gelte es, die Stimme auf Tonband zu bannen. Zudem empfahl er, ein

Gerät zum Einsatz zu bringen, mit dessen Hilfe sich die Anrufernummer ermitteln ließ.

Jack fragte, ob eine Möglichkeit bestünde, auch den Standort des Anrufers herauszufinden. Liu schüttelte das Haupt. Dazu bedürfe es der Mithilfe der Polizei und China Telecom. Doch rate er nochmals vorerst zu Verzicht auf die Einbindung der Ordnungsmacht.

Jack wusste, auf welche Sorge sich der Assistent bezog. Bei früheren Entführungsfällen hatte die Staatsmacht ausschließlich auf das Begehren abgezielt, die Missetäter zu inhaftieren. Der Errettung eines Entführungsopfers wiesen sie eine mindere Prioritätsstufe zu.

Nach mehreren Anrufen Lius wurde im Morgengrauen die notwendige Technik installiert. Janes Nerven zeigten sich derart überspannt, dass sie nur noch schluchzende Laute von sich gab, der Aufforderung des Gatten, sich zur Ruhe zu begeben, jedoch widerstand. Der zwang sich – einen dritten Cognac in der Hand – zu äußerer Gelassenheit.

Jack beharrte auf dem Entschluss, das Telefon jederzeit im Auge zu behalten. Selbst zur Toilette begab er sich in der Furcht, den nächsten Anruf zu verpassen nur zögerlich. Schließlich ließ Herr Liu überall im Hause Klingeln installieren, wodurch ein Klingelgeräusch bis in den Garten vernehmbar blieb, falls er sich nicht zu weit von der Villa entfernt befand.

Überdies stellte er eine Armee von Vertrauten auf, die ausschwärmten, um Mels Bekannte zu befragen. Im Verlauf der Konversation erwähnten sie den Entführungsfall mit keinem Wort. Gleichwohl wusste in Kürze jedermann in der Stadt, dass Mel ein Schicksalsschlag traf. Indessen wurden die Diskussionen nur hinter vorgehaltener Hand geführt. Yangs hervorgehobene gesellschaftliche Position garantierte, dass niemand in der Öffentlichkeit mögliche Probleme in seinem Hause thematisierte.

In den nächsten Tagen durchlebten Jack und Jane ein gefühlsbedingtes Wechselbad. In einem Augenblick hingen sie der Überzeugung an, die Entführer hätten Mel bereits vom Leben zum Tode befördert. Dann sahen sie das Mädchen in Wachträumen durch die Wälder irren. Sie befreite sich aus den Händen der Peiniger und es schien nur noch eine Frage der Zeit, bis sie wohlbehalten das Yang'sche Anwesen betrat. Bei sämtlichen Geräuschen schreckten die geplagten Eltern auf. Doch überfiel sie stets Entmutigung, wenn die Tochter nicht vor ihnen stand.

Beide schliefen nur noch stundenweise. Jack ernährte sich von Kaffee, Jane von überstarkem grünem Tee. Nur gelegentlich konsumierten sie ein wenig Obst. Trotzt der Klingeln im Haus, fühlte sich Jack gedrängt, niemals die Badezimmertür zu schließen, wenn er sich zu einer Dusche entschloss.

Wie ein dunkler Schleier legte sich eine bedrückende Atmosphäre über das Haus. Die Befragung der Freunde erbrachte außer Mels gelegentlicher Liebesabenteuer keine verwertbare Information. Beharrlich schwieg das Telefon. Jack hatte sämtliche Personen, welche die Nummer besaßen, gebeten, sich einen Anruf auf dem Anschluss zu versagen. Ihn plagte die Befürchtung, dass er mit einem Bekannten sprach, während ihn der Entführer vergeblich zu erreichen suchte.

Am Freitag gegen sieben Uhr abends ertönte endlich der langersehnte Klingelton. Allerdings statt am Festnetzanschluss am Mobiltelefon. Jack besaß mehrere Exemplare, deren Nummern wiederum der Geheimhaltung unterlagen.

Dieses Mal bediente sich der Anrufer des englischen Idioms, und zwar, wie Jack konstatierte, mit einer fremdländischen Intonation. Er vermeinte, einen deutschen Akzent zu identifizieren.

Zunächst zollte er Jack Lob für den Entschluss Verzicht auf den Einsatz der Polizei zu üben, stieß allerdings Drohungen aus, für den Fall, dass sich Jack umentschied. In einem solchen Fall müsse er den Verlust des Töchterleins beklagen. Als er Jack hinreichend terrorisiert erachtete, legte der Anrufer seine Forderung vor: eine Million US-Dollar, und zwar ausschließlich in gebrauchten Fünfziger- und Zwanziger-Scheinen. Die Details der Geldübergabe übermittle er zu gegebener Zeit.

Danach vernahm Jack erneut das bereits vertraute Klicken und schließlich Mels Stimme: »Daddy, die stoßen ernstzunehmende Drohungen aus. Ich glaube, du solltest die Forderungen erfüllen.« Insofern sie sich dieses Mal der englischen Sprache bediente, vermeinte er, eine angsterfüllte Intonation zu erspüren. Bevor er dem Entführer eine Warnung zukommen lassen konnte, seiner Tochter kein Leid zuzufügen, unterbrach der das Gespräch.

In Jack breitete sich eine innere Leere aus. Einerseits erfüllte ihn Hoffnung, endlich die Forderungen zu vernehmen, andererseits Enttäuschung, dass ihm das Töchterlein weiterhin vorenthalten blieb. Er hatte gehofft, umgehend eine Instruktion zu erhalten, die zu Mels Befreiung zu führen versprach. Gleichwohl zügelte er die eigenen Emotionen und rief erneut Liu Wei an. Ohne Details preiszugeben, berichtete er von dem zweiten Telefonat und befahl, sämtliche Telefone, Faxe, Computer, jegliche Kommunikationsmittel im Haus und in den zahlreichen Büros mit der modernsten Technik zu versehen.

»Kostenerwägungen stehen hinter Mels Unversehrtheit zurück«, fügte er demonstrativ hinzu.

Den nächsten Anruf würde er auf Tonbandrollen bannen. Noch einmal düpierte ihn der Entführer keinesfalls.

Erst danach gestattete er sich eine von nervöser Ungeduld erfüllte Ruhephase. Während er eine weitere Tasse Kaffee trank, rekapitulierte er das Gespräch. Die Stimme mit dem vermeintlich deutschen Akzent sowie die Tatsache, dass Mel englisch gesprochen hatte, beförderten die Vermutung, dass ein Fremdländer hinter der Entführung stand. Das erfüllte den Vater insofern mit Zuversicht, als sich ihm erschloss, dass chinesische Geiselnehmer das Opfer erbarmungslos zu liquidieren tendierten, sofern sie eine Chance erkannten, an das Lösegeld zu gelangen. Bei Ausländern bestand Hoffnung auf berechnende Professionalität.

Gleichwohl zeigte er Bereitschaft, jeder Forderung nachzukommen, falls notwendig zahlte er auch mehr als eine Million. Für Mel übte er ohne zu zögern auf sein gesamtes Vermögen Verzicht. Koste es, was es wolle, er forderte die Tochter unversehrt zurück.

Allerdings mied er jede defensive Position. Wenn er sich schon die Mitarbeit der Polizei verbot, benötigte er Unterstützung von anderer Seite. Die Kontakte zur chinesischen Unterwelt verwarf er sogleich. Entweder beteiligte sich ein kriminelles Subjekt an der Entführung oder erkannte eine Chance, zusätzliches Kapital aus der Angelegenheit zu schlagen, wenn er von dem Verbrechen erfuhr. Ein geschwächter Jack böte zweifellos eine ausgezeichnete Gelegenheit, dessen Imperium Schaden zuzufügen. Mit derartigen Personen verhandelte man aus einer Position der Stärke heraus.

Zudem bekräftigte ihn die englische Intonation in der Überzeugung, dass die chinesische Unterwelt die Hände in Unschuld wusch. Einem Ausländer Vertrauen entgegenzubringen, erachtete man in solchen Kreisen als tabu.

Der deutsche Akzent beförderte eine Inspiration. Wenn überhaupt jemand die Fähigkeit besaß, ihm in der Angelegenheit Hilfe angedeihen zu lassen, dann Frank Tanner, ein bundesdeutscher Businessman. Der hatte in China bereits einige heikle Operationen erfolgreich zum Abschluss gebracht. Jack sann über die Frage nach, wie jener sich überzeugen ließ, ihm beizustehen. Anlässlich eines Treffens in der Vergangenheit hatte er verwundert registriert, mit welchem Geschick jener in diesem Land zu agieren verstand. Allerdings war er vor Jahren in seine Heimat zurückgekehrt.

Umgehend beauftragte er Liu Wei, essenzielle Auskünfte über Frank Tanner zu recherchieren. Insbesondere Telefonnummer, E-

Mail-Adresse, möglichst jede ihm dienlich erscheinende Information. Und zwar bitte ohne Zeitverzug.

Nach dem Telefonat lehnte er sich in der Hoffnung Entspannung zu
finden zurück. Endlich leistete er einen Beitrag zu Mels Befreiung.
Hinfort kam es auf jede Stunde an.

Gleichwohl besann er sich und wählte erneut Liu Wei an. Als er
im Hörer dessen Stimme vernahm, befahl er in grimmig entschlos-
sener Intonation: »Die Telefonnummern sowie die E-Mail-Adresse
brauche ich sofort. Das Dossier über Tanner zu erstellen, erfordert
möglicherweise Zeit.«

Nach Beendigung des Telefonats rief er seinen Finanzchef an
und erteilte ihm eine detaillierte Instruktion zur Beschaffung des
Gelds. Er betonte explizit, er benötige gebrauchte Scheine. »Eine
Mischung aus Fünfzig- und Zwanzigdollarnoten.«

Der verstand zwar das Begehren Yargs, die Beweggründe der
befremdlichen Forderung regten allerdings zu Reflexionen an.
Gleichwohl erschloss sich ihm, er wurde für Taten bezahlt. Einen
Befehl des Chefs zu hinterfragen, war in seiner Stellenbeschreibung
unerwähnt geblieben. Dennoch vermutete er ein dunkles Geschäft
im Hintergrund.

Kapitel 3

Ich unterzog soeben die über Nacht eingegangenen E-Mail-Nachrichten einer kritischen Prüfung. Bei dieser Tätigkeit verfluchte ich zuweilen all jene Zeitgenossen, die der Angewohnheit huldigten, jedermann auf Kopie zu setzen, insofern mich das zwang, endlose Auslassungen zu irrelevanten Themen einer Überprüfung zu unterziehen; Vorgänge, die mich, falls überhaupt, nur am Rande tangierten. Immerhin bestand die Möglichkeit, dass sich der Verfasser im letzten Abschnitt auf ein Projekt bezog, das möglicherweise in Zukunft meine Aufmerksamkeit zu erregen versprach.

Einige private Mitteilungen von Freunden und kaum geschäftliche Korrespondenz heute, registrierte ich hinlänglich mit dem Schicksal versöhnt. An einem Freitag übte ich mich ohnehin bereits in der mentalen Vorbereitung auf das bevorstehende Wochenende. Unter Umständen sollten wir ein Barbecue in Erwägung ziehen oder das Speisenangebot im neueröffneten Restaurant im Nachbarort einer persönlichen geschmacklichen Inspektion unterziehen. Von jedermann vernahm man nur Lobeshymnen über die dort praktizierte Küchenkunst.

Ich hob soeben an, mich an einer Tasse frischen Kaffee zu delektieren. Da sich das Büro im Souterrain des Hauses befand, musste ich für das Begehren die Kellertreppe erklimmen. Die Gattin beteuerte zwar, das unentwegte treppauf; treppab garantiere eine leistungsfähige Konstitution, empfahl jedoch gleichzeitig die Investition in einen Kaffeeautomaten fürs Kellergeschoss, wie sie meinen Arbeitsbereich zu bezeichnen pflegte. Eine widersprüchliche Forderung, wie so manches, das sie mir vorzuhalten geruhte. Als ich soeben die Treppe erklomm, rief mich das Klingeln des Telefons zurück. Ich stellte eiligst die leere Tasse ab, ergriff den Hörer und meldete mich.

»Good evening«, erscholl unvermittelt eine Stimme aus dem Apparat. Ein Ferngespräch aus Asien, folgerte ich.

»I'm Jack Yang«, gab der Anrufer den eigenen Namen preis. Unverzüglich erschloss sich mir, mit wem ich sprach: Yang Qianlin, dem Selfmade-Millionär. Oder hatte er sein Vermögen inzwischen in den Milliardenbereich torpediert? Eine Möglichkeit, die mich kaum verwundert hinterließ. Ich hatte zahlreiche Geschichten über ihn vernommen, wenn ich mich korrekt entsann, in der Vergangenheit auch einmal eine Unterhaltung mit ihm geführt. Eine charmante Persönlichkeit, die ein Gespräch mit ihm lohnenswert erscheinen ließ, auch wenn wir uns damals nur in kurzweiliger Konversation übten. Weniger wohlmeinende Zeitgenossen schmähten ihn, indem sie postulierten, dass er Bestechung zur Kunstform erhob.

Allerdings schien ihm der überzeugende Charme inzwischen abhandengekommen zu sein. Die Stimme klang getrieben nervös. Als er mir den Beweggrund des Anrufs offenbarte, erschloss sich mir der Grund für den Grimm. Die Entführung der Tochter traf ihn tief ins Mark. Das Mädchen, ihr Name hatte sich aus meiner Erinnerung getilgt, galt allenthalben als sein Augenstern.

Er schilderte die Umstände des Verbrechens, zumindest so weit ihm bekannt. Als er die Lösegeldsumme von einer Million US-Dollar erwähnte, unterbrach ich ihn mit der Frage, ob das Geld in China zu übergeben sei. In einem solchen Fall ergab die Forderung wenig Sinn. Wer zeigte im Reich der Mitte Interesse an einem Koffer mit Devisen? Mit Geldbeträgen dieser Größenordnung konfrontiert, hätte jeder Bankangestellte umgehend den roten Knopf unter dem Schreibtisch gedrückt und Alarm ausgelöst. Das Geld ließ sich allenfalls in kleinen Summen wechseln.

Herr Yang – er bat mich, ihn Jack zu nennen – informierte mich, die Details der Geldübergabe seien ihm bedauerlicherweise bisher unbekannt. Zu meiner Überraschung bat er, mich umgehend nach China zu begeben. Ihn beschleiche das Gefühl, dass sich mehr hinter der Entführung verberge. Obgleich er die Bezahlung des Lösegelds in Erwägung zog, wünschte er allen Eventualitäten Rechnung zu tragen.

Ich fragte mich, aus welchem Grund ein Mann mit einem derart legendären Beziehungsnetz ausgerechnet mich um Hilfe bat. Ein kurzer Anruf und schon erklärte sich in China jedes Amt zu Diensten bereit.

»Warum ich?«, entgegnete ich.

»In die Entführung scheinen Ausländer involviert«, erwiderte er, als stelle das eine Antwort auf meine Frage dar. Zumindest gab es eine Erklärung für die Währung, auch wenn sich bei einem Fremden das gleiche Problem erhob, wie sich eine Million Dollar cash transferieren ließ.

Er flehte mich um Hilfe an. *Wie wies man einen leidenden Vater ab, dessen Tochter Opfer einer Entführung geworden worden war?* Um Zeit zu gewinnen, wies ich ihn auf die unbestreitbare Tatsache hin, dass ich mich in Deutschland himmelweit vom Tatort entfernt befand.

Das sei ihm bekannt, unterbrach er mich. Schließlich hatte er mich unter einer deutschen Vorwahl erreicht. Überdies deutete er zurückhaltend an, er wisse, dass ich mich bei früheren Aufträgen mehrfach in einem ..., er zögerte, ... *schwierigen* Umfeld zu bewegen verstand. Er sprach von korrupten Beamten, Militärs und mafiösen Organisationen, also keineswegs Zeitgenossen, die ich ohne Not zum Freundeskreis auserkor.

Wo auch immer man in China an der Oberfläche zu kratzen begann, stieß man auf Lug und Betrug sowie mit fast tödlicher Gewissheit auf Korruption. Diese Einsicht sollte sich auch ihm erschließen. Allerdings verspürte ich wenig Interesse, die Motivation bestechlicher Bürokraten mit ihm einer Erörterung zu unterziehen.

Wenn ich mich bis fünf Uhr nachmittags zum Frankfurter Flughafen bemühte, bestünde die Möglichkeit, am nächsten Morgen Pekinger Boden zu betreten. Die chinesische Hauptstadt stellte kaum ein erstrebenswertes Ziel für einen Wochenendausflug dar. Der Gartengrill stand mir dagegen verlockend in Erinnerung. Angesichts Jacks Stimmungslage ließ ich die Erwägung jedoch unerwähnt.

Ob mir ein Computer zur Verfügung stehe, fragte er unvermittelt nach.

Als ich bejahte, forderte er mich auf: »Dann öffnen Sie bitte Ihr E-Mail-System. Dort finden Sie eine Nachricht von mir vor, deren Anhang gewiss Ihr Interesse weckt.«

Möglicherweise hatte er mir ein Bild des Töchterleins übersandt. Nach Aussage chinesischer Freunde ein überaus attraktives Geschöpf.

Ich öffnete Outlook und fand in der Tat eine Nachricht von einem Jack_1927 vor. Die Zahl deutete gewiss nicht auf sein Geburtsjahr hin. Den Hörer noch in der Hand scrollte ich durch ein umfangreiches Dokument, überraschenderweise ein Dossier über mich, mit einem Detaillierungsgrad, der mich umgehend frösteln ließ. Woher bezog er all die Informationen? Ich fand längst vergessen gewähnte Einzelheiten des eigenen Lebens und Wirkens aufgeführt. Zumindest hatte er damit Eindruck erzielt und meinen Widerstandsgeist geschwächt.

»Ich buche umgehend einen Flug für Sie«, erbot er sich. »Zudem biete ich für Ihre Bemühungen einhunderttausend US-Dollar an. Sollte sich die Angelegenheit in die Länge ziehen, erhöhe ich den Betrag.«

Wann offerierte mir jemals ein Mandant eine solche Summe für einen Wochenendtrip? Mein Widerstandsgeist bestand zwar weiterhin fort, stand jedoch unter zunehmendem Druck.

»Lufthansaflug LH 720«, lockte er. »Natürlich first class. Präferieren Sie Fenster oder Platz am Gang?«

Ob ich aus Mitleid mit einem liebenden Vater in Not oder aus reiner Geldgier Interesse erkennen ließ, möglicherweise eine Kombination aus Empathie und Tanz ums Goldene Kalb, am Ende hörte ich mich »Fensterplatz« sagen und wunderte mich selbst über die eigene Kapitulation.

Als er allerdings versicherte, es bestehe keine Notwendigkeit, ihm eine Kontonummer zu übermitteln, die liege ihm vor, beschlich mich der Wunsch, ihm sein Geld vor die Füße zu werfen. Einzig die Sorge um das Mädchen hielt mich von drastischen Schritten ab. Ich hoffte nur, dass er nicht auch Kontoauszüge besaß. *Schloss man, indem man um einen Fensterplatz bat, einen bindenden Vertrag?*, fragte ich mich. Doch empfände er es zweifellos harsch, wenn ich mich jetzt verweigernd verhielt.

Um mir die Gelegenheit zu einem Widerruf zu nehmen, wünschte er mir einen angenehmen Flug und versprach, er erwarte mich persönlich am Flughafenterminal. Dann beendete er rasch das Gespräch.

Ich fluchte, gleichwohl vornehmlich über mich selbst als über ihn. Notgedrungen informierte ich meine Gattin, die Grillparty sei geplatzt, das Wetter torpediere ohnehin ein Gartenfest.

Jack lehnte sich im Chefsessel zurück. Erneut hatte er sich mit Geschick eine Zusicherung ertrotzt. Gleichwohl hoffte er, das Dossier über Frank Tanner enthalte kein ungebührlich kompromittierendes Detail, das ihn möglicherweise doch noch zu einer Absage bewog. Ohne den Inhalt zu kennen, hatte er in einem Anflug psychologischen Gespürs das von Liu Wei zusammengestellte Dokument weitergeschickt. Der Empfänger erlitt gewiss einen Schock, wenn er gewahrte, wie gläsern sein Leben offenlag. Jack druckte das Schriftstück aus und nahm die Lektüre auf.

Frankhelm Tanner, *allgemein Frank genannt, wurde der Erfolg keineswegs in die Wiege gelegt. 1970 erblickte er als einziges Kind des Arbeiters Herbert und der Hausfrau Emilia in Frankfurt das Licht der Welt. Schon der Besuch des Gymnasiums stellte eine Novität in der Familie dar.*

Mithilfe eines gewogenen Lehrers sicherte er sich ein Stipendium und nahm das Studium der Betriebswirtschaft auf. Die Semesterferien nutzte er für Praktika und knüpfte Kontakte in die Wirtschaftswelt. Ein Prädikatsexamen eröffnete ihm eine Position bei einem bedeutenden Unternehmen im Ruhrgebiet. Dort stieg er rasch zum Vorstandsassistenten auf. In dieser Funktion begleitete er den CEO auf zahlreichen Reisen um die Welt, darunter nach China, ein Land, das Frank umgehend zu faszinieren begann. Auf sein Drängen verhalf ihm der Chef zu einer Position in einem deutsch-chinesischen Unternehmen in der Hafenstadt Tianjin. Allerdings dümpelte das Geschäft dort seit Jahren dahin. Das Partnerunternehmen entsandte schließlich ein Controllerteam, um Entscheidungshilfen zu entwickeln, ob sich ein Rückzug aus der Gesellschaft anempfahl oder man einen Neuanfang erwog. Im Zuge der Evaluierung zog Frank die Aufmerksamkeit des gesamten Teams auf sich. Am Ende trennte sich der Konzern vom derzeitigen General Manager, dessen Aufgaben hinfort Tanner übernahm. Auch der deutsche Finanzleiter verließ das Unternehmen. Innerhalb Jahresfrist gelang ihm ein sogenannter Turnaround, die Gesellschaft warf erstmals Profite ab. Nach weiteren sechs Monaten verwandelte sie sich in einen Vorzeigebetrieb. Gleichwohl schmiedete Tanner einen zukunftsorientierten Plan. Kurz entschlossen begab er sich nach Deutschland und unterbreitete ihn dem CEO: Auskaufen des chinesischen Joint-Venture-Partners – das Mutterunternehmen kränkelte ohnehin – und Investitionen in zukunftsträchtige Wirtschaftszweige. In der Zentrale fand er die uneingeschränkte Unterstützung der kompletten Vorstandsriege. Mit einem Plazet zu seinen Intentionen, einer exorbitanten Gehaltserhöhung sowie einem erfolgsorientierten Bonussystem in der Tasche flog er nach China zurück. Und die Pläne zeitigten Erfolg. Dank des gewährten Bonus entwickelte sich Frank in fünf Jahren zu einem überaus wohlhabenden Mann. Dann verließ er jählings das Unternehmen und wechselte in die Selbständigkeit.

Soweit dürfte sich Tanner noch nicht kompromittiert fühlen, registrierte Jack, und nahm die Lektüre wieder auf.

Danach beschrieb das Dokument dessen weiteren beruflichen Lebensweg. In der Folge gründete er ein Handelsunternehmen, das aus China Sanitärprodukte importierte und damit in Deutschland Baumärkte und Handwerksbetriebe belieferte.

»Kloschüsseln«, konstatierte Jack amüsiert. Zügig erweiterte Frank das Portfolio, einstweilen weiterhin im Sanitärbereich. Dann nahm er Elektroartikel und Elektronik ins Angebot auf.

Die nächsten Seiten widmeten sich Tanners Beratertätigkeit. Zunächst verschloss sich Jack der Zusammenhang. Was bewog einen Importeur von Kloschüsseln, Waschbecken und Badewannen, unvermittelt als Berater aufzutreten? Durchstechereien in einem Zulieferbetrieb, stellte er schließlich fest. Statt den Lieferanten zu wechseln, begab sich Tanner nach China, um sich der Missstände anzunehmen. Er erwarb die Majorität an dem Betrieb und setzte einen Vertrauten als Geschäftsführer ein.

Die Aktion begann, sich wie ein Lauffeuer zu verbreiten. Zuweilen baten ihn Firmen, für sie glühende Kohlen aus dem Feuer zu bergen. Bei einer solchen Mission, wiederum durch einen Bekannten vermittelt, agierte er gegen einen Armeegeneral. Insofern der Militär glücklicherweise bereits unter Beobachtung stand, blieb ihm Unbill mit der Armee erspart.

Der Mann beweist Mut, registrierte Jack von Bewunderung erfüllt und gratulierte sich zu seiner Wahl. Allerdings vermisste er in dem Dokument kompromittierende Details. Beispielsweise ein Seitensprung, der sich Tanners Gattin unter die Nase reiben ließ oder ein geschäftlicher Fauxpas. Jack strebte bevorzugt eine Ausgangsposition an, in der er ein Ass im Ärmel behielt. Entweder stellte er ein Musterbild an Ehrlichkeit dar oder Liu hatte tiefer zu graben versäumt.

Pünktlich, wie sich das für die deutsche Airline mit dem Kranich gehörte, landete die Maschine am nächsten Morgen auf dem Beijing International Capital Airport, wie die Einheimischen das Flugkreuz zu bezeichnen pflegen. Kaum öffnete sich die Kabinentür, trat eine

Stewardess in Begleitung eines Chinesen an meinen Sitz, der mich ihm zu folgen bat. Überraschenderweise geleitete er mich nicht in den Verbindungsschlauch zum Terminal, sondern eine Treppe ins Freie hinab. Dort übergab er mich einem weiteren Herrn, der mich zu einem Van mit dunkel getönten Scheiben eskortierte, keine zwanzig Meter von der Maschine entfernt. Wir hatten das Fahrzeug kaum erreicht, da öffnete ein strahlender Jack Yang die Tür, der seiner Freude, mich willkommen zu heißen, Ausdruck verlieh. Er stellte mir einen im Wagen sitzenden Uniformierten vor, der nach eigenen Worten Verantwortung für die Sicherheit des Flughafens trug. Da man in China Sicherheit zuweilen mit Staatssicherheit zu verwechseln pflegt, hoffte ich, dessen Aufgabe bestehe vornehmlich im Schutz der Passagiere und des Fluggeräts. Ich schüttelte ihm freundlich lächelnd die Hand.

Mein neuer Freund Jack bat mich, ihm den Gepäckabschnitt der Bordkarte zu überlassen. Den übergab er dem Jüngling, der mich aus der Maschine geführt hatte, woraufhin der einen neutralen Wagen bestieg.

»Er bemüht sich um Ihr Gepäck«, belehrte mich Jack. Auch der Van setzte sich in Bewegung, hielt allerdings nicht auf die Ankunftshalle zu, sondern umrundete das gesamte Flughafenareal, bis er vor einem bewachten Tor zum Stillstand kam. Dort verabschiedeten wir uns höflich von Mr. Security und passierten die Schranke am zackig salutierenden Wachpersonal vorbei.

»Sie logieren bei mir«, informierte mich Jack, ohne einen Gedanken auf den Umstand zu verschwenden, ob ich möglicherweise einem Hotelzimmer den Vorzug gab. Nach allem, was ich über sein schlossähnliches Anwesen vernommen hatte, versagte ich mir einen Kommentar. Ich wusste, er residierte im Norden der Stadt, während der Flughafen im Nordosten lag. Über eine Zubringerstraße erreichten wir den die Hauptstadt weiträumig umschließenden sechsten Ring.

Jack fragte gewogen nach, ob der Flug angenehm verlaufen sei.

Dank des komfortablen First-Class-Sitzes, dem Wein zum Abendmahl und einem Glas Cognac hatte ich einige Stunden Schlaf geschöpft. Zu wenig, um mich frisch und ausgeruht erscheinen zu lassen. Doch ließ ich das unerwähnt. Schließlich verfügte Jack über genügend Erfahrung mit Interkontinentalflügen. Zweifellos wusste er, wie ausgezehrt man sich danach fühlt.

Vom Ring bogen wir auf eine Landstraße ab. Trotz des Wochenendes herrschte reger Verkehr. Nach kurzer Fahrt verließen wir die öffentliche Straße und bewegten uns auf einem schnurgeraden Band aus Beton, das einem mittelgroßen Jet als Landebahn zu dienen versprach. Links passierten wir ein protziges Tor, an dem ein Schlagbaum dem Durchschnittsbürger den Zugang verwehrte. Wir fuhren auf der *Startbahn* weiter geradeaus auf die Berge zu. Hinter der Mauer taten sich Villen jeder Größe auf, in typisch chinesischer Manier mit geschmacklosen Türmchen und Bögen verziert, Spitzgiebel mit griechischen Säulen gepaart. Ein Spaziergang durch sämtliche Stile der Weltarchitektur von Ägypten über Griechenland bis Disneyland.

Die Straße, auf der wir uns mit hoher Geschwindigkeit bewegten, führte schließlich zu einem weiteren Tor, weniger opulent als das zum Villencompound, gleichwohl strengstens bewacht. Als der Fahrer den Wagen anhielt, öffnete er kurz das Fenster. Die Wachen kannten ihn offenbar, zumindest ließen sie uns anstandslos passieren. Danach bewegten wir uns nicht mehr auf Beton. Eine mit kleinen Steinplatten befestigte schmale Straße schlängelte sich sanft den Hügel hinauf und endete auf einem Parkplatz, der Raum für annähernd ein Dutzend Kraftfahrzeuge bot. Wir passierten einen offensichtlich als Garage dienenden länglichen Gebäudekomplex und hielten vor der weitläufigen Freitreppe der Yang'schen Villa an. Der Stil unterschied sich grundsätzlich von den Villen im Compound. Ausladende Glasfronten und verchromte Stahlträger spiegelten jeden Sonnenstrahl.

Als wir das Haus betraten, stellte mir Jack seine Ehegattin vor, die zur Begrüßung umgehend ins deutsche Idiom verfiel. Sie wirkte sympathisch und charmant, wenngleich sich die Sorgenfalte um die Augen kaum übersehen ließ. Jack geleitete mich in den hinteren Gebäudeteil, wo er mir eine komfortable Gästesuite, bestehend aus einem Empfangsraum, einem Wohnzimmer, zwei Schlafzimmern und mehreren Bädern, deren Zahl sich erst nach einem Rundgang erschloss, überließ. Überdies verfügte sie über eine komplett eingerichtete Küchenzeile. Ich hoffte nur, er erwarte nicht von mir, hier Küchendienst abzuleisten.

Als Jack meinen Blick gewahrte, fragte er, ob ich hungrig sei. Ich hatte mir erst vor wenigen Stunden zu einem Zeitpunkt, den der Körper als Mitternacht empfand, hastig ein Frühstück zugeführt. Allerdings verspürte ich nach dem langen Flug Durst. Jack schien das zu erahnen, denn Augenblicke später betrat ein Mädchen mit einem Tablett Säfte und Wasser die Suite. Jack stellte mir die Schönheit als Lian – Lotus – vor. Offensichtlich handelte es sich um einen der dienstbeflissenen Geister, der sich eine Familie wie die Yangs bedient.

Nach dem zweiten Glas eiskaltem Orangensaft fühlte ich mich hinlänglich regeneriert. Als Lian den Raum verließ, warf ich einen bewundernden Blick auf ihren erotischen Hüftschwung, der an die Eleganz einer Primaballerina zu gemahnen schien. Ein weiterer dienstbarer Hausangestellter trug meinen Koffer in den Raum.

»Gewähren Sie mir zwanzig Minuten für eine Dusche, dann strebe ich eine Unterhaltung mit Ihnen an«, bat ich Jack.

Nach einem Blick auf die Uhr gestand er mir eine halbe Stunde zu. Ich hoffte nur, dass ich in dem ausgedehnten Gebäudekomplex nicht die Orientierung verlor, vertraute gleichwohl auf die Chance, ein Dienstbote werde mich gewiss zum Hausherrn eskortieren.

Noch vor der verabredeten Zeit fand ich ohne Führer den Weg zu Jack im Salon. Er geleitete mich zu einem Raum drei Türen entfernt, der ihm offensichtlich als Arbeitszimmer diente. Auf dem niedrigen Couchtisch standen Kaffee, Tee und Säfte bereit.

Um die Schilderung des Entführungsfalls zu unterstreichen, zeigte Jack Fotos der Tochter vor. Eine wahre Schönheit, konstatierte ich. Die Ähnlichkeit mit der Mutter offenbarte sich auf den ersten Blick. Während er hingebungsvoll die Bilder einer Betrachtung unterzog, traten ihm Tränen in die Augen. Von Mitleid erfüllt, klopfte ich ihm auf den Oberarm.

Gemeinsam erwogen wir Theorien zu den Motiven des Entführers. Möglicherweise zielte er einzig auf Lösegeld ab. Ich wies auf das Faktum hin, in einem solchen Fall würde der Missetäter zweifellos insistieren, so rasch wie möglich an die Lösegeldsumme zu gelangen. Mels Verschwinden lag bereits fünf Tage zurück, in denen Jack lediglich zwei Anrufe des Geiselnehmers entgegennahm. Details der Geldübergabe blieben bisher ungenannt. Möglicherweise stellte die Entführung einen Angriff auf sein geschäftliches Imperium dar, ein Konkurrent, der ihm einen Tiefschlag zu versetzen gedachte? Rache? Oder ein anderes Motiv, das gegen ihn persönlich zielte?

Mittels eines Schulterzuckens unterstrich Jack, die Möglichkeit bestehe durchaus, räumte er ein. Allerdings gab er zu bedenken, es sei allgemein bekannt, dass er sich niemals in die Knie zwingen ließ. Was auch immer er mit der Bemerkung auszudrücken versuchte, ich verstand, dass man ihm klugerweise nicht als Feind entgegentrat.

Gleichwohl bestand die Möglichkeit, dass Mel in perfide Kreise geriet. Jack blickte mich fragend an. Ich fragte mich, wie sich der befremdliche Gedankengang vermitteln ließ. Schließlich erläuterte ich: »Es soll sich zugetragen haben, dass die Tochter eines wohlhabenden Vaters mit dem Freund entschwand, um von Daddy das notwendige Reisegeld zu erlangen.«

Erzürnt erwiderte Jack: »Ein solches Verhalten widerspricht Mels friedfertigem Gemüt.«

Dein Wort in Gottes Ohr, dachte ich. Dennoch kamen wir überein, zunächst jede Theorie in unsere Überlegungen miteinzubeziehen.

Als Jack mich fragte, ob er mich mit dem Vornamen ansprechen dürfte, stimmte ich ohne zu zögern zu.

Sodann legte ich ihm dar, welche Vorgehensweise sich meiner Meinung nach anempfahl. »Ich strebe eine Unterhaltung mit ihren Freundinnen und Freunden an.«

»Das ist bereits geschehen«, unterbrach er mich. »Die Aktion blieb jedoch ergebnislos. Niemand kennt Me s Aufenthaltsort.«

»Wer hat die Interviews geführt?«

»Mein Assistent, Liu Wei. Ein überaus intelligenter Zeitgenosse, den du noch kennenlernen wirst.«

Von Skepsis erfüllt nickte ich. »Vermutlich handelt es sich bei Mels Freunden primär um Personen aus der Ausländergemeinde«, gab ich zu bedenken. »Wenn ich die Unterhaltung führe, vermag ich Verhaltensweisen, die sie zu verheimlichen suchen, in die Einschätzung miteinzubeziehen. Ein Zucken oder ein Augenschlag. Reaktionen, die ein Chinese bei einem Fremden möglicherweise übersieht. Ich bezweifle zwar, ob wir auf diese Weise hilfreiche Informationen erlangen, möchte jedoch ausschließen, dass uns ein essentielles Detail entgeht. Wo sonst sollten wir ansetzen, bevor der Entführer erneut in Kontakt mir dir tritt.«

Seufzend stimmte Jack mir zu. Er werde Liu bitten, um Termine für mich zu ersuchen.

Um die Zeit zu nutzen, bat ich ihn, mir einen Blick in Mels Zimmer zu gewähren. Das lag ebenfalls im hinteren Teil des Gebäudekomplexes, unweit meiner fürstlichen Suite. Die bescheidene Einrichtung versetzte mich in Verwunderung. Die Möblierung bestand aus Bett, Schrank, einer Kommode, einem einfachen Büroschreibtisch, auf dem ein moderner Laptop stand, einem Bürostuhl und einigen Zimmerpflanzen. Das Gemach einer Millionärstochter hatte ich mit opulenter vorgestellt. Jack kommentierte nur: »Mel liebt das Besondere.« Ich verstand den Einwand dergestalt, dass die übrigen Räume des Anwesens weniger spartanisch wirkten.

Den Rest des Tages durchforstete ich Mels Computer. Bei den Textdateien handelte es sich hauptsächlich um Referate für die Schule.

Liebesbriefe entdeckte ich keine. Auch ihre E-Mails schienen überwiegend unverfänglicher Natur. Ich stieß auf eine umfangreiche Korrespondenz mit einer renommierten amerikanischen Universität.

Mehr Aufschluss gewährte das Fotoarchiv. Zwar fanden sich dort zahlreiche Schnappschüsse von Freundinnen, Bilder von Ausflügen, Fotos von Jack, offensichtlich jüngeren Datums und in Hongkong aufgenommen. Dazwischen allerdings auch Ablichtungen verschiedener Jünglinge, die sich an Schlafzimmerblicken versuchten. Möglicherweise fand sich dort ein Verflossener, der sich mittels einer Entführung in Erinnerung rief.

Als mich Jack zum Abendessen rief, schaltete ich ermattet den Computer aus.

Kapitel 4

In der Nacht zum Sonntag entfaltete der Jetlag seine zermürbende Wirkung. Am Abend zuvor hatte ich mich nach dem Abendmahl eine Stunde im Gedankenaustausch mit der Familie Yang geübt. Doch angesichts der Sorge ums Töchterlein erschloss sich mir, dass sich das Ehepaar kaum zu zwangloser Konversation in der Lage sah. Jane zog sich frühzeitig ins Schlafgemach zurück. Offenbar um Höflichkeit bemüht, leerte Jack mit mir noch ein Glas. Doch die Ermattung als Folge des langen Flugs trieb auch mich früh in die feudale Suite.

Am Morgen schlug ich um drei Uhr früh die Augen auf. Danach blieb mir weiterer Schlaf versagt. Deshalb versetzte ich meinen Körper unter der kalten Dusche in den Wachmodus zurück, kleidete mich an und durchforstete die Küchenzeile des Appartements auf der Suche nach Kaffee. Kaffeemaschine und Pulver fand ich in einem der Schränke vor.

Zehn Minuten später betrat ich mit einer dampfenden Tasse in der Hand das gepflegte Gartenareal. Die opulente Pracht der gebändigten Natur schlug mich umgehend in Bann. Mein von Blumenrabatten gesäumter heimischer Rasen nahm sich gegen Jacks gärtnerisches Gesamtkunstwerk tendenziell bescheiden aus. Dank der Lage im Osten des Landes erstrahlte das Gartenidyll bereits in morgendlicher Helligkeit.

In Gedanken ließ ich Mels Freunde, die ich heute einem Interview zu unterziehen wünschte, vor dem inneren Auge Revue passieren. Ob die Mission einen Erkenntnisgewinn versprach, verbarg sich einstweilen hinter einem Fragezeichen. In Ermangelung einer Alternative entschied ich mich gleichwohl für einen Versuch.

Als ich um sieben im Haus Geräusche vernahm, begab ich mich in den Speisesaal, wo Lian soeben den Frühstückstisch zu decken begann. Als Jack kurze Zeit später den Raum betrat, fragte er mich von Sorge erfüllt: »Hast du eine ausreichende Mütze Schlaf erhascht?« Anstatt ihn einer Antwort zu würdigen, bedankte ich mich artig für die Kaffeemaschine in meiner Suite.

»Die verhalf mir zumindest zu hinlänglicher Munterkeit.«

Jack nickte verständnisvoll. »Wann hast du dir die erste Dosis Koffein zugeführt?«

»Kurz nach drei«, entgegnete ich.

Während wir uns gemeinsam am Frühstück delektierten, entschuldigte er die Abwesenheit der Ehefrau: »Das verabreichte Schlafmittel entfaltet die intendierte Wirkung leider erst im Morgengrauen.«

Nach Beendigung des Mahls chauffierte mich Liu Wei mit dem Van in die Innenstadt. Beflissen begehrte er zu erfahren, ob bei den Interviews seine Anwesenheit als notwendig anzusehen sei. Ich verneinte, fragte jedoch, wie lange er bereits für Jack tätig sei.

»Mein erster Arbeitstag liegt gewiss sechs oder sieben Jahre zurück. Präsident Yang räumt mir umfassende Freiheiten ein. Kein anderes Unternehmen legt derart viel Eigenverantwortung in die Hände eines einfachen Assistenten wie mich.«

»Mir drängt sich der Eindruck auf, dass Jack in Ihnen mehr als einen Gehilfen sieht.«

»Zumindest hütet er in sämtlichen geschäftlichen Fragen keine Geheimnisse vor mir. Ich bin stets über alle wesentlichen Vorgänge informiert.«

»Man sagt, dass er zuweilen mit harten Bandagen kämpft«, versuchte ich, das Geschäftsgebaren des Auftraggebers zu hinterfragen.

»Er bietet der Konkurrenz bisweilen energisch die Stirn. Dennoch würde ich ihn nicht als skrupellos charakterisieren.«

Ich unterdrückte eine Zwischenfrage. Stattdessen behielt ich ihn im Blick. Nach allem, was ich über Jack vernommen hatte, galt er zumindest als gerissener Businessman. Wo Liu Wei die Grenze zur Skrupellosigkeit zog, ließ ich gleichwohl unhinterfragt.

Um seinen Standpunkt zu untermauern, schilderte er anhand eines Beispiels die typische Vorgehensweise des Chefs: »Er verhandelte monatelang die Übernahme eines Shanghaier Betriebs. Insofern der Inhaber eine Verweigerungshaltung einzunehmen begann, verzögerte er den Verhandlungsmarathon. Auf diese Weise trieb der Eigentümer das Unternehmen allmählich in den Ruin. Die Banken sahen von einer fortgesetzten Finanzierung ab. Im Grunde fiel Jack das Geschäft zum Nulltarif in den Schoß. Er zwang den Verhandlungspartner zur Unterschrift auf einem Kaufvertrag. Der wusste, der Kaufpreis würde maximal eine symbolische Geldsumme betragen und hinfort stünde er vor dem Nichts. Erst als er den Widerstand aufzugeben begann, rückte Jack mit der Summe heraus. Die übertraf bei Weitem den Restwert des Unternehmens und sicherte dem früheren Inhaber somit den Lebensunterhalt.«

»Lag seiner Handlungsweise Mitleid zugrunde?«, fragte ich nach.

Liu Wei zuckte mit den Schultern. »Sagen wir: Er sucht sich jeder Situation zu entziehen, die ihm zusätzliche Feinde schafft. Schließlich bevölkern genug missgünstige Neider die Welt.«

Zehn Minuten später hielt er vor einem Café, Treffpunkt für das erste Interview des Tages.

Ich kannte das Mädchen von den Fotos auf Mels Computer. Wohlerzogen nannte sie ihren Namen, Sarah Berg, und fragte sogleich von Neugier erfüllt, ob Mel ein Unglück zugestoßen sei.

Ich hatte die Vorgehensweise mit Jack abgestimmt. Er wünschte zwar, die Entführung vertraulich behandelt zu sehen, eine Strategie, die zweifellos misslang, wenn ich mit Mels Freunden sprach. Auf welche Weise ließ sich mein Interesse legitimieren? Deshalb offenbarte ich die Geiselnahme, bat allerdings um strikte Diskretion.

»Mels Unversehrtheit beruht auf konsequenter Vertraulichkeit seitens ihres Freundeskreises«, betonte ich.

Erschrocken die Hand vor dem Mund, erfragte sie Details des Entführungsfalls. Statt Einzelheiten zu offenbaren, fragte ich: »Haben Sie in letzter Zeit eine Veränderung an Mel bemerkt?«

»Ihr Verhalten erschien mir wie gewohnt, möglicherweise wirkte sie in Anbetracht des bevorstehenden Studiums in den USA ein wenig in Aufregung versetzt.«

Während sie Mels Gefühlslage beschrieb, beobachtete ich sie aufmerksam. Außer begründeter Sorge um die Gefährtin gewahrte ich keine Regung, die Anlass für eine Vertiefung der Befragung gab. Schließlich bat ich sie, mir Mels übrige Freunde aufzuzählen. Die genannten Namen deckten sich mit meiner Liste für die Interviews.

Nach einer Stunde ging ich von der Annahme aus, dass sie mir keine relevanten Informationen vorenthielt. Ich bezahlte die Rechnung und rief Liu Wei an, der in der Nähe meine Rückkehr erwartete.

Das zweite Interview führte ich in einem Restaurant, das aufgrund der frühen Stunde noch auf Gäste wartete. Dennoch begab ich mich mit Jenny Hawks in den hinteren Teil des Etablissements. Als sie die Kunde von der Entführung vernahm, traf auch sie ein Schock. Sie habe sich schon verwundert gefragt, warum Mels Handy ständig ausgeschaltet sei. Außerdem lege sie sich selbst zur Last, dass sie untätig geblieben war, als Mel die Verabredung offensichtlich vergaß.

»Was dachten Sie, als sie auszubleiben schien?«

»Nichts«, erwiderte sie. »Zwar kenne ich Mel als überaus gewissenhafte Person, zumindest bewies sie bei Zusammentreffen stets korrekte Pünktlichkeit. Doch hatte ich an dem Tag offenbart mein Hirn außer Betrieb gesetzt. Ich traf einige mir bekannte Jungs. Während ich mich in Konversation erging, geriet das geplante Treffen mit Mel in Vergessenheit. Erst um die Mittagszeit suchte ich sie anzurufen, doch versagte ihr Mobiltelefon den Dienst. Zu einem früheren Zeitpunkt wäre mir möglicherweise Erfolg beschieden.«

Ich versuchte, sie zu beruhigen. Zwar fehle uns, was den Tatablauf betraf, das Wissen, wie sich das Verbrechen vollzogen hatte, doch ziehe ich in Zweifel, dass Jenny mittels eines Anrufs Hilfe zu leisten vermochte. Ich bat auch sie, mir Mels Freunde aufzuzählen und erhielt im Wesentlichen die Namen, die meine Liste bereits enthielt. Ihre Reaktionen schienen völlig unverkrampft. Nichts in dem Verhalten gab einen Hinweis, dass sie mir intime Details verschwieg.

Beim dritten Interviewpartner handelte es sich um Peter Landwerk. Laut Sarahs und Jennys Aussage ein Freund, der Mel, selbst wenn beide Zweifel hegten, möglicherweise näherstand. Er gehöre keineswegs Mels präferiertem Typus an. Allerdings verschloss sich auch ihnen, welches Idealbild ihrem Geschmack entsprach.

Liu Wei berichtete, er habe Einwände gegen ein Interview artikuliert. Zudem bestand er auf einer Unterredung in der Nähe des elterlichen Appartementkomplexes. Liu kannte den Inhaber eines Ladengeschäfts, der uns für das Gespräch ein Büro über dem Lager überließ. Bei meinem Eintreffen stand Landwerk nervös auf den Nägeln kauend vor der Eingangstür. Liu stellte mich dem Besitzer vor. Der geleitete Peter und mich eine schmale Stiege in den ersten Stock hinauf.

Bevor er sich zurückzog, platzierte er in dem winzigen Raum eine Teekanne und zwei Tassen auf dem Besprechungstisch. Während ich das Einschenken übernahm, nahm ich den jungen Mann in Augenschein. Auch mich beschlichen Zweifel, warum ein Mädchen wie Mel einem solchen Burschen Gefühle entgegenzubringen schien. Die unreine Haut wies eine ungesunde Farbe auf. Die geröteten Augen lagen tief in den Höhlen versteckt, als habe er eine schlaflose Nacht hinter sich gebracht. Zudem drängte sich der Eindruck auf, dass er den Drogen verfallen war. Gleichwohl versagte ich mir einen diesbezüglichen Kommentar.

Stattdessen begehrte ich zu erfahren, welches Verhältnis ihn mit Mel verband.

»Freunde eben«, erwiderte er in kaum vernehmbarer Intonation. »Wir besuchten den gleichen Klassenverband.«

»Existierte da mehr als ein freundschaftliches Gefühl?«, insistierte ich.

»Nein, warum?«

»Mel wird schließlich als hübsches Mädchen dargestellt,« versuchte ich, ihn aus der Deckung hervorzulocken.

Während er nur ein Achselzucken erkennen ließ, brachte er verächtlich vor: »Na ja. Meinem Schönheitsideal entsprach sie keineswegs.«

»Auf Sie wirkte sie also unattraktiv?«, provozierte ich ihn.

»Mit solchen Weibern lasse ich mich prinzipiell nicht ein«, verkündete er in einer Intonation, als ob Mel der Gosse entstammt. Gleichwohl demonstrierte sein dünkelhafter Habitus mangelnde Glaubwürdigkeit. Deshalb pokerte ich: »Mels Freundinnen vertreten zu diesem Punkt eine abweichende Position.«

»Pah, Weiber ...«, spuckte er mir entgegen. Indessen gewahrte ich, dass er bei jeder Antwort den Blick abzuwenden begann. Zudem befremdete mich, dass er vermied, den Grund meiner Neugierde zu erfragen. Schließlich erschloss sich zweifellos auch ihm, dass mein Interesse Mel betraf. Warum demonstrierte er im Gegensatz zu den Mädchen Unwissenheit, versagte sich eine Nachfrage, welcher Umstand mich zu dem Interview bewog?

»Wann sahen Sie Mel zum letzten Mal?«

»Weiß ich nicht. Das ist ewig her.«

»Es heißt, nach der Abiturfeier wurden Sie häufig mit ihr gesehen.«

»Albernes Gerede, das jeder Wahrheit entbehrt. Welches Interesse brächte ich einer solchen Kuh entgegen?«

Sein Verhalten erschien mir unergründlich diffus. Warum verachtete er ein Mädchen, nach dem er sich zumindest vor Monaten offensichtlich noch verzehrte? Hatte ihm Mel eine Abfuhr erteilt? Wieso brachte er Lügen vor? Die vorgetragenen Allüren demonstrierten mangelnde Glaubwürdigkeit.

»Ich glaube, Sie verhehlen mir wesentliche Details.«

»Warum sollte ich mich in Stillschweigen üben? Was bezwecken Sie mit derart dämlichen Fragen? Und überhaupt, ich will hier raus.«

Während er wachsenden Unwillen erkennen ließ, erhob er sich, sah die Unterredung offenkundig als beendet an. Ich packte ihn am Oberarm und drückte ihn auf den Sitz zurück.

»Sie gehen nirgendwo hin, bevor sich mir die Wahrheit erschließt.«

»Ich genieße diplomatische Immunität«, argumentierte er.

»Welch ein Widersinn, Ihr Vater mag an der Botschaft tätig sein. Ich sehe nur einen Lügenbold vor mir, der die Kränkung einer Klassenkameradin übelnimmt. Geben Sie nicht unverzüglich die Wahrheit preis, werden Sie statt Immunität schallende Ohrfeigen genießen.«

Ich erhob die rechte Hand, um anzudeuten, was ihn erwartete.

Anstatt sich zu erwehren, warf er mir hasserfüllte Blicke zu. »Von mir erfahren Sie nichts.«

»Oh doch, das werde ich. Und wenn ich es aus dir herausprügeln muss. Jetzt red endlich, was weißt du über Mel? Wo verbirgt sie sich? Was hast du mit ihr angestellt?«

Zum ersten Mal richtete er den Blick direkt auf mich, nahm meine Anwesenheit wahr. Während sein Körper zu erschlaffen schien, durchlief ein Zittern die Hand. Schließlich brach er in Tränen aus.

Schluchzend versicherte er: »Das hatte ich niemals intendiert.«

»Was wolltest du nicht?«, schrie ich ihn an. Unvermittelt erschloss sich mir, dass er mit Mels Verschwinden in einem wie auch immer gearteten Zusammenhang stand.

»Was hast du ihr angetan?«

»Nichts«, schluchzte er. »Ich habe mich keines Vergehens schuldig gemacht.«

Die Verwandlung vollzog sich in beachtlich kurzer Zeit: Innerhalb Minutenfrist verwandelte sich Mr. Großkotz in einen verängstigten Knirps, der Rotz und Wasser zu heulen begann. Um überhaupt etwas von ihm zu erfahren, wirkte ich beruhigend auf ihn ein.

»Jetzt reden Sie endlich. Wissen Sie, wo sich das Mädchen aufzuhalten geruht?«

Seiner Kehle entrang sich ein klagender Jammerlaut.

»Oder soll ich die Polizeibehörde alarmieren, die gewiss Antworten aus dir herauszuprügeln versteht. Möglicherweise sollte ich zuerst deinen Vater informieren.«

»Keine Polizei! Und bitte, lassen Sie meine Eltern aus dem Spiel«, vermochte er sich urplötzlich zu artikulieren.

»Dann sprich endlich, sonst ...« ich ließ offen, welche Reaktion ich erwog. »Du weißt, wo sich Mel versteckt«, konstatierte ich, als bestünde Gewissheit über den Aufenthaltsort.

Überraschenderweise deutete er ein verhaltenes Nicken an.

»Wenn du dich schon einer Begegnung mit der Polizei entziehst, führst du uns augenblicklich zu ihr.« Mit einer Hand zog ich ihn rüde hoch, mit der anderen rief ich Liu Wei an, der im Erdgeschoss saß und auf meine Aufforderung eilig die Treppe erklomm. Gemeinsam eskortierten wir den jungen Mann zum Van. Zuvor aktivierte ich an den Hintertüren die Kindersicherung, wodurch das Fahrzeug von innen verriegelt blieb.

Überraschend deutlich vernehmbar wandte Peter Landwerk ein, mit diesem Automobil stünden wir im Gebirge vor einem Problem.

»Du hast sie in die Berge verschleppt?«, konstatierte ich. »Wer ist bei ihr? Wie viele Leuten bewachen sie?«

»Nur zwei«, schluchzte er.

Rasch setzte ich Liu Wei ins Bild, der sich umgehend an die Befreiung des Opfers zu begeben schwor. Doch dazu benötigten wir offensichtlich Verstärkung sowie einen Jeep. Liu versprach, alles Notwendige zu organisieren.

Auf der Fahrt beschrieb Landwerk zumindest in Andeutungen die Vorgeschichte des Entführungsfalls. Er habe sich zutiefst von Mel gekränkt gefühlt. Den Grund ließ er vorläufig unerwähnt. Bei Freunden habe er Trost gesucht und seinem Hass auf die Hure lautstark Ausdruck verliehen. Offensichtlich entstammten die keineswegs dem Botschaftsmilieu. Es handelte sich um Kleingangster, von denen er regelmäßig Drogen bezog. Nach der Offenbarung des Entführungsplans willigte er nach großzügigem Alkoholgenuss und zwei Joints in die Entführung ein. Sie erwarteten Mel an der Zufahrtsstraße des Compounds. Ein auf die Straße geworfenes Fahrrad und ein jammernder Kumpan auf der Fahrbahn bewogen Mel den BMW anzuhalten, um umgehend Hilfe zu leisten. In der Absicht, sie zu ergreifen, stürzten sie sich gemeinsam auf sie, zerrten sie in das Automobil und brachten sie in ein zuvor in den Bergen eingerichtetes Versteck.

Insofern die Tochter eines Millionärs fette Beute versprach, erschloss sich ihm nach vollbrachter Tat, dass die Freunde keineswegs nur einer widerspenstigen Göre eine Lektion zu erteilen intendierten. Den ersten Anruf bei Yang tätigte ein Gefährte. Zu diesem Zeitpunkt erwog Peter, sich aus der Entführung zurückzuziehen, doch hatten ihn die Kameraden in der Hand. Er sei mit den Gewohnheiten wohlhabender Leute vertraut, lautete ihr Argument. Notgedrungen übernahm er die Verhandlung mit Vater Yang.

Liu lenkte den Wagen auf einen Hinterhof. Dort erwarteten uns drei kräftige Burschen, die Knüppel und Messer mit sich führten. Ein alter Armeejeep sowie ein Motorrad mit Seitenwagen standen bereit. Bei dem Kraftrad handelte es sich im Übrigen um die chinesische Kopie eines russischen Nachbaus einer BMW.

Liu steuerte den Jeep, einer der Helfer nahm auf dem Beifahrersitz Platz, ich hielt Landwerk auf der Rückbank im Blick. Die beiden anderen folgten uns auf dem Krad.

Die Fahrt führte aus Peking heraus Richtung Berge. In Miyun bogen wir auf eine schmale Landstraße ab, die sich neben einem Abgrund in die Höhe wand. Auf dem Kamm des Passes angelangt, wies uns Peter links in einen steinigen Weg, der nach etwa zwei Kilometern zu einigen verlassenen und weitestgehend zerfallenen Bauernhäusern zu führen schien. Als der Flecken in Sichtweite kam, trat Liu jählings aufs Bremspedal. Der Junge deutete auf eine Hütte auf der anderen Seite des Dorfs, die hinlänglich intakt erschien. Liu bat mich, mit Landwerk im Jeep zu warten. Er schlich mit seinen Mannen durchs Gebüsch auf die Ansiedlung zu.

Peter reagierte beglückt, die Entführung auf diese Weise zum Abschluss zu bringen. Er begehrte nur zu erfahren, ob ich ihn am Ende nicht doch noch der Polizei übergab.

Ich antwortete in ausweichender Art: »Die Entscheidung treffen wir, wenn Mel die Freiheit wiedererlangt.« Merkwürdigerweise trug die Aussage zu seiner Beruhigung bei. Womöglich erwartete er, sich an Ort und Stelle mit einem standrechtlichen Erschießungskomitee konfrontiert zu sehen.

Nach annähernd einer Stunde näherte sich Liu auf dem steinigen Weg im Laufschritt dem Jeep. In mir keimte bereits die Befürchtung auf, dass das Mädchen bei dem Befreiungsversuch Verletzungen erlitten habe. Aus welchem Grund kehrte er ohne sie zurück?

Noch um Atem ringend berichtete er, er habe die Behausung leer vorgefunden. Zwar deuteten Indizien auf die Möglichkeit hin, dass hier bis vor Kurzem Menschen lebten, doch sei weder von Mel noch den Entführern eine Spur zu erspähen. Um uns mit eigenen Augen zu überzeugen, führte er uns in den verlassenen Ort.

In der Hütte fanden wir Decken, Konserven, einen Gaskocher sowie andere Hinweise, die von einer kürzlichen Bewohnung kündeten, vor. Doch von den Einwohnern fehlte jegliche Spur. Obgleich der steinige Boden im Dorf eine Spurensuche erschwerte, durchkämmten Lius Helfer die Umgebung des Weilers. Gleichwohl bestand wenig Hoffnung, das Entführungsopfer in den Bergen zu erspähen.

Peter schwor heilige Eide, sie hätten zu keinem Zeitpunkt einen Umzug intendiert. Ihm sei völlig unverständlich, wohin die Freunde das Mädchen verbracht haben mochten.

Liu tendierte zu einer Fortsetzung der Suche. Ich sah es als sinnlos an, mit Landwerk hier auszuharren. Bevor wir auf Mel stießen, wollte ich ihn allerdings unter Aufsicht halten. Sollte, konnte, durfte ich ihn in Yangs Haus verbringen? Dort wünschte ich, ihn ständig im Blick zu behalten.

Zu meiner Überraschung erfüllte ihn der Gedanke, dem väterlichen Tadel vorerst zu entgehen, mit Euphorie. Bevor der allerdings eine Suchaktion nach dem missratenen Sprössling in die Wege zu leiten begann, bat ich Peter, zu Hause anzurufen, um den Eltern zu bekunden, er übernachte bei einem Freund.

Von Liu lieh ich mir das Motorrad aus und steuerte mit Landwerk im Beiwagen Yangs Anwesen an.

Es kostete erhebliche Mühe und Überredungskunst, Jack zu hindern, den Jüngling auf der Stelle mit eigenen Händen zu erwürgen. Damit er Jack wenigstens aus den Augen kam, sperrten wir Peter im Keller ein.

Danach schilderte ich Jack im Zusammenhang, was ich von Landwerk erfuhr. Ich schloss den Bericht mit der Bemerkung, meiner Meinung nach leide der Knabe unter fortgesetztem Drogenkonsum. Lian servierte im Arbeitszimmer das Abendmahl. Jack suchte zu vermeiden, dass Jane zu Ohren kam, was in dem verlassenen Dorf geschehen war.

Ich wand erhebliche Mühe auf, Jack zu überreden, dem jungen Mann eine Mahlzeit zuzugestehen und ein Feldbett mit Decken in den Kellerraum zu stellen.

Um elf Uhr kehrte Liu Wei zurück. Er hatte mit den Helfern die Suche mit Taschenlampen fortgesetzt, bis sich ihm erschloss, dass in der Nacht keine Chance, Mel zu finden, bestand. Zudem befürchtete er, dass jemand in der Dunkelheit in einen Abgrund stürze. Im frühen Morgengrauen plane er eine Fortsetzung der Suchaktion.

Bevor ich in die Federn sank, begab ich mich noch einmal ins Kellergeschoss. Peter hatte inzwischen seine missliche Lage reflektiert. Er meldete Zweifel an, dass die Kameraden das Mädchen in ein alternatives Versteck verbracht hatten. Die Geschehnisse gäben ihm Rätsel auf.

Immerhin erfuhr ich, wo er die Mitverschwörer erstmals traf: in einer Bar in Shishahai, einem vor allem von Studenten und jungen Leute frequentierten Pekinger Amüsierbezirk. Ich beschloss, dem Etablissement einen Besuch abzustatten.

Kapitel 5

Mel Yang erblickte zwar in China das Licht der Welt, besaß einen chinesischen Pass und sprach, obgleich sie sich zu Hause entweder des Englischen oder des Deutschen bediente, fließend das landestypische Idiom. Dennoch fühlte sie sich tendenziell wie eine Ausländerin. Das mochte aus dem Fakt resultieren, dass sie an der internationalen Schule eine Ausbildung erhielt, allerdings ebenso aus dem gehobenen Yang'schen Lebensstil. Sie wusste, ihre Familie genoss eine herausragende Gesellschaftsposition. Der Vater galt als überaus wohlhabender Mann mit Einfluss im gesamten Land. Überdies las er ihr annähernd jeden Wunsch von den Augen ab. Konzentrierten sich die Altersgenossen zumeist auf den täglichen Überlebenskampf, gestattete ihr die herausgehobene gesellschaftliche Position selbst im Alltagsleben einen moralischen Imperativ.

Die meisten chinesischen Mitbürger hätten den offensichtlich auf der Straße verunglückten Radfahrer ignoriert. Insofern zu befürchten stand, dass der Verletzte am Ende behauptete, der vermeintliche Helfer trage an dem Unfall Schuld, zeigte sich die Mehrheit der Landsleute dem Leid des anderen gegenüber blind. Beispiele für derartige Zwischenfälle gehörten der Tagesordnung an. Ihr Vater bezog den Verfall menschlicher Werte auf die allgemeine Misere im Land. Doch fiel es verständlicherweise leichter, Moral zu propagieren, solange man ein Leben im Luxus führte.

In dem Bestreben, Beistand zu leisten, lenkte Mel an diesem Sommermorgen den Wagen nicht an der Unfallstelle vorbei. Die Straße bot ausreichend Platz für Ausweichmanöver. Sie bremste das Fahrzeug ab und hielt am Straßenrand an. Während sie sich Details aus dem Erste-Hilfe-Kurs in Erinnerung rief, eilte sie umgehend auf den am Boden Liegenden zu. Kaum beugte sie sich zu dem vorgeblich Verletzten nieder, erhoben sich zwei Gestalten aus dem Gebüsch.

Sogleich packten sie Mel und warfen ihr eine stinkende Decke über den Kopf, wobei ihr ein Esel- oder Maultiergeruch in die Nase drang. Rüde zerrten sie Mel zum BMW. Noch während sich das Automobil mit quietschenden Reifen in Bewegung setzte, fesselten sie das Mädchen im Fond.

Die gesamte Aktion hatte weniger als eine Minute in Anspruch genommen. Da auf dem Zubringer zur Villa nur geringer Verkehr herrschte, blieb die Geiselnahme unbemerkt. Während sie zitternd auf der Rückbank des eigenen Fahrzeugs kauerte, versuchte sie, sich das Erscheinungsbild der Gestalten in Erinnerung zu rufen. Doch hatte sich die Entführung zu übereilt vollzogen. Überdies trugen die Geiselnehmer tief ins Gesicht gezogene Masken. Als die Kidnapper sie zum Auto zerrten, glaubte sie einen durchdringenden Schweißgeruch zu gewahren, doch rührte der möglicherweise von der Pferdedecke her.

Die Fahrt währte gefühlte Stunden. Zumindest der zweite Teil führte die meiste Zeit über unbefestigte Straßen. Sie versuchte, Geräusche wahrzunehmen, der Unterhaltung der Entführer zu lauschen, doch kommunizierten die, wenn überhaupt, im Flüsterton. Die Decke schirmte zusätzlich jegliche Laute ab.

Ängstliche Sorge ergriff von Mel Besitz, doch glaubte sie, das hinter der Geiselnahme stehende Motiv erschließe sich ihr, die Kidnapper zielten auf eine Lösegeldforderung ab. Sie hielt die feste Überzeugung bei, ihr Vater zahle für ihre Freilassung annähernd jeden Betrag.

Leider verlor sie unter der Pferdedecke jegliches Zeitgefühl. Nach gefühlten drei oder vier Stunden bog das Gefährt auf einen schlaglochübersäten Weg. Zuweilen spürte sie, wie ein Stein gegen den Wagenboden stieß.

Die ruinieren meinen teuren BMW, dachte sie, indem sie für Minuten die eigene Not vergaß. Als das Fahrzeug endlich zum Halten kam, zerrten sie die Entführer aus dem Wageninnenraum. Gleichwohl herrschte zunächst Uneinigkeit, ob Mel dem Automobil rechts oder links entsteigen sollte. *Chaotenbande*, notierte sie mental.

Danach führte man sie über einen steinigen Pfad. Offensichtlich handelte es sich um einen schmalen Weg, der den Bewachern verbot, sie in der Mitte zu eskortieren. Sie erwog bereits Gedanken an Flucht. Gleichwohl erfüllte sie die Befürchtung, dass die Entführer in diesem Fall Waffen zum Einsatz brächten. Sah sie von der stinkenden Decke ab, die ihr aufgrund der Ausdünstungen die Luft zu rauben begann, hatten sie ihr bisher keine Schmerzen zugefügt.

Sie stolperte auf dem schmalen Pfad dahin, Äste schlugen ihr ins Gesicht. Sie empfand Dankbarkeit, dass das Textil vor Verletzungen zu schützen schien. Endlich verbreitete sich der Weg, weshalb die Entführer sie erneut zwischen sich eskortierten. Schließlich bedeuteten sie ihr innezuhalten. Sie vernahm das Quietschen einer Tür oder eines rostigen Tors. Sie wurde in einen Raum mit aus unebenem Lehm bestehenden Fußboden gestoßen. Umgehend gewahrte sie das Knarzen einer weiteren Tür. Jemand legte ihr am linken Knöchel eine Fessel an. Danach senkte sich Stille über den Raum.

Mel verharrte von Furcht erfüllt kauernd auf dem Lehm. Da sie keine Geräusche mehr vernahm, wagte sie, bedachtsam an dem Tuch zu ziehen, stets gewahr, dass eine Faust auf sie niederging. Als es ihr endlich gelang, daran vorbeizuspähen, erkannte sie einen dunklen Raum, Decken in einer Ecke aufgetürmt, in der anderen ein verbeulter Eimer aus Zink. Behutsam zog sie die Pferdedecke hoch. Jählings offenbarte sich ihr die bedrückende Realität, dass sie am linken Bein eine Fußfessel trug.

Wie ein Hofhund der Bewegungsfreiheit beraubt, klagte sie still bedrückt. Zwei halbrunde Metallstücke schlossen den Fuß knapp über dem Knöchel ein. Dankenswerterweise hatten sich die Entführer einen Rest humane Gesinnung bewahrt, die Jeans schützte vor der direkten Berührung mit dem blanken Metall. Mittels eines Blicks über den Raum erschloss sich ihr: Sie befand sich hier in völliger Isolation. Indem sie sich der Decke entledigte, unterzog sie das dunkle Loch einer visuellen Inspektion. Die am Fußgelenk befestigte Kette verlief zu einem dicken Pfeiler aus Holz, der offensichtlich dem Dach als Stütze diente. Die Wände bestanden aus mit Lehm beschichtetem Stein oder einem ziegelartigen Material. Zumindest strahlten sie Kälte aus, wenn sie sich mit dem Rücken dagegenlehnte. An der Stirnseite der Kammer, knapp unter der offenen Dachkonstruktion aus hölzernen, windschiefen Balken, befand sich ein winziges Fenster, gleichwohl mit Zeitungen verklebt. Es ließ nur spärliches Dämmerlicht ins Verlies.

Lauschend wartete sie. Aus dem Nebenraum drangen kaum vernehmliche Geräusche an ihr Ohr. Keine Stimmen. Jemand schien schwere Gegenstände umherzuschieben. Das Material der Tür, eine dicke Holzplatte, unterschied sich offenkundig von den morschen Balken der Dachkonstruktion.

Meine Gefängniszelle, konstatierte Mel. *Wie lange wird man mich hier der Freiheit berauben, bis mir Vaters Geld die Freilassung erkauft?* Weiterhin ging sie von der Annahme aus, die Entführung diene dem Ziel, Lösegeld zu erpressen. Doch Daddy würde sie befreien, diese Gewissheit erfüllte sie. Gleichwohl erhob sich die bange Frage, wie lange man sie hier gefangen hielt.

Während Stunden verstrichen, verlor sie allmählich jegliches Zeitgefühl – man hatte sie der Armbanduhr beraubt –, bis sich die Tür zu öffnen begann. Eine Gestalt, das Gesicht mit einem Schal vermummt, bedeutete ihr, sich in die gegenüberliegende Ecke zurückzuziehen. Sie kam umgehend der Aufforderung nach. Das Individuum zog sich temporär zurück, dann erschien es erneut mit mehreren Wasserflaschen aus einem kunststoffartigen Material und stellte die Flaschen an die Wand. Draußen reichte eine zweite Person, die Mel allerdings verborgen blieb, da der Rücken des Wasserträgers die Sicht verbarg, ein Objekt herein. Der unsichtbare Helfer verschwand. Der Erste platzierte eine Schale mit Essstäbchen neben die Wasserflaschen auf den Lehm. Danach schloss sich die Tür ein weiteres Mal. Kein einziges Wort erschallte im Raum.

Da Mel Durst verspürte, zog sie eine der Flaschen heran und labte sich an dem kühlen Nass. Auf Vorsicht bedacht, legte sie ein Ohr an die Wand. Doch vernahm sie keinerlei Laute aus dem Nebenraum. Sie unterzog die Schüssel, die offensichtlich ihr Mittagsmahl oder Abendbrot enthielt, einer Inspektion. Eine Brühe, in der dicke Nudeln schwammen, mit Gemüsestücken unbekannter Provenienz. Als sie mittels der Stäbchen in die Suppe stach, suchte sie vergeblich Fleisch zu erspähen. Mel verspürte kaum Appetit. Zudem gewahrte sie, trotz des Dämmerlichts, am Rand der Schüssel eingetrocknete Reste eines früheren Mahls. Von Ekel erfüllt, schob sie das Gefäß von sich weg und führte sich stattdessen weitere Schlucke Wasser zu.

Sie versuchte, sich die Gestalt, die das Essen gebracht hatte, in Erinnerung zu rufen. Aufgrund des Schals blieb ihr die Physiognomie verborgen. Die Art, wie er sich bewegte, sprach für einen Mann. Theoretisch kam auch eine Frau in Betracht, doch schloss Mel bei Geiselnehmern automatisch auf das männliche Geschlecht. Er trug eine dunkle Arbeitshose und, das erschien ihr bedeutungsvoll, grünliche Schuhe aus Stoff, wie man sie zuweilen bei den Verkäufern auf den Märkten sah. War sie in die Hände von Bauern geraten?

Im Nebenraum schien weiterhin Ruhe zu herrschen. Hatten sich die Entführer zurückgezogen? Sie ging von drei Beteiligten aus. Einer hatte den Wagen gesteuert, zwei waren auf der Rückbank neben ihr gesessen. Hier gewahrte sie bisher allerdings nur zwei, ein Umstand, der keineswegs gegen einen dritten sprach.

Mel tastete bedachtsam die Wände der Zelle ab. Diejenige mit der eingelassenen Tür trug zwar ebenfalls einen Verputz aus grauem Lehm, schien jedoch aus einem anderen Material zu bestehen. Zumindest fühlte sich die Oberfläche wärmer an. Als sie sich der Tür anzunähern begann, gewahrte sie ein Zerren der Fessel am Bein. Die Länge der Kette vereitelte, dass sie dem Ausgang näherkam. Allenfalls wenn sie flach auf dem Boden lag, mochte sich eine Chance eröffnen, mit den Fingerspitzen die dicke Holzplatte zu ertasten. Gleichwohl erkannte sie keine Notwendigkeit für eine Inspektion.

Außerdem gewahrte sie, wie das spärliche Licht nachzulassen begann. Die Dunkelheit brach über ihr Gefängnis herein. Bevor sie sich nur noch tastend zu orientieren vermochte, raffte sie die Decken zusammen und packte sie in der Ecke gegenüber der Tür an die Wand. Der kratzende Stoff schützte zumindest vor dem spröden Lehm, wenn sie kauernd in dem Winkel saß.

Offensichtlich hatte sie der Schlaf übermannt. In der Nacht erwachte sie, von Schmerzen in den Gliedern geplagt. Sie benötigte einige Augenblicke zur Orientierung. Dann rief sie sich ihre missliche Lage in Erinnerung. Inzwischen wusste ihr Vater gewiss von der Entführung. Möglicherweise bereitete er bereits die Übergabe des Lösegelds vor. Sofern ihr das Schicksal eine glückliche Fügung zugestand, erlangte sie am morgigen Tag die Freiheit zurück.

Du darfst dich nicht an Illusionen klammern, schalt sie sich. Außerdem verspürte sie einen Drang, der ihr die Toilette aufzusuchen anempfahl. Sie versuchte sich ins Gedächtnis zu rufen, in welcher Ecke sich der Eimer befand. Behutsam kroch sie auf Ellenbogen und Knien an der Wand entlang. Dabei geriet sie mit einer Hand in eine feuchte Masse von weicher Konsistenz. Umgehend zog sie die Hand zurück.

Die Nudelsuppe, rief sie sich in Erinnerung. Glücklicherweise hatte sie die Schale nicht umgestoßen. Sie robbte in die andere Richtung, vorsichtig bemüht, gegen kein verborgenes Hindernis zu stoßen.

Endlich erreichte sie den Eimer und erleichterte sich. Sie hoffte nur, dass in diesem Moment niemand den Raum betrat, der sie bei der Notdurft erspähte. Auf dem Rückweg zur Lagerstatt in der Ecke stieß sie auf die Wasserflaschen. Sich gierig an der Flüssigkeit labend, ergab sie sich der stimulierenden Fantasie, wie ihr Vater alle Hebel in Bewegung setzte, um sie zu befreien. In Gedanken erblickte sie ihn vor der Hütte, wie er den Entführern verächtlich einen Geldkoffer vor die Füße warf und auf die Herausgabe seiner geliebten Tochter bestand. Angesichts dieser betörenden Vorstellung rannen Tränen über die Wangen.

Als der Morgen graute, inspizierte sie auf der Suche nach Nahrung erneut das Verlies. Inzwischen verspürte sie ein nagendes Hungergefühl. Als sie sich allerdings dem Nudelgericht näherte, stach ihr eine komplette Ameisenkolonie ins Auge, die sich von einer Ritze in der Wand in einer Kolonne auf die verschütteten Nudeln zubewegte. Auch die Schüssel präsentierte sich mit Insekten übersät.

Um das Hungergefühl im Magen zu bekämpfen, führte sie sich abermals Wasser zu. Stunden vergingen, bis sich die Tür erneut zu öffnen begann und die vermummte Gestalt den Raum betrat. Zunächst entsorgte sie den Eimer, dann mit einem missbilligenden Kopfschütteln die Reste des Mahls.

Endlich kehrte er zurück und stellte eine Schüssel mit Wasser in der Mitte der Kammer ab. Daneben legte er ein schmutzstarrendes Tuch. Mittels Gesten forderte er sie zum Waschen auf. Leider verharrte er in der Tür, hoffte womöglich, sie biete sich entblößt seinen Blicken dar.

Mel tauchte das Tuch in das kühle Nass und rieb damit Gesicht und Hände ab. Auf Diskretion bedacht, öffnete sie behutsam den obersten Blusenknopf, dann wandte sie ihm den Rücken zu und wusch sich hastig die Achselhöhlen. Gern hätte sie den gesamten Körper einer Reinigung unterzogen, im Hause Yang achtete man strikt auf Hygiene, doch hielt sie der Anblick des Vermummten von weiteren Schritten ab. Schließlich nahm er die Waschschüssel mit. Mel deutete mittels Gestensprache Zähneputzen an. Nickend signalisierte er Konsens. Warum sie nur gestikulierend kommunizierte, verschloss sich selbst ihr. Dass sich der Vermummte ihr gegenüber stumm verhielt, lag auf der Hand. Auf diese Weise gewährleistete er, dass Mel keine Stimme vernahm. Wieso jedoch auch sie nur mittels Gesten sprach, ließ sich nicht nachvollziehen.

Endlich erschien der Entführer erneut und platzierte die bekannte Suppenschüssel mitten in die Ameisenkolonie. Kaum verließ er den Raum, hastete Mel zur Wand neben der Tür und rettete ihr Frühstück vor dem Insektenschwarm. Abermals Nudelsuppe konstatierte sie. Die verkrusteten Essensreste am Rand der Schale ignorierend, verschlang sie das Mahl. Wann hatte sie jemals derart köstliche Speisen verzehrt?

Als die vermummte Gestalt die leere Nudelschüssel einsammeln kam, überwand Mel ihre ängstliche Scheu und fragte, wann er ihr die Freiheit gewährte.

Er zuckte nur die Achseln, bevor er verschwand.

Allmählich gewöhnte sie sich an die immergleichen Abläufe, die mit langen Stunden des Grübelns alterierten. Allein in einem dunklen Verlies eingesperrt, sehnte sie sich nach menschlicher Intimität. Flehentlich erwartete sie das Erscheinen der vermummten Gestalt.

Am zweiten oder dritten Tag, sie hatte inzwischen das Zeitgefühl verloren, unterbrach ein Ereignis die öde Monotonie der Gefangenschaft. Hinter der schweren Holztür vollzog sich im Nebenraum ein ungestümer Streit. Sie vermochte zwar keine Worte zu verstehen, glaubte allerdings drei verschiedene Stimmen zu identifizieren. Stritten sich die Entführer bereits über die Aufteilung des Lösegelds? Stand ihre Freilassung unmittelbar bevor? Hoffnung keimte in ihr auf.

Die Gestalten jenseits der Tür schienen indessen zu befürchten, dass Mel die Konversation belauschte. Sie vernahm das Quietschen einer weiteren Tür, woraufhin sich die Stimmen in der Ferne verloren. In der Erwartung, sie befinde sich allein im Haus, nutzte sie die Gelegenheit, um sich vor der dicken Holztür auf den Boden zu werfen und unter der Ritze am Fuß der Tür hindurchzuspähen. Das Einzige, was sie gewahrte, stellte ein unebener Lehmboden dar, gleich dem im Verlies.

Später erinnerte sie sich, dass an diesem Tag die Nudelsuppe einige winzige Stücke Fleisch enthielt. Inzwischen hatte sie sich an das Essen gewöhnt, erwartete sehnsüchtig das nächste Mahl.

Mit jedem Tag und vor allem mit jeder Nacht schwand jedoch der Hoffnungsschimmer auf die bevorstehende Freiheit dahin. Hatte der Vater eine Lösegeldzahlung abgelehnt?

Ausgeschlossen, rief sich Mel dessen Fürsorglichkeit in Erinnerung. Doch nagte weiterhin ein leiser Verdacht an ihr. Überzogen die Geiselnehmer die Forderung? Welches Problem stand einer Freilassung entgegen? Jegliche Hoffnung drohte in dem Maße zu schwinden, wie ihr ungewaschener Körper einen Fäulnisgeruch zu verströmen begann. Dennoch weigerte sie sich, sich vor den Entführern zu entblößen. Beim nächsten Mal, als der Vermummte die Waschschüssel abholen kam, vergrub sie das feuchte Tuch im Blusenausschnitt, wobei ihm das Fehlen des Handtuchs entging. Später verbarg sie das kostbare Stück unter den Decken in der Ecke des Raums. Nach dem Frühstück lauschte sie in den Nebenraum. Dann entledigte sie sich kurzentschlossen des Kleidungsstücks und wusch oberflächlich den Oberkörper. Von einer umfassenden Dusche zwar weit entfernt, fühlte sie sich gleichwohl hinlänglich erfrischt.

Die Tage und Nächte vergingen. Mel sann über Methoden nach, wie sich aus eigener Kraft eine Flucht bewältigen ließ. Doch schon der Blick auf die Kette am Knöchel rückte jegliche Hoffnung ins Reich der Fantasie. In der endlosen Düsternis erwog sie den Plan, die Entführer zu düpieren. Konnte sie sich mit dem weiblichen Körper die Freilassung erkaufen? Doch stiegen Zweifel in ihr auf, vor allem, da sie mittlerweile wie ein Schweinestall stank.

Inzwischen vermochte sie kaum zu entscheiden, wie lange man sie hier bereits wie Vieh in einem Stall gefangen hielt. Zuweilen wartete sie von Verzweiflung erfüllt kurz nach dem Frühstück aufs Abendbrot. Nur der durch das verklebte Fenster dringende fahle Schein gab Hinweise, ob Tag herrschte oder Nacht. Als ein heftiger

Gewittersturm über der Hütte niederging und sich der Himmel jäh zu verdunkeln begann, verlor sie jeglichen zeitlichen Bezug. Zuweilen argwöhnte sie, dass man sie um manche Mahlzeit betrog. Einzig Frühstück, Mittagsmahl und Abendbrot, sowie die Zeremonie mit der Schüssel – das gestohlene Handtuch hütete sie wie einen Schatz – gewährten ihr für Minuten menschliche Intimität, wenngleich man ihr jedes Wort zu verweigern schien. Da auch Mel das Sprechen aufzugeben begann, erschien ihr der Klang der eigenen Stimme fremd, wenn sie wider alle Gewohnheit dennoch in Kommunikation zu den Entführern trat. Wie mussten sich Gefangene fühlen, die man jahrelang in Einzelhaft hielt?

Als Kind hatte sie die Geschichte eines Grafen gelesen, der über Jahre einsam in einer Bergfeste eingekerkert saß und mit einem Löffel Zentimeter für Zentimeter den Stein der Mauern auszuhöhlen begann. Ob ihm die Freiheit zu erlangen gelang, hatte sich aus dem Gedächtnis getilgt. Das einzige Werkzeug, das man ihr zugestand, bestand aus Holz, mit dessen Hilfe sich nicht einmal die Ziegelwand auflockern ließ. Sie hatte es vergeblich versucht. Außerdem wurden Schüssel und Stäbchen nach jeder Mahlzeit sorgfältig abgeräumt. Das Missgeschick, einen Gegenstand im Verlies zu hinterlassen, unterlief dem Vermummten kein zweites Mal.

Eines Nachts erwachte sie von heftigem Lärm im Nebenraum; lautstarkes Stimmengewirr und ein polterndes Geräusch rissen sie aus dem Schlaf. Von Schrecken erfüllt, vermochte sie kaum zu unterscheiden, wie viele Personen sie vernahm. Dann öffnete sich jählings die Tür zum Verlies. Aufgrund der Dunkelheit und insofern das Licht im Nebenzimmer die Gestalten von hinten traf, erkannte sie nichts. Daraufhin stürmten drei Vermummte auf sie zu. Zwei packten sie am Oberarm, der Dritte stieß einen spitzen Gegenstand durch den Ärmel der Bluse in die Haut. Erst als sie den Schrecken überwunden glaubte, leistete sie heftig Widerstand. Doch gegen die muskelbepackten Gestalten richtete sie wenig aus. Außerdem ließen ihre Kräfte allmählich nach, bis sie schließlich das Bewusstsein verlor und in Ohnmacht sank.

Nach Stunden, möglicherweise auch Tagen, erwachte sie in einem weißgekalkten Raum auf einem sauberen Bett. Die Kette am Fuß war verschwunden. Zum eigenen Entsetzen trug sie nicht mehr die stinkende Kleidung, sondern einen blauen Trainingsanzug. Selbst der BH fehlte. Als sie nach einigen Minuten der Kontemplation in die Hose des Kleidungsstücks spähte, gewahrte sie schreckerfüllt: Sie trug einen ihr unbekannten Slip. Überdies roch ihr Körper nach Parfüm. Zwar keineswegs ein edler Duft, doch nach dem Gestank, der sie vorher umgeben hatte, stellte das Odeur einen augenfälligen Fortschritt dar.

Hatte man sie im Zustand der Ohnmacht missbraucht? Was hatte man ihr noch angetan? Statt über eine mögliche Vergewaltigung nachzusinnen, unterzog sie den Raum, in dem sie lag, einer eingehenden Inspektion. Er präsentierte sich spärlich möbliert, strahlte jedoch aseptische Sauberkeit aus. Ein Tisch, zwei Stühle — sollte sie hier Besuch empfangen? — sowie ein leeres Bücherregal an der Wand. Die Tür zum Gemach bestand allerdings aus Metall, das einen soliden Eindruck hinterließ.

Schließlich gewahrte sie eine zweite Tür, die einen Spalt offenstand. Als sie sich aufsetzte, verspürte sie umgehend ein Schwindelgefühl, das sich jedoch durch tiefes Durchatmen vertreiben ließ. Behutsam streckte sie die Beine aus dem Bett. Da sie keine Pantoffeln trug, erspürte sie die Kälte des Fußbodenbelags, ein Gefühl, das sie, soeben einer Bauernkate entronnen, gleichwohl stoisch ertrug. Von Argwohn erfüllt, erhob sie sich, suchte allerdings weiterhin Halt am Bettgestell. Fortgesetzte tiefe Atemzüge reduzierten das Schwindelgefühl. Behutsam tastete sie sich an der Wand entlang zur offenen Tür. Schutz am Rahmen suchend spähte sie in den angrenzenden Raum, wo sich ein überraschendes Panorama bot: ein Badezimmer mit Waschbecken, Toilette sowie einer Badewanne samt Duschvorhang. An einem Haken an der Wand fand sie mehrere saubere Tücher vor. Neben dem Becken Toilettenartikel: Seife, Zahncreme und eine Zahnbürste, außerdem einen Kamm.

Während sie sich auf dem Badewannenrand niederließ, analysierte sie die veränderte Situation. Was war geschehen? Wo befand sie sich hier? Hatten sie die Entführer von dem stinkenden Verlies in eine akzeptablere Herberge verlegt? Die Stahltür, ohne Griff, die ihr ins Auge stach, gab einen Hinweis auf anhaltende Gefangenschaft. Hatte Vater die Verbesserung der Lebensbedingungen ertrotzt? Warum erkämpfte er ihr nicht die Freiheit? Wie lange befand sie sich bereits in der zwar komfortablen, gleichwohl an ein Gefängnis gemahnenden Unterkunft? Unzählige Fragen stiegen mahnend in ihr auf.

Kapitel 6

In der Nacht rang Jack Yang vergeblich um Schlaf. Die Vorstellung, dass im Kellergeschoss der Kidnapper der geliebten Tochter saß, trieb ihm Zornesfalten auf die Stirn. Zwar stimmte er prinzipiell mit mir überein, möglicherweise führe der uns doch noch zu Mel, doch dem Missetäter Herberge zu gewähren, überforderte seine Toleranz.

Jane hatte sich das vom Arzt seit der Entführung verschriebene Schlafmittel heute früher zugeführt und lag friedlich auf ihrer Bettseite in pharmaziebedingtem Schlaf. Jack kannte die Qualen, die sie seit dem Montag, an dem Mel verschwand, durchlitt. Leise entstieg er dem Bett und zog eine kurze Sporthose an. Die Nacht war warm. Erst in den Morgenstunden kündigte sich eine leichte Abkühlung an.

Vorsichtig schloss er die Schlafzimmertür hinter sich. Um diesem Flegel die Leviten zu lesen, zog ihn eine innere Unruhe intuitiv ins Kellergeschoss. Doch befürchtete er, dass er sich vergaß, wenn er jenem gegenübertrat. Stattdessen begab er sich in den Salon und goss einen dreifachen Cognac in ein Wasserglas. Die kristallenen Cognacschwenker erachtete er angesichts der Situation und der Nachtzeit deplatziert. Bei geöffneter Terrassentür sog er begierig die Nachtluft in die Lunge ein. Im Norden Pekings sei die Luftbelastung geringer als in der Innenstadt, hatte ihm einst ein Freund offenbart. Damals erwiderte er nur: *Dann erliegen wir hier dem Vergiftungstod später als in der Stadt.*

Als er sich erneut Mels Entführung in Erinnerung rief, fragte er sich, an welchem Ort man sie gefangen hielt. Verspürte sie Pein? Litt sie Seelenqual, sehnte sie sich nach Hause zurück? Er hoffte, dass sie eine menschenwürdige Behandlung erhielt. Krümmten sie ihr auch nur einziges Haar, schwor er, die Verbrecher bis ans Ende der Welt zu verfolgen. Er würde all seine Beziehungen nutzen, um die Entführer einer gerechten Strafe zuzuführen. Zorn, Ärger und Rachegelüste stiegen in ihm auf. Er trug sich mit dem Gedanken, dem im Kellergeschoss Eingeschlossenen die Informationen aus dem Leib zu prügeln. Um die Wut zu bezähmen, führte er sich das Destillat in hastigen Schlucken zu. Emotionen verhalfen in einer solch misslichen Lage zu keinem Erkenntnisgewinn. Doch musste er sich jemandem anvertrauen.

Im Obergeschoss der Villa klopfte er zaghaft an die Tür der Gästesuite.

***

Müde, verzweifelt und erschöpft, verharrte ich in Gedanken verstrickt im Bett. Auch mir blieb der Schlaf versagt. Verdammt! Als wir das Versteck der Entführer entdeckten, wähnten wir uns kurz vor dem ersehnten Ziel. Liu Weis Männer schienen mir durchaus in der Lage zu sein, das Geschmeiß zu überwältigen. Niemals hatte ich erwartet, ich erblicke die Hütte der Bewohner beraubt.

Ich sann über die Frage nach, mein Haupt in die Federn zu betten, befürchtete jedoch, ich wälzte mich nur erneut in den Laken. Zu viele bedrückende Gedanken wühlten mich auf, Ruhe blieb mir weiterhin versagt.

Ich entriegelte soeben das Fenster zum Balkon, als ein Klopfen an der Tür erscholl. Insofern ich im Haus keine Geräusche vernahm, fragte ich mich, wer nächtens durch die Villa schlich. Suchte mir Lian Trost zu spenden?

Als ich öffnete, gewahrte ich Jack mit einer Cognacflasche in der Hand auf dem Flur.

»Störe ich? Habe ich dich aufgeweckt?«

Ich vermittelte ihm, ich suche vergeblich geruhsamen Erholungsschlaf. Möglicherweise verhelfe mir sein Feuerwasser zu entspannter Contenance, woraufhin er der Küchenzeile ein Wasserglas entnahm.

»Obgleich XO kaum die Bezeichnung Feuerwasser verdient, sollte sich die Wirkung zielführend erweisen«, scherzte er, während er sich anschickte, das Glas annähernd bis zum Rand zu füllen.

»Du sinnst über Mel und den Jungen im Keller nach«, vollzog ich seine Gedankengänge nach, wobei ich das Glas erhob, ihm zunickte und mich an einem kräftigenden Schluck labte.

»Ich fühle mich ihm den Hals umzudrehen versucht«, erwiderte Jack, während auch ihm das Elixier durch die Kehle rann.

»Ich vermute, lebend vermag er unserer Sache dienlicher zu sein. Als ich am Abend mit ihm sprach, verriet er mir, wo er die beiden Mitentführer erstmals getroffen hatte. Schenke ich ihm Glauben, dann ließ er sich aufgrund eigener Dummheit auf die Geiselnahme ein. Zwar verschließt sich mir, in welcher Beziehung er zu deiner Tochter steht, doch erlitt er offenbar eine Kränkung durch sie. Na ja, verletzte Eitelkeit, etliche Gläser zu viel und einige Joints beförderten möglicherweise den Rachewunsch.«

»Das erachte ich noch lange als keinen Grund, ein Mädchen der Freiheit zu berauben«, erwiderte Jack erbost. In diesem Punkt stimmte ich mit ihm überein.

»Ich ergreife keineswegs Partei für ihn, doch berichtete er, dass er erwogen hatte, den Freunden die Unterstützung zu entziehen. Angeblich entbrannte ein vehementer Streit. Gleichwohl erlagen die Kumpane der Verlockung einer Million.«

»Dann sollten sie mich endlich mit einer konkreten Forderung konfrontieren, die mir Mel wiederzuerlangen verspricht. Das endlose Warten bedrückt mich in einem Maß, das mir eine Lösegeldzahlung erstrebenswert erscheinen lässt«, schalt Jack von Zorn erfüllt.

»Ich glaube, die planen, das Lösegeld ohne ihn einzustreichen. Die Kellerwanze hat den Mitverschwörern angeblich vor Augen geführt, dass er kein Verlangen nach Bereicherung verspürt, ein Umstand, der auch den Standortwechsel erklärt. Insofern zu befürchten stand, dass er Mels Versteck verriete, wenn er sich von der Geiselnahme zurückzuziehen geruhte.«

»Das bildet zumindest ein schlüssiges Erklärungsmodell«, stimmte Jack mit mir überein.

»Nur fehlt dir hinfort ein Führer, der dir den Weg zum Aufenthaltsort deiner Tochter weist.«

»Ich hoffe weiterhin, sie geben bald ihre Forderung bekannt, die sich zweifellos auf Lösegeld bezieht. So lange spioniere ich ihnen hinterher.«

»Wobei sich Vorsicht anempfiehlt. Wenn die wähnen, dass du sie verfolgst, üben sie möglicherweise Rache an Mel.«

»Ich wünschte, mir erschlösse sich eine erhellende Idee, wie sich ein Fortschritt bei der Suche zu erzielen verspräche. Immerhin verfüge ich über einen Ansatzpunkt, wie sich ihre Identität ermitteln lässt.«

Ich berichtete Jack von der Bar in Shishahai. Dort hoffte ich, mehr über die Entführer zu entschleiern. Zwar bestand kaum Hoffnung, in der Stadt auf einen der beiden zu stoßen, die bewachten jetzt gewiss das Entführungsopfer, wo auch immer sich das befand.

»Namen hat Kellerwanze keine offenbart?«

»Er kennt sie nur als Zhang, den Träumer, und Motorrad-Wang.«

»Großartig, dann führt eine Suche im Telefonbuch zweifellos zum Erfolg«, blaffte Jack in sarkastischer Intonation. »Mehr hat er dir nicht mitgeteilt? Aussehen, besondere Merkmale, Details der Physiognomie?«

»Doch. Der Motorradtyp trägt angeblich eine Drachentätowierung auf dem rechten Handgelenk. Der andere besticht durch eine Boxernase, die sein Antlitz entstellt.«

»Gratuliere, dann hast du sie ja schon annähernd identifiziert. Weißt du, wie viele Personen eine Drachenfigur ziert? Und deformierte Nasen findest du in Peking ohnehin genug.«

Ich räumte ein, ich hielte in der Tat ein schlechtes Blatt in der Hand, erhoffte mir jedoch mehr Informationen durch einen Besuch im Stammlokal der zwei. Offenbar von einem Hoffnungsschimmer beseelt, schenkte Jack Cognac nach. Dieses Mal füllte er die Gläser nur zur Hälfte auf.

Indem er einem Anflug von Aktionismus erlag, unterbreitete er den Vorschlag: »Komm, lass uns den Burschen einem weiteren Verhör unterziehen.«

Auf wen er mit der Bezeichnung *Bursche* verwies, erschloss sich mir intuitiv. Ich folgte ihm ins Kellergeschoss. Schon beim Öffnen der Tür traf uns ein Schock. Peter Landwerk hatte sich offensichtlich zu erhängen versucht. Mit augenfälligen Würgemalen am Hals lag er quer auf der Liege und japste nach Luft. Er hatte den Gürtel als Schlinge um den Hals gelegt und das Leder an den Heizungsrohren der Decke angebracht. Zum Glück war die Schnalle gerissen. *Made in China*, konstatierte ich, als ich das Objekt einer Inspektion unterzog. Er schien bei vollem Bewusstsein zu sein.

»Sollen wir einen Arzt konsultieren?«, fragte ich Jack.

»Und welche Erklärung biete ich einem Mediziner angesichts der Würgemale an? Dass ich meinen Keller an Selbstmörder vermiete?«, kommentierte Jack erbost. »Außerdem sieht er doch recht munter aus. Ich glaube, dass er das zweifellos überlebt, wenn ich auch nicht behaupten mag, dass mich eine potenzielle Genesung mit Entzücken erfüllt.«

Im Grunde erwog ich die Erwiderung, aufgrund seiner Stellung im Land sei ihm gewiss ein verschwiegener Mediziner bekannt, doch versagte ich mir den Kommentar. Schließlich schien Peter dem Leben näher als dem Tod. Bevor wir ihn allerdings verließen, überprüften wir den Kellerraum auf Gegenstände, mittels derer er möglicherweise einen erneuten Versuch in Erwägung ziehen könnte.

Als Jack die Türe schloss, rief er ihm zu: »Ich an deiner Stelle würde mit mir zu Rate gehen, ob ich schon heute dem Teufel in die Augen blicken will. Sinn besser zweimal nach, ob du tatsächlich aus dem Leben zu scheiden gedenkst.«

»Sollen wir eine Wache bei ihm lassen, für den Fall ...«

»Meinetwegen mag er so lange die Atmung unterbinden, bis er erstickt. Doch beschleichen mich Zweifel, dass er einen zweiten Versuch unternimmt. Hast du seine Augen gesehen? Der Blick drückte absolute Verzweiflung aus. Geben wir ihm Gelegenheit zur stillen Kontemplation.«

Insofern andernfalls zu befürchten stand, dass ich mich morgen außerstande sah, eine Drachentätowierung von einem Engel zu unterscheiden, verabschiedete ich mich nach einem weiteren Glas ins Bett. Mit gehöriger Schlagseite stapfte ich ins Obergeschoss. Um den Gang zu stabilisieren, hielt ich mich am Treppengeländer fest. Zwar bezweifelte ich, dass Jack schon die nötige Bettschwere besaß, doch welchen Fortschritt erzielten wir, wenn wir uns beide der Trunkenheit ergaben?

Am nachfolgenden Morgen zeugten dunkle Ringe unter den geröteten Augen von der nächtlichen Konversation. Jack versicherte in ermatteter Intonation, ich böte kaum ein besseres Bild. Lian schenkte uns mehrfach Kaffee nach.

Da sich Liu Wei mit seinen Getreuen in den Bergen auf die Suche nach Mel begab, diente ich mir heute selbst als Chauffeur. Deshalb erbat ich mir von Jack ein Automobil. Er bot mir eine Mercedeslimousine an, woraufhin ich entgegnete: »Hast du auch ein zurückhaltenderes Fahrzeug anzubieten? Ich möchte möglichst wenig Aufsehen erregen.«

»Als ob man in China mit einem Mercedes Aufmerksamkeit auf sich zieht«, zischte er und händigte mir die Schlüssel eines unauffälligen japanischen Kleinwagens aus.

In reduzierter Geschwindigkeit schob ich mich in dem Automobil durch den zähen morgendlichen Pekinger Verkehr. Trotz Fahrverboten und zahlreicher Restriktionen schien die Verkehrssituation in der Hauptstadt weiter zu eskalieren. Ich benötigte mehr als zwei Stunden, bis ich Shishahai erreichte, wo ich allerdings aufgrund der Uhrzeit problemlos einen Parkplatz fand. Das Viertel füllte sich erst in den Abendstunden mit potenziellen Zechern.

Die Besitzer der ungezählten Restaurants, Bars und Clubs hatten die altersschwachen Gebäude zum Teil mit primitivsten Mitteln renoviert. Offensichtlich lautete hier die Devise, sich möglichst auffällig und bunt zu präsentieren. Bei Tageslicht boten die meisten Etablissements jedoch ein erbarmungswürdiges Erscheinungsbild. Zahlreiche Türen blieben noch verschlossen, darunter auch die des *Eden-Clubs*, dem gesuchten Lokal.

Auf einem Rundgang durchs Stadtgeviert fand ich schließlich ein Restaurant-Café, das mittels geöffneter Pforten einzuladen schien. Die Angestellten säuberten soeben mit verschlafenem Mienenspiel den verschmutzten Bodenbelag. Gäste blieben zu dieser frühen Stunde zwar noch aus, doch mich abzuweisen, erachtete der Wirt offenbar als geschäftsschädigendes Tabu. Er rollte die Markise zur Straßenseite herab. Zwei Kellner trugen einen Bistrotisch und zwei Stühle herbei. Der Kaffee erforderte allerdings Geduld. Die Maschine benötige eine gewisse Anlaufzeit, verkündete ein Bediensteter. Ob er damit anzudeuten suchte, der Kaffeeautomat bedürfe einer Befüllung mit Kaffeebohnen oder der Reparaturservice treffe verspätet ein, blieb unerwähnt.

Ich rief den Chef herbei, der im Gegensatz zu den Angestellten dem Müßiggang zu frönen schien. Offenbar hegte er die Befürchtung, ich führe Beschwerde gegen die unangemessene Wartezeit, folgte jedoch meiner Aufforderung. Ein dürres, kleines Männchen mit blitzenden Augen. Ich schätzte, er stammte aus der Sichuan-Provinz.

Als ich ihn zum *Eden-Club* befragte, reagierte er nur mit einem Achselzucken. Das Lokal sei ihm bekannt, schließlich befinde es sich in unmittelbarer Nachbarschaft. Seines Wissens werde es von zwei Ausländern geführt, wobei einer die französische Staatsbürgerschaft besitze und dem Club als Geschäftsführer diene. Der andere weile nur gelegentlich vor Ort. Vor zwölf Uhr mittags möge ich allerdings keine Hoffnungen hegen, dort jemanden anzutreffen.

Als ich ihn nach Motorrad-Wang und Zhang, dem Träumer, fragte, reagierte er auch hier nur mit einem Schulterzucken. Ihm sei nur von wenigen Gästen ein Name bekannt. Auch die Andeutung einer Boxernase sowie einer Drachentätowierung verhalf ihm zu keiner Erinnerung. Am Ende erhielt ich zwar Kaffee, erzielte jedoch kaum Erkenntnisgewinn.

Nach einem Bummel durch Shishahai erspähte ich endlich am *Club Eden* eine offenstehende Hintertür. Als auf Klopfen eine Antwort auszubleiben schien, betrat ich einen dunklen Flur, der den Eingang mit einer rustikalen Wirtsstube verband.

Dort begrüßte mich ein mürrisch dreinblickender Ausländer, beziehungsweise vergaß, mir einen Gruß zu entbieten. Stattdessen knurrte er, ohne den Blick zu erheben: »Das Lokal ist noch geschlossen.«

»Keine Chance auf ein Sandwich und einen Drink?«, erwiderte ich.

Endlich blickte er mich an. Als er einen Ausländer gewahrte, gewann seine Miene an Freundlichkeit. »Schinken oder Käse?«, fragte er.

»Beides, wenn's beliebt«, antwortete ich und reichte ihm mit den Worten »Frank Tanner« die Hand.

Die umschloss er mit einem Griff, der mir einen Schraubstock in Erinnerung rief. »Jean-Paul Lemans«, stellte er sich vor.

Während ich die malträtierten Knochen einer Massage unterzog, fragte ich: »Franzose?«

»Gott bewahre«, rief er aus. Er sehe Belgien als angestammte Heimat an, Vater Wallone, die Mutter aus dem flämischen Sprachbereich. Der Sprachenstreit treibe damit die Familie um. Wie um dem Ausdruck zu verleihen oder sich nicht zwischen Französisch und Niederländisch entscheiden zu müssen, wechselte er ins deutsche Idiom. Erklärend fügte er an, er habe einige Jahre im Rheinland gelebt. Das aufgeschlossene Naturell der Kölner Mädels hafte ihm in angenehmer Erinnerung.

Die ließ ich unhinterfragt. Stattdessen sprach ich ihn auf Peter Landwerk an. Der Name schien ihm unbekannt, doch meine Beschreibung ließ in ihm eine Reminiszenz auferstehen.

»Während er sich dem Alkohol ergibt, hängt er zuweilen hier ab. Wobei mich der Verdacht beschleicht, dass er auch Drogen konsumiert. Wenn sich der Junge nicht kontrolliert, gerät er früher oder später auf die abschüssige Bahn.«

»Zwielichtige Freunde?«, fragte ich nach.

Mittels eines Nickens gab Jean-Paul zu verstehen, die Vermutung entspreche möglicherweise der Realität. Als ich Motorrad-Wang und Zhang, den Träumer, beschrieb, fügte er hinzu: »Leider sehe ich keine Möglichkeit, meine Gäste auszuwählen.«

Er legte Wert auf die Feststellung, sein Restaurant diene niemals als Drogenumschlagplatz. Obgleich ich die Behauptung in Zweifel zog, nahm ich sie schweigend auf. Stattdessen fragte ich, welche Details zum Gebaren Wangs und Zhangs er mir zu offenbaren vermochte.

»Na ja. Die hängen hier fast täglich ab, werfen heute mit Geld um sich und am nächsten Tag bleiben sie mir die Rechnung schuldig. Wenn du mich fragst, gehen die illegalen Geschäften nach. Keineswegs mein bevorzugtes Publikum, doch wie gesagt, die Wahl, welcher Gast das Lokal frequentiert, erfolgt schicksalsbestimmt.«

Darüber hinaus wusste er leider wenig Information über die Entführer beizutragen. Seit einer Woche blieben ihre Besuche im *Eden-Club* aus, doch sei das keineswegs verwunderlich. »Offenbar in Geschäften unterwegs«, bekundete er.

Ihr Aufenthaltsort sei ihm jedoch unbekannt. Allerdings verfüge eines der Barmädchen möglicherweise über eine hilfreiche Information. Aufgrund der Art, wie er das Wort intonierte, wähnte ich, ihr Service beschränke sich nicht ausschließlich auf das Begehren, den Durst der Gäste zu stillen.

Als ich mit ihr zu sprechen bat, erwiderte er: »Die frönt offensichtlich noch dem Schönheitsschlaf, doch kontaktiere ich sie gern für dich.« Hinter der Theke zog er ein altmodisches Telefon hervor, um eine Nummer zu wählen. Nach geraumer Wartezeit nahm am anderen Ende jemand den Hörer ab. Nach einigen Worten der Konversation beendete er das Gespräch. Er schrieb eine Adresse auf einen Block und schob ihn mir über den Schanktisch zu.

»Ich habe dich als Kunden avisiert. Für ein paar hundert Renminbi gibt sie dir alles preis, was sie weiß. Wenn du noch einige Scheine mehr investierst, öffnet sie dir auch ihr Schlafgemach.«

Die Informationsbeschaffung hatte ich mir zwar anders vorgestellt, nahm die Adresse aber dankbar entgegen und bedankte mich.

»Und dein Sandwich?«, rief er mir nach.

»Für Nahrungsaufnahme keine Zeit«, entgegnete ich.

»Okay, es hätte dir vermutlich ohnehin nicht geschmeckt«, lobte er grinsend die Küchenkunst des Etablissements.

Zhou Hui, von Freunden Lilly genannt, residierte in einem Wohnblock, dessen Eingangsbereich sich über und über mit Graffiti besprüht präsentierte. Da sie mich zu erwarten schien, ließ sie mich ohne eine weitere Frage in eine kleine, doch überraschend geschmackvoll eingerichtete Wohnung ein. Sie trug einen seidenen Morgenrock; aufgrund der wallenden Bewegung im Brustbereich zog ich den Schluss, sie übe auf Unterwäsche Verzicht. Sie bot mir Platz auf einem tiefen, neumodischen Sessel an und sank mir gegenüber auf die Couch, wobei sie eine Sitzposition wählte, die den Mantel auseinanderklaffen ließ und somit Einblick auf ein üppiges Brüstepaar bot.

Bevor sie möglicherweise den Grund meines Besuchs missinterpretierte, fragte ich nach Zhang, dem Träumer, und Motorrad-Wang.

»Fünfhundert Renminbi. Wenn du den Betrag um die gleiche Summe erhöhst, wird dir zum Sonderpreis ein Erlebnis zuteil, das niemals in Vergessenheit gerät.«

Während sie diese Worte sprach, eröffnete die knisternde Seide ein Panorama, das meine Vermutung bestätigte, dass ihr der Morgenmantel bis auf ein goldenes Fußkettchen als einziges Kleidungsstück diente.

Gleichwohl erkannte sie aus professioneller Erfahrung heraus, dass ich vornehmlich Interesse an Informationen bewies. Ein etwaiges Zusatzgeschäft verschob sie auf einen späteren Zeitpunkt, steckte das Geld jedoch umgehend ein. Damit die zusätzliche Serviceleistung nicht in Vergessenheit geriet, präsentierte sie das Panorama weiterhin, wodurch die anfängliche Beobachtung, dass sie zum einen über eine aufregende Figur verfügte und zum anderen sich das Goldkettchen tatsächlich als die einzige Bekleidung erwies, Bestätigung fand.

Sie beschrieb Wang als intellektuell unterbelichtetes Individuum, das über das Motorrad hinaus zuweilen auch Lillys Körper bestieg. Zhang nehme nur gelegentlich das Angebot wahr. Allerdings glänzten die beiden in letzter Zeit häufig durch Abwesenheit. Wang habe ihr unter dem Siegel der Verschwiegenheit anvertraut, zurzeit steige ein lukratives Geschäft. Wenn das erfolgreich abgeschlossen sei, erwäge er ein Dauerabonnement bei ihr.

Als ich nach dem Wohnort der Freunde fragte, richtete sie lachend den Blick zur Decke auf. »Die Wohnung über mir. Wenn die Druck in der Hose verspüren, eilen sie nur die Treppe herab«, spezifizierte sie.

Beim Wort *drückt*, legte sie die Hand auf mein Knie. Insofern sie dazu den Körper vorbeugte, ragte der ausladende Busen direkt vor mir auf.

Ich fragte, ob sie über einen Schlüssel zu der Wohnung verfüge. Gleichzeitig rückte ich von ihr ab.

Insofern sie den Wink gewahrte, schloss sie den Morgenmantel und warf mir tadelnde Blicke zu, als erschliche ich mir unbefugt einen Anblick auf verbotenes Terrain. Doch hellte sich das Mienenspiel umgehend wieder auf.

»Schlüssel brauch'ste da keinen. Wenn du willst, begleite ich dich auf ne Besichtigungstour.« Mit diesen Worten zog sie den Mantel noch enger um den üppigen Körper und schlüpfte in Pantoffeln. Offensichtlich ließ sie das Nachfolgegeschäft vorerst ruhen.

Sie führte mich eine Betontreppe hinauf und manipulierte verschiedene Stellen an der Wohnungstür, die sich daraufhin wie durch ein Wunder zu entriegeln begann. Ich vermutete einen Hightech-Schließmechanismus, überzeugte mich jedoch nach dem Eintreten, dass sich an der Innenseite der Eingangstür in ungleichen Abständen jeweils ein Stift befand, der sich offenbar, mittels Rütteln und Drücken öffnen ließ.

Meinen fragenden Blick beantwortete sie mit den Worten: »Das Geschäft schließt in Ausnahmefällen auch Lieferservice ein.«

Die Wohnung stellte einen fundamentalen Gegensatz zu der ihren dar. Alte hinfällige Möbelstücke, Schmutz in allen Ecken und in den Zimmern, die dem Gangsterduo offensichtlich als Schlafräume dienten, dünne Matratzen auf dem Bodenbelag. Lily deutete auf eine und bot erneut Liebesdienste an.

Neben dem Futon, den mir Lilly als den Wangs beschrieb, ragte ein Schränkchen auf. Beim Öffnen der Tür bot sich mir ein Anblick auf Marihuana und mehrere mit einem weißen Pulver gefüllte Päckchen. Die Packungsgröße nährte den Verdacht, dass der Inhalt keineswegs aus Waschmittel bestand. In der Wohnung entdeckten wir auch Geldbündel, Schlagstöcke und einen Motorradhelm. Als Lilly mich abgelenkt wähnte, verschwanden zwei der Pulverpäckchen in der Tasche des Morgenrocks. Sodann zählte sie von dem gefundenen Geld zweitausend Renminbi mit der Beteuerung ab, Wang schulde ihr diesen Betrag für eine Serviceleistung, die sie jedoch unspezifiziert ließ.

Auch im Zimmer Zhangs, das, was Schmutz anbetraf, das des Kollegen noch übertraf, stießen wir auf Drogen sowie eine umfangreiche Waffenkollektion. Was wir nirgends fanden, war ein Hinweis auf den Aufenthaltsort des Bewohnerduos. Lilly kommentierte nur, sie vermisse das feste Schuhwerk der zwei. »Motorradstiefel«, spezifizierte sie.

Wir kehrten in Lillys Appartement zurück, wo ich mir mehr Auskünfte zu dem Gangsterduo versprach. Gleichwohl erfuhr ich nur, der kleine Ausländer – offenbar sprach sie von Mels ehemaligem Freund – meide die Wohnung. Der treffe sich im *Club Eden* mit seinem Freundeskreis. Ich versagte mir die Frage, ob er ebenfalls zum Kreis ihrer Stammkundschaft zählt.

Über mein Informationsbedürfnis hinaus verlangte Lilly, auch andere Bedürfnisse zu befriedigen. Darauf gewähre sie mir großzügig einen zwanzigprozentigen Rabatt. Sie stehe auf ausländische Schwänze, versicherte sie. Durch einen beherzten Griff versuchte sie, das beschriebene Körperteil zu dokumentieren. Doch lehnte ich das Angebot dankend ab und verabschiedete mich.

»Dann ein anderes Mal«, kapitulierte sie, warf den Morgenrock auf die Couch und fügte erklärend hinzu, sie suche jetzt die Dusche auf. Wenn ich meinen Entschluss revidiere, werde mir dort ein einzigartiges Erlebnis zuteil.

Auf einen abschließenden Blick auf das, was ich mir entgehen ließ, verzichtete ich trotz Ablehnung des Angebots dennoch nicht. Mit Verwunderung registrierte ich, wie wenig der ausladende Busen einer Stütze bedurfte. Einer letzten Einladung gleich fasste sie sich an ein Körperteil, das sie offenkundig einer täglichen Totalrasur unterzog.

Während ich mich zum Parkplatz begab, dachte ich über das Leben unverheirateter Mädchen in China nach. Als ich die Türverriegelung des Wagens betätigte, klingelte mein Mobiltelefon. Liu Wei verkündete aufgeregt, er habe Mels BMW entdeckt. Obwohl er am Telefon keine Details verriet, bat er mich gleichwohl, umgehend die Yang'sche Villa aufzusuchen. Dort erführe ich mehr.

Kapitel 7

Obgleich ich mir in dem Kleinwagen annähernd so couragiert wie die Chinesen rüde einen Weg durch den hauptstädtischen Stau zu bahnen verstand, erreichte ich Yangs Anwesen erst am späten Nachmittag. Liu empfing mich vor dem Haus mit der Bemerkung, Mels BMW sei endlich aufgetaucht.

Wir betraten die Villa, in der mich ein freudestrahlender Jack überschwänglich in die Arme schloss. Er nötigte mich in einen Sessel im Wohnzimmer und bot mir Whisky an. Da ich mich heute außer beim Frühstück nahrhafter Speisen enthalten hatte, rief ich mir Jean-Pauls verpasstes Sandwich in Erinnerung, nahm jedoch allenfalls ein Glas Mineralwasser an. Die auf dem Tisch bereitstehenden Erdnüsse minderten hinlänglich mein nagendes Hungergefühl.

Liu Wei, der sich ebenfalls für Wasser entschied, brachte in epischer Breite einen detaillierten Bericht zu Gehör. Sein Team hatte den gesamten Tag die umliegenden Täler und Schluchten durchkämmt, ohne jedoch Mel und ihre Entführer zu erspähen. Die Suche sollte bis zum Einbruch der Dunkelheit fortgesetzt werden, wobei allerdings allmählich die Hoffnung schwand. Um die Mittagszeit — er räumte freimütig ein, er habe für die Truppe aus einem nahegelegenen Dorf ein üppiges Mittagsmahl besorgt — fragte ein Bauer, ob er Interesse an dem Erwerb eines Fahrzeugs verspürt. Zunächst keimte in Liu die Vermutung auf, dass sich die Offerte auf einen alten Traktor oder einen hinfälligen Kleintransporter bezog. Hinter vorgehaltener Hand lenkte der Mann allerdings seine Aufmerksamkeit auf den Fakt, er offeriere einen annähernd fabrikneuen BMW. Er überlasse ihm das Automobil zum Sonderpreis.

Liu Wei's Instinkte schärften sich. Zunächst stellte er den Gedanken an die Lunchpakete zurück. Stattdessen bat er den Bauern, ihm einen Blick auf den Wagen zu gewähren. Der führte ihn zu einer Art Gatter, hinter dem Liu tendenziell eine Rinderherde wähnte. Doch erwies sich das Fahrzeug eindeutig als Mels BMW-Coupé. Liu Wei sann über die Frage nach, welche Reaktion auf das Angebot angemessen erschien. Schließlich vermochte er keineswegs auszuschließen, dass er in Person des Landwirts einem Mitglied der Entführerbande gegenüberstand, ein Faktum, das er gleichwohl in Zweifel zog. Er fragte ihn unverblümt, wie er zu dem Wagen gekommen sei. Der stammelte ungelenk von einer einmaligen Gelegenheit sowie einem Vetter in der Stadt, dessen Namen er indessen für sich behielt. Indem Liu auf das Kennzeichen verwies, führte er aus, den Halter zu ermitteln, stelle kein Problem für ihn dar. Als er jedoch zum Mobiltelefon griff, gestand der Bauer reumütig ein, er habe das Fahrzeug unweit des Dorfs erspäht.

Liu ließ erkennen, möglicherweise zeige er sich an dem Geschäft interessiert. Mit ausgestreckter Hand bat er um den Autoschlüssel. Doch passte der Mann abermals. Er habe das Gefährt verschlossen vorgefunden, räumte er ein, und es mehrere Tage observiert. Da niemand Besitzrechte anzumelden schien, brachte er das Fahrzeug mit Hilfe der Nachbarn, mühevoll in seinen Besitz. Der Wagen sei gewiss etliche Hunderttausend wert, fügte er hinzu. In diesem besonderen Fall biete er ihn allerdings für zehntausend Renminbi an. Die Summe stellte für einen BMW in der Tat einen Schnäppchenpreis dar, doch sah Liu keine Veranlassung zur Entlohnung eines Diebs.

Er legte dar, dass der BMW eine zentrale Rolle in einem Kriminalfall spielt, weshalb er die Kriminalpolizei über den Fund zu informieren erwog. Insofern sich dem Bauer die Drohung erschloss, schwand sein Interesse an einem Gespräch mit der Ordnungsmacht abrupt. Möglicherweise reduziere er den Preis auf achttausend Renminbi.

Liu lenkte die Aufmerksamkeit auf die Tatsache, die Polizei konfisziere den Wagen ohne Auszahlung eines Finderlohns. Überdies klage sie ihn womöglich des Diebstahls an.

Der Hinweis senkte den Verkaufspreis auf fünftausend Renminbi. Gleichwohl gab er zu bedenken, auch die Nachbarn, die ihm beim Transport halfen, erwarteten eine adäquate Entschädigung. Viertausend sei doch zweifellos ein angemessener Preis.

Liu begehrte zu erfahren, welche Summe der Bauer der Nachbarschaft für die Hilfsdienste zu zahlen versprach.

Der verfiel zunächst in schweigende Kontemplation, sodann murmelte er, für dreitausend überlasse er Liu den Wagen sogleich. Die Freunde im Dorf böten sich gewiss ein weiteres Mal zur Überführung an.

Liu notierte sich Name und Adresse des Herrn. Bei der Rückkehr erwarte er, das Fahrzeug unbeschädigt vorzufinden. Ob er den Bauern auszuzahlen gedachte, ließ er zunächst unerwähnt, obgleich der in Gedanken bereits die in seinen Augen ungeheure Summe in Händen wog.

Liu fuhr zum Suchteam zurück, entschuldigte sich für das verspätete Mittagsmahl, das sich inzwischen zusätzlich erkaltet erwies. Danach begab er sich eilends zur Villa Yangs. Dort händigte ihm der Hausdiener den Zweitschlüssel des Wagens aus. Jack gegenüber verschwieg er vorerst den Fund. Sodann fuhr er in Begleitung eines Gehilfen über die engen Bergstraßen zurück.

Erwartungsgemäß fand er den Landwirt wartend im Gatter vor. Er habe in der Zwischenzeit das Fahrzeug bewacht. Zur Verwunderung des Bauern öffnete Liu mittels des Schlüssels die Fahrertür. Gleichzeitig informierte er den konsternierten Mann, es handele sich um das Eigentum der Tochter des Chefs, das überdies gestohlen worden sei. Von einem Kauf könne deshalb keine Rede sein. Er zeige sich allenfalls bereit, eine Entschädigung für die Bewachung in Erwägung zu ziehen. Eintausend Renminbi erachte er als großzügige Vergütung eines solchen Diensts.

Der klagte, dass auch der Preis für den Transport zu entrichten sei. Zum einen aus Mitleid, andererseits, weil Liu das Wehklagen des Alten verdross, händigte er ihm zusätzlich fünfhundert Renminbi für die Nachbarn aus. Gewiss rückte der allenfalls hundert, wenn nicht noch weniger für die Transportdienste heraus.

Bevor der Bauer weitere Einwände erhob, stob Liu mit dem

BMW davon. Der Mitarbeiter fuhr mit Lius Wagen zum Suchtrupp zurück.

Von Stolz erfüllt zeigte er nach der Rückkehr den BMW dem Chef. Der streichelte mit tränenumflortem Blick liebevoll über den noch fast fabrikneuen Lack, als habe er zumindest ein Stück der Tochter zurückerlangt.

»Wir sollten das Fahrzeug auf Spuren der Entführer untersuchen«, schlug ich vor.

Liu versicherte, das sei bereits geschehen. »Außer einer Zigarettenkippe im vorderen Fußraum – eine preiswerte Marke – verlief die Suche ergebnislos.«

Auf einer außergewöhnlich detaillierten Karte der Region markierte er die Fundstelle des Fahrzeugs, die nur einige hundert Meter von der Straße entfernt, in einem aufgegebenen Steinbruch lag. Von dort führe ein Trampelpfad zu der Hütte, in der man Mel offensichtlich gefangen hielt. Das Heimatdorf des Finders lag sieben Kilometer weit in den Bergen versteckt.

»Und welcher Umstand führte den Landwirt dorthin?«, fragte ich.

»Die Bewohner der Region versorgen sich dort mit Bruchstein und Holz. Insofern sein Sohn in den Stand der Ehe zu treten gedenkt, plant der Bauer einen Anbau am Haus. Um Steine zu transportieren, bediente er sich eines Maultierkarrens.«

»Und wann hat er den BMW erstmals erspäht?«

»Am Samstag, falls ihn die Erinnerung nicht trügt. Ich befragte ihn eingehend zum Zeithorizont«, versicherte Liu.

»Gehen wir von der Annahme aus, dass der Wagen nach der Entführung keine Verwendung mehr fand, stand er dort fünf Tage abgestellt«, argumentierte ich.

Das spiegelte den zeitlichen Ablauf der Geiselnahme. Überdies deckten sich die Fakten mit der Landwerk'schen Schilderung.

»Wie geht es dem Burschen überhaupt«, fragte ich Jack.

»Keine Sorge, der überlebt. Seit heute Morgen wird er von einem meiner Mitarbeiter bewacht.«

»Behalten wir ihn noch einige Tage in Haft«, schlug ich vor. »Zumindest, bis der Entführer wieder in Kontakt mit dir tritt. Allerdings soll er zu Hause anrufen, damit sich die Eltern nicht in Sorge ergehen.«

»Ich warte seit über einer Woche vergeblich auf Nachricht meines Töchterlein. Und die hat kein Verbrechen verübt«, klagte Jack.

Ich beteuerte, die Gefühlslage des Freunds sei mir vertraut. Allerdings dränge sich die Befürchtung auf, die Eltern meldeten den Sohn in der Zwischenzeit als vermisst.

Jane unterrichtete uns, in zehn Minuten stehe das Abendmahl auf dem Tisch. Auch sie wirkte beglückt, dass sie endlich ein Lebenszeichen der Tochter in Händen hielt.

Im Keller besah ich mir die Würgemale an des Jungen Hals. Ich befahl ihm, dem Vater mitzuteilen, er nächtige einige Tage bei einem Freund.

Die Nachricht nahm er freudig auf. Offenbar präferierte er, eingesperrt im Yang'schen Kellerraum zu verharren, als den Eltern den Grund für die Verletzungen am Hals einzugestehen, von der Beteiligung an einer Entführung völlig abgesehen. Von einem Telefon in einem Kellerbüro aus ließ ich den Jungen den Anruf führen. Als ich ihn zurück in sein Gefängnis eskortierte, stand das Abendbrot auf einem soeben aufgestellten Klapptisch bereit. Yangs Mitarbeiter versicherte, dass er ihn im Auge behielte.

Zusammen mit Liu, Jane und Jack nahm ich das Abendessen ein. Die Stimmungslage am Tisch schien angesichts der entführten Tochter zwar gedrückt, doch wesentlich entspannter als zuvor.

Danach bat uns Jack in sein Büro. Dort nahm ich den versprochenen Whisky an, während Liu bei Wasser blieb. Jack zögerte noch. Die Erinnerung an das uns in der letzten Nacht zugeführte Übermaß Cognac empfahl ihm alkoholische Abstinenz.

Ich bedrängte ihn, uns zumindest bei einem Glas Gesellschaft zu leisten. Dann berichtete ich von meinem Besuch im *Eden-Club*. Lillys Nebenbeschäftigung ließ ich ebenso wie das Angebot, mir zu ungeahnten Genüssen zu verhelfen, unerwähnt. Aufgrund ihrer Schilderung sahen wir uns bei den Kidnappern offenbar mit Kleingangstern und Drogendealern konfrontiert und keineswegs, wie zu befürchten stand, mit Kriminellen der übelsten Art. Allerdings warnte ich Jack: Amateure wie Wang und Zhang neigten zuweilen unter Druck zu einer Überreaktion. Ich riet, keinesfalls die Nerven der Entführer zu strapazieren.

Jack knurrte zwar, dass auf seine Befindlichkeiten auch niemand Rücksicht nehme, gleichwohl signalisierte er Konsens.

»Die brauchen doch nur anzurufen, um mir zu verkünden, wo das Geld zu deponieren sei. Wenn sie Mel endlich die Freiheit gewähren, zahle ich umgehend das Lösegeld.«

Ich führte mir das angebotene Elixier in winzigen Schlucken zu und schenkte nach. Allerdings füllte ich auch Jacks Glas erneut. Weiterhin sann ich über die Frage nach, wie sich ihm meine Einschätzung der Lage vermitteln ließ.

»Wir verfügen jetzt über Mels BMW und wissen, wie sich die Geiselnahme vollzog.«

Alle deuteten nickend Zustimmung an.

»Leider stellt sich dabei ein Problem. Bisher gingen wir von der Annahme aus, Peters Rückzug aus dem Geschäft habe den Wechsel des Verstecks provoziert.«

»Darin erkenne auch ich ein hinlänglich logisches Erklärungsmodell«, pflichtete Jack mir bei.

»Nur sollte man annehmen, dass sie sich bei der Verlegung wiederum des BMWs bedienten. Der stand praktischerweise vor der Haustür bereit. Warum ließen sie das Fahrzeug dort zurück?«

»Möglicherweise befürchteten sie, dass nach dem Kennzeichen gefahndet wird«, vermutete Liu.

»Falls sie überhaupt so weit dachten, stünde doch zu erwarten, dass sie die Autokennzeichen entfernen, wenn sie ihn fünf Tage in einem aufgelassenen Steinbruch deponieren. Möglicherweise gingen sie von der Annahme aus, das Kraftfahrzeug sei dort hinreichend versteckt. Wenn allerdings die Polizei bei der befürchteten Fahndung auf den Wagen stieß, würde sie doch gewiss die gesamte Gegend nach den Entführern durchkämmen. Für mich stellt das einen Widerspruch dar. Entweder bangten sie, dass man nach dem Fahrzeug suche. Dann sollten sie ihn verbergen oder zumindest die Nummernschilder entfernen. Oder sie wähnten den Wagen in Sicherheit. Warum ihn also nicht bei der Verlegung des Stützpunkts zum Einsatz bringen?«

Daraufhin senkte sich kontemplative Stille über den Raum.

»Und welche Schlüsse ziehst du daraus?«, entgegnete Jack, indem er endlich das Schweigen brach.

»Tut mir leid, Jack, für mich ergibt die Situation keinen Sinn. Die einzige Erklärung, die sich mir aufzudrängen beginnt, lautet: Die Geiselnehmer planten sich noch tiefer in die Berge zurückzuziehen, auf einem Pfad, der sich für den BMW unpassierbar erwies.«

Umgehend nahm Liu die Karte zur Hand, um die Region einer Inspektion zu unterziehen. Mit einem Textmarker strich er verschiedene Wege an, die sich den Entführern zur Nutzung boten. Er versprach, am morgigen Tag mit seinen Leute vornehmlich die abgelegenen Täler und Schluchten zu durchsuchen. Als ihm Jack großzügig eine Aufstockung des Personalbestands zugestand, keimte jählings eine Inspiration in ihm auf.

Er entschuldigte sich und bat uns um Geduld. Er führe ein Telefonat. Dazu verließ er den Raum und kehrte erst nach zwanzig Minuten zurück.

Bei der Rückkehr zeigte sich sein Antlitz von Glückseligkeit erfüllt. Er habe einen Kameraden kontaktiert, einen alten Freund, betonte er. Der erschließe in den Bergen zurzeit ein Tourismusareal: Hotels, Restaurants, Tennisplätze, einen Golfplatz inklusive. Den habe er um eine Mannschaft für die Suche nach Mel ersucht.

»Du hast ihn doch nicht etwa in die Entführung eingeweiht?«, warf ich erschrocken ein.

»Nein, aber früher oder später muss ich ihm eine Erklärung bieten. Für die Bauarbeiten bedient er sich lokaler Kräfte, Bauern aus der Region, ein Menschenschlag, der sich bei der Suche zweifellos hilfreich erweist. Die kennen dort jedes Tal und jede Schlucht und wissen gewiss, wo sich ein verlassenes Gehöft oder eine Höhle finden lässt, in der Mel ...«, er schluckte von Nervosität erfüllt, »in der man Mel möglicherweise gefangen hält.«

Eine derartige Vorgehensweise missfiel mir immens. Wenn ein Bauer ohne Kenntnis des Hintergrunds, bei der Suche half, stand meiner Ansicht nach zu befürchten, dass er die notwendige Besonnenheit vermissen ließ. Und dann ...

Liu stimmte prinzipiell mit mir überein. Allerdings wies er den Ratschlag des Chefs nur widerstrebend von der Hand, weshalb er den Vorschlag unterbreitete: »Wir ordnen jeder Bauerngruppe einen verlässlichen Mann meiner Truppe zu, der die Suchtrupps anhält, ohne übermäßigen Lärm durchs Gebirge zu ziehen, ein Faktum, das die Entführer möglicherweise unbeabsichtigt warnt.«

Obgleich ich mich weiterhin mit Bedenken trug, erschloss sich mir: Jack umzustimmen, gestaltete sich zumindest mühevoll. Er wünschte Taten zu sehen. Und natürlich gewahrte auch ich, dass uns ortskundige Führer durchaus zum Vorteil gereichten. Gleichwohl bat ich Liu, die beteiligten Bauern handzuverlesen und jeden dreimal zu unterweisen, auf was es zu achten galt.

In annähernd euphorische Stimmungslage versetzt schenkte Jack umgehend nach. Auch Liu nötigte er einen doppelten Whisky auf. Für den schien es ohnehin zu spät, nach Hause zurückzukehren. Er gedachte, die Nacht in der Yang'schen Villa zu verbringen, um sich morgen in aller Frühe ins Suchgebiet zu begeben.

Ich bewahrte mir weiterhin einen skeptischen Blick, schloss mich allerdings den Zechern an, gleichwohl hoffte ich, mir bleibe ein weiteres feuchtfröhliches Bacchanal erspart.

Kapitel 8

Am nächsten Morgen schloss ich mich Liu Wei auf der Fahrt in die Suchregion an. Als wir im Morgengrauen um fünf Uhr das Fahrzeug bestiegen, bereute ich die Alkoholexzesse der vorigen Nacht. Offensichtlich hatten wir uns gestern den Alkohol im Übermaß zugeführt.

Liu Wei verfügte bereits über einen detaillierten Plan für den Tag. Seine Mistreiter nächtigten in den Dörfern der Region. Wir trafen sie auf der Baustelle des geplanten Erholungsparks, einem Grundstück, das in typisch chinesischer Art eine hohe Mauer umschloss. Jacks Freund steuerte wie versprochen zwei Dutzend Arbeiter zur Suche bei.

Als Liu sie einer eingehenden Inspektion unterzog, sonderte er umgehend einige ungeeignet erscheinende Kandidaten aus. Die Übrigen forderte er auf, die bereitstehenden Busse zu besteigen. Mit einem Mikrofon in der Hand verkündete er ein weiteres Mal, welche Vorgehensweise sich anempfahl und teilte jeder Gruppe einen seiner Männer zu.

In Lius Automobil folgten wir dem Bus, der sich in gemächlicher Fahrt durch die zahlreichen Serpentinen wand. In dem aufgegebenen Weiler wies er allen anhand der Karte das ihnen zugewiesene Suchgebiet zu. Aus einem soeben eintreffenden Lieferwagen verteilte er Essensrationen sowie Wasserflaschen für den Tag.

Als ich die Männer in Augenschein nahm, hoffte ich flehentlich, dass ihm kein Fehler unterlaufen war. Falls wir die Entführer durch vernehmliche Geräusche warnten, stand eine unmittelbare Reaktion zu befürchten, die für Mel erhebliche Risiken barg.

Auch Lius anfänglicher Optimismus verflog. »Auf welches Abenteuer lassen wir uns da ein?«, stöhnte er.

Leider verhinderte der steinige Boden Spuren zu erkennen, denen sich folgen ließ. Die wenigen Krümel Erde, die sich hier einst zwischen Steinen befunden haben mochten, schienen inzwischen von den sommerlichen Regenfällen weggeschwemmt. Ein Umstand, der Hinweise gab, warum das Dorf verlassen vor uns lag.

Gemeinsam mit Liu drang ich in Richtung der höheren Hügel vor. Die Sonne brannte vom Himmelszelt, kein Lüftchen regte sich. Schon nach wenigen Metern lief mir der Schweiß in Strömen den Rücken herab. Um mich abzulenken, rief ich mir Lillys großzügiges Angebot in Erinnerung.

Gegen zehn Uhr entschlossen wir uns zu einer Rast. Dabei registrierten wir, dass in den Bergen absolute Stille herrschte. Die Steine, die sich von Zeit zu Zeit lösten, erzeugten, wenn sie die steilen Hänge hinunterdonnerten, das einzige Geräusch, weshalb immerdar die Gefahr, die Entführer zu warnen, bestand.

Um uns einen Überblick zu verschaffen, erklommen wir einen etwa zwanzig Meter über dem Rastplatz gelegenen Felsvorsprung. Von oben bot sich ein unverstellter Blick auf das karge Terrain: Trockene Gräser zwischen den Felsen und halbverdorrte Büsche bildeten die einzige Vegetation. Eine bedrückende Szenerie. Nur vereinzelt überlebte hier ein verkrüppelter Baum. Vor hunderten Jahren hatte dichter Wald die gesamte Region bedeckt, der allerdings dem Holzbedarf der Dorfbewohner zum Opfer gefallen war.

Auch heute noch deckten die Bauern ihren Brennholzbedarf an den wenigen verbliebenen Bäumchen. In manchen Teilen der Gebirgsformationen verteilten sie in der Hoffnung auf Regeneration Samen über der dünnen Humusschicht. In der Regel schwemmten jedoch die heftigen Sommerniederschläge die Keimlinge mitsamt den letzten Krümeln Erde zu Tal oder die sengende Sonne verdorrte jede aufkeimende Lebensform. Nur in Ausnahmefällen wuchs die Saat zu kargen Bäumchen heran, wobei der bescheidene Bestand wiederum dem Holzbedarf der Bewohner zum Opfer fiel.

In der Brusttasche, in der ich mein Handy bei mir trug, spürte ich eine Vibration, eine Kurznachricht von Jack, der um Rückruf bat. *Dringend,* hatte er in Großbuchstaben hinzugefügt.

Als ich ihn anrief, gestaltete sich die Verbindung so instabil, dass ich nur Wortfetzen verstand. Er klagte, er habe mich mehrfach zu erreichen versucht.

»Kein Netz in den Bergen«, sprach ich ins Gerät. Ob er mich hörte, blieb gleichwohl zweifelhaft.

Auch ich konnte allenfalls raten, was er mir zu vermitteln suchte. »… Anruf … Entführer und Lösegeld«, vermeinte ich zu verstehen, doch mochte er ebenso andere Sachverhalte thematisieren. Gleichwohl ging ich von der Annahme aus, er wünsche mich zu sehen, und zwar *ultimativ.* Hatte ihn der Geiselnehmer abermals kontaktiert? Kannte er endlich die Details der Lösegeldübergabe? Falls ja, stellte das eine ermutigende Nachricht dar. Wie lange warteten wir schon darauf?

»Ich komme sofort«, rief ich mehrmals ins Mobiltelefon, doch schien er mich kaum zu verstehen. Überdies relativierte sich angesichts des Standorts in den Bergen die Bedeutung des Wortes *sofort,* insofern die Rückfahrt zweifellos mehrere Stunden in Anspruch nahm. Zumal es zu vermeiden galt, die Stimme über Gebühr zu erheben. Gleichwohl missachtete ich die Warnungen Lius, die er den Bauern erteilt hatte.

Ich informierte Liu über die aktuelle Situation, der mir daraufhin seinen Wagen lieh.

»Und wie bewältigen Sie die Fahrt zurück?«, fragte ich ihn.

»Ich suche mir eine Mitfahrgelegenheit«, versicherte er.

Für den Weg zum Wagen benötigte ich annähernd zwei Stunden. Je mehr das verlassene Dorf in Sicht geriet, desto weniger achtete ich auf Geräuschlosigkeit. Wie ein Elefant eilte ich den steinigen Pfad entlang und löste etliche Steinlawinen aus.

Schweißgebadet gelangte ich an Lius Fahrzeug an. In Windeseile stob ich Richtung Peking davon.

Kurz vor drei Uhr nachmittags hielt ich den Wagen mit quietschenden Reifen vor Yangs Anwesen an. Der führte mich umgehend in sein Büro. In der Tat hatte ihn ein Anruf des Entführers erreicht, ein höchst verstörendes Gespräch, versicherte er.

»Haben die Mel etwa Verletzungen zugefügt?«, fragte ich bestürzt.

»Nein, das stellt allerdings die einzige positive Nachricht dar: Mel scheint wohlauf. Ihre Stimme klang bedeutend entspannter als beim letzten Telefonat. Sie betonte, ihr werde eine zuvorkommende Behandlung zuteil.«

»Worin besteht dann das Problem?«, begehrte ich zu erfahren und schämte mich umgehend des übereilter Kommentars. Den bedauernswerten Freund drückten Sorgen genug.

»Am besten hörst du dir selbst die Aufnahme an«, schlug er vor.

Erstmals war es gelungen, die Stimme des Entführers auf Tonband zu bannen. Allerdings warf der Anruf mehr Fragen auf, als er Antworten gab.

Jack startete die Wiedergabe der Bandaufzeichnung, stoppte jedoch nach wenigen Sätzen das Gerät.

Der Entführer bediente sich des chinesischen Idioms. Jack versicherte, es handle sich um eine ihm gänzlich unbekannte Intonation. »Keinesfalls die mit dem deutschen Akzent«, fügte er hinzu. Wer hinter der Stimme mit dem ausländischen Einschlag gestanden hatte, wussten wir ohnehin: Peter Landwerk, Mels abgewiesener Freund. Doch den hielten wir im Keller in Haft. Leider existierte keine Aufnahme des ersten Telefonats. Gleichwohl beteuerte Jack, es handle sich um zwei verschiedene Personen. Dessen sei er gewiss.

Er startete die Wiedergabe erneut. »Ich nehme an, ich spreche mit Präsident Yang. Ich bedaure, Ihnen verkünden zu müssen, Ihre Tochter befindet sich weiterhin in unserer Hand.«

Während Jack mittels eines Knopfdrucks die Bandwiedergabe unterbrach, blickte er mich fragend an. Offensichtlich wünschte er, eine Meinung zu dem Anruf zu vernehmen.

»Eine beherrschte, distinguierte Stimme«, konstatierte ich. »Wenn meine Musikkenntnis mich nicht trügt: Bariton. Zudem bedient er sich einer gehobenen Diktion. Betonte Höflichkeit, bar jeder Nervosität. Er spricht oder gibt zumindest vor, aus einer Position der Stärke heraus zu konferieren. Das steht in Widerspruch zu der Beschreibung Wangs und Zhangs.«

Jack stimmte mir zu. Bevor ich mich jedoch in Spekulationen erging, die beiden mochten einen Unterhändler hinzugezogen haben, startete er abermals das Bandgerät. Das Folgende warf zusätzliche Fragen auf: »Ich bitte Sie, mich keinesfalls zu unterbrechen. Ich würde das nicht nur als Unhöflichkeit interpretieren, sondern als gravierenden Fehler bezeichnen.«

»Latente Arroganz«, diagnostizierte ich. »Er demonstriert notorisch Autorität, die niemand zu hinterfragen wagt.«

Jack seufzte auf. Offensichtlich war er zu ähnlichen Schlüssen gelangt.

In aller Ausführlichkeit ließ sich der Entführer über das Lösegeld aus. Er forderte, die Summe in einem Koffer zu deponieren. Trotz der Mischung aus zwanzig und fünfzig Dollarscheinen erfordere das keineswegs ein übermäßig voluminöses Reisegepäck.

»Ich muss Sie leider ersuchen, uns das Gepäckstück als zusätzliches Präsent zu überlassen. Mir erschließt sich keine Möglichkeit, es in absehbarer Zeit zurückzuerstatten. Bitte sehen Sie von dem Begehren ab, die Gesamtsumme um den Kaufpreis zu reduzieren.«

»Der treibt ein Spiel mit mir«, knurrte Jack. »Wir sprechen über das Leben meines Töchterleins, und der nimmt den Preis eines Koffers als Anlass für einen Scherz.«

»Er demütigt dich«, pflichtete ich ihm bei.

Sodann erteilte der Anrufer Anweisung, das Gepäckstück ringsum mit einem roten Klebeband zu versehen. »Wir möchten doch vermeiden, dass jemandem eine Verwechslung unterläuft«, fügte er in gelassener Intonation hinzu, als spreche er von einer trivialen Transaktion. Überdies forderte er, das Band dürfe keinesfalls reflektieren.

»Die Geldübergabe findet bei Dunkelheit statt«, schloss ich aus der Forderung.

Sodann bat er, umgehend alle erforderlichen Vorbereitungen zu treffen. »Ich gehe von der Annahme aus, dass das Geld bereits zur Verfügung steht.«

Um die Einzelheiten der Zustellung zu klären, trete er am heutigen Tage erneut mit Jack in Kontakt. Mit geringfügig erhobenem Stimmvolumen, doch weiterhin beherrscht teilte er mit, er erwarte, die Übergabe auf Seite Yangs erfolge nur durch eine Person. Eine Missachtung der Anweisung betrachte er als Vertrauensbruch.

»Vertrauensbruch ...«, stöhnte Jack. »Als ob ich mit einem solchen Schurken Verträge schlösse.«

»In gewissem Sinne lässt du dich auf eine Vereinbarung ein.«

»Falls ich mich zu dem Schritt entschließe«, erwiderte er zu meiner Verwunderung. Seit Tagen sehnte er diesen Augenblick herbei. Warum meldete er plötzlich Zweifel an? Die Summe stellte für ihn eine Lappalie dar. Die vermochte ein Herr Yang der Portokasse zu entnehmen. Wieso wies er dem Geld unerwartet eine übermäßige Bedeutung zu? Brachte er eine geringere Wertschätzung für die Tochter auf?

All das äußerte ich keineswegs vernehmbar laut, doch offensichtlich sah mir Jack die stillschweigenden Gedanken an.

»Wart's ab«, bekundete er zur Erklärung und drückte erneut den Wiedergabeknopf.

»Und wann erfolgt das Wiedersehen?«, erscholl uns Jacks Stimme aus dem Lautsprecher entgegen.

Der Anrufer seufzte. »Mein verehrter Präsident Yang, ich glaube, mich zu erinnern, wir kamen überein, dass auf Unterbrechungen Verzicht zu üben sei. Ich wünschte wahrlich, Sie hörten mir aufmerksamer zu. In diesem einen Fall lasse ich Gnade vor Recht ergehen. Ich bitte jedoch, in Zukunft detailliert allen Befehlen nachzukommen.«

»Befehle, nicht Anordnung, Vorgaben oder Appelle«, registrierte ich.

Jack setzte die Wiedergabe fort: »Ich sehe die bescheidene Summe von einer Million US-Dollar als eine Anzahlung an. Wie meine Ermittlungen ergaben, verdienen Sie mit den Unternehmen in den USA an einem einzigen Tag schon mehr. Wünschen Sie Details zur Profitabilität Ihrer Projekte zu erörtern?«

Obwohl der Entführer eine Frage artikulierte, votierte Jack erkennbar zugunsten der Option, der Mahnung, keinesfalls zu unterbrechen, zu entsprechen. Möglicherweise zog er auch vor, Einzelheiten seiner überseeischen Geschäfte unerörtert zu sehen.

Offensichtlich erwartete der Anrufer keine Reaktion, denn er fuhr unbeirrt fort: »Seien Sie gewiss, wir verwenden die Geldsumme unter anderem, um Ihrer Tochter den Aufenthalt bei uns so angenehm wie möglich zu gestalten. Sie werden jedoch verstehen, dass Familienbesuch, obgleich ich persönlich die Rolle der Familie im Leben äußerst hoch bewerte, keineswegs zu solchen Annehmlichkeiten zählt. Die genannte Summe möge als Ausdruck Ihrer Bereitschaft dienen, mit uns auch in Zukunft in eine einträgliche Geschäftsbeziehung einzutreten. Einzelheiten teile ich Ihnen zu gegebenem Zeitpunkt mit. Zudem möchte ich betonen, die Gastfreundschaft, die wir dem Mädchen gewähren, sehen wir als zeitlich befristet an. Sollten sich die Umstände zu aller Zufriedenheit entwickeln, dürfen Sie Ihr Fleisch und Blut, nein, verzeihen Sie, das klingt zu martialisch, Ihre Tochter bald in die Arme schließen. Doch darüber konferieren wir zu späterer Zeit. Die reibungslose Übergabe des Geldes erachte ich als Startpunkt unserer gedeihlichen Kooperation. Ich hoffe, Sie zwingen mich nicht, Ihnen auf drastische Art und Weise Ihre Obliegenheiten in Erinnerung zu rufen. Beispielsweise durch die Übersendung eines Ohrs oder eines Fingers des Töchterleins. Wahrlich ein reizendes Geschöpf. Obgleich mich eine derartige Handlung mit Bedauern erfüllt, räume ich Ihnen bei der Auswahl des Körperteils ein Mitspracherecht ein.«

Als Jack einen Einwurf erwog, gewann die Stimme jählings an Heftigkeit: »Ich dachte, ich hätte hinreichend unmissverständlich zum Ausdruck gebracht, dass jeglicher Einwand zu unterlassen sei. Andererseits verstehe ich, dass Sie die geschilderte Perspektive mit Missbehagen erfüllt. Kommen wir deshalb zu dem für Sie angenehmsten Teil unseres Telefonats. Das Mädchen wünscht, Ihnen Grüße zu übermitteln. Bevor Sie ihrer Stimme lauschen, erteile ich den dringenden Rat, auf den nächsten Anruf zu warten und noch heute eine Übergabe zu arrangieren.«

Danach trat eine minimale Pause ein. Der Entführer startete offensichtlich ein Bandgerät: »Hallo, Dad. Ich hoffe, ich bereite dir keine allzu großen Sorgen. Ich fühle mich leidlich wohlauf. Man behandelt mich mit ausgesuchtem Respekt. Ich darf Essenswünsche äußern, erhalte Lesestoff. In Kürze erwarte ich ein Wiedersehen mit dir. Sie haben mir mitgeteilt, falls du kooperierst, sei die Familie bald wieder vereint. Ich denke an dich, Paps. Und grüß bitte Mama.«

Danach brach die Verbindung ab. Ich benötigte einige Minuten, das Gehörte einer Analyse zu unterziehen. Ging der Geiselnehmer tatsächlich von der Annahme aus, ohne eine Zusage, Mel umgehend die Freiheit zu gewähren, zahle Jack eine Million? Und von welchen Geschäften sprach er überhaupt? Meiner Ansicht nach erfolgte eine Geschäftsanbahnung auf andere Art.

Jack unterbrach solche Überlegungen. Er deutete auf das Gerät neben dem Telefon. »Die Nummer des Anrufers zu ermitteln, misslang.«

Um die eigene Verwirrung zu verbergen, fragte ich »Und was unternimmst du jetzt?«

Er blickte mich mit grimmiger Miene an: »Glaubst du, ich wünsche in der Morgenpost einen Finger oder ein anderes Körperteil Mels zu erspähen?«

Die Aussage schien mir Antwort genug. »Du erklärst dich also zur Zahlung bereit?«

»Welche Alternativen bleiben mir?«

»Weiß Jane von der Forderung«, fragte ich und deutete auf das Aufnahmegerät.

»Wir hörten uns das mehrfach gemeinsam an. Sie würde mir niemals verzeihen, wenn Mel Schaden nähme.«

»Soll ich das Geld überbringen? Er ließ unerwähnt, durch wen die Übergabe erfolgen soll.«

»Nein, das stellt eine Aufgabe für den Vater dar. Doch eröffnet uns das möglicherweise eine Chance, einige hilfreiche Details über den Entführer zu erfahren.«

»Ruf dir bitte ins Bewusstsein, wie gefährlich sich ein Ränkespiel für Mel erweisen mag.«

»Ich warte zuerst, wie und wo die Übergabe erfolgt. Danach entscheiden wir über den nächsten Schritt.«

Ich stimmte ihm insofern zu, wir mussten mit größter Vorsicht agieren.

»Wo befindet sich Liu?«, fragte er übergangslos.

»In den Bergen. Falls du ihn zurückbeordern willst ... Das dürfte Stunden währen.«

»Wir müssen es versuchen. Wenn eine Chance die Entführer zu enttarnen besteht, dann benötige ich ihn.«

Als ich Liu Weis Nummer wählte, befand er sich offensichtlich in einer Region mit hinreichendem Handyempfang. Ich schilderte ihm die veränderte Situation. Obgleich sich mir erschloss, dass er möglicherweise erst in der Nacht die Yang'schen Villa erreichte, bat ich ihn, so rasch wie möglich zurückzueilen.

Jack führte mich in einen Abstellraum neben dem Arbeitszimmer, in dem er Büromaterial zu verwahren schien. Er wies auf einen blauen Koffer, der säuberlich gebündelt zwanzig- und fünfzig Dollarscheine enthielt. Er versicherte, um die passende Koffergröße zu finden, habe er die Gepäckstücke der gesamten Familie durchsucht. Der hier gehöre Mel, bekundete er mit einem gequälten Lächeln, das ihm nur unzureichend gelang. Gemeinsam brachten wir das auf Jacks Schreibtisch bereitliegende rote Klebeband an.

»Wo glaubst du, findet die Übergabe statt?«, fragte er.

»Ich denke, am Stadtrand, in unmittelbarer Nähe einer Schnell-straße oder Autobahn. Ein Ort außerhalb Pekings käme ebenso in Betracht. Allerdings müsste er über verschiedene Verkehrsan-bindungen verfügen. Doch wer weiß? So würde ich die Übergabe arrangieren. Die Entführer mögen möglicherweise abweichende Vorkehrungen treffen.«

Gemeinsam studierten wir einen Stadtplan, der auch die Außen-bezirke mit einbezog. Doch existierten zu viele Möglichkeiten. Pe-king verfügte inzwischen über zahlreiche Straßenringe. Im Grunde schlossen wir nur den ersten und zweiten aus. Auch den dritten stellten wir unter Vorbehalt. Blieben noch Nummer vier, fünf und sechs. Zusätzlich mehrere aus der Stadt herausführende Schnell-straßen, wovon zwei als Flughafenzubringer dienten. Die Autobahn Richtung Lange Mauer und Minggräber – die Chinesen nannten sie Peking-Tibet-Highway – käme insofern in Betracht, als sie Yangs Villa am nächsten lag. Doch wer sagte, dass uns die Anfahrt zu erleichtern, in der Absicht des Entführers lag?

Wir mussten warten, bis wir weitere Instruktionen erhielten. Ich diskutierte mit Jack das Charakterbild des Geiselnehmers.

»Wenn er einem Vater droht, die Tochter zu zerstückeln, erachte ich ihn zweifellos als einen fiesen Hund«, kommentierte er.

»... der gleichwohl überaus gerissen agiert. Er scheint das Vorge-hen exakt zu erwägen. Bleiben wir möglichst auf weitere Überra-schungen gefasst.«

Kapitel 9

Keine Macht der Welt vermochte Jack bewegen, sich außer Hörweite des Telefons zu begeben. Fast erweckte es den Eindruck, als recke er aus einer inneren Eingebung heraus unentwegt den Arm, um den Hörer abzunehmen. Er erwartete sehnsüchtig den bedeutsamsten Anruf seines Lebens. Mehrfach rief ich Liu auf dessen Mobiltelefon an, allerdings nur um zu vernehmen, er haste mit überhöhter Geschwindigkeit diese oder jene Bergstraße entlang. Eine Schätzung, wie lange er benötige, um Yangs Anwesen zu erreichen, wagte er kaum noch abzugeben, fühlte sich gleichwohl zu dem Kommentar genötigt, er bemühe sich, noch vor Mitternacht zurückzukehren. Inzwischen fuhr er den Wagen des befreundeten Bauunternehmers. Jack hatte Sorge getragen, dass er ihm zur Verfügung stand.

Aufgrund des versäumten Mittagsmahls brachte mein Magen lautstarke Beschwerderufe hervor. Doch wies Jack das Ansinnen, das Arbeitszimmer zu verlassen, energisch zurück. Stattdessen servierte uns Lian Canapés in seinem Büro. Ich würde auch Bereitschaft zeigen, mit Reis und Gemüse vorlieb zu nehmen, wenn sich damit nur das quälende Hungergefühl stillen ließ.

Stunde um Stunde stieg die Spannung an. Warum enthielt sich der Entführer des entscheidenden Telefonats? In Ermangelung einer alternativen Beschäftigung entwickelten wir Ideen, wie sich die Übergabe des Lösegeldes überwachen ließ. Gleichwohl sprachen wir über Theorien. Für einen konkreten Plan benötigten wir Kenntnis des Übergabeorts.

»In der Annahme, die Übergabestelle befinde sich innerhalb der Grenzen der Stadt, gehe ich von einem Ort im Norden oder Osten aus. Den Süden schließen wir vorerst aus. Der Erpresser weiß, dass du die Fahrt von deiner Villa aus antreten wirst, die bekanntlich im Norden liegt. Die Strecke in den Süden kostet zu viel Zeit. Im Westen weist Peking keine Autobahnanschlüsse auf, die den Geiselnehmern eine rasche Flucht ermöglichen.«

»Sowie wir die Stelle kennen, sollten wir dort einige Leute postieren«, brachte Jack in aufkeimender Hoffnung hervor.

»Insofern zu vermuten steht, dass die Entführer den Übergabeort in Augenschein nehmen, rate ich von einer solchen Vorgehensweise ab. Wenn sie uns dort aufmarschieren sehen, schrillen sogleich die Alarmglocken auf. Des Weiteren glaube ich kaum, dass sie uns genügend Zeit für die Vorbereitung gewähren. Die werden den Ort zu einem Zeitpunkt verkünden, der dir soeben erlaubt, ins Automobil zu springen, um an die vereinbarte Stelle zu stieben.«

»Wir könnten einige Leute über die Stadt verteilen. Erweist sich deine Theorie korrekt, dass weder der Süden noch der Westen in Frage kommt und die Entführer eine Zone zwischen drittem und sechstem Ring wählen ...«

Ihm erschloss sich intuitiv, dass wir in diesem Fall eine mittlere Armee benötigten.

Ich modifizierte die Idee: »Mein Bauchgefühl sagt, der sechste Ring fällt ebenso aus, insofern er zu weit draußen liegt. Zudem finden sich dort zahllose Tollstationen. Wir müssten nur jemanden dort platzieren, um die Kerle zu erspähen.«

»Damit bleiben dritter, vierter und fünfter Ring, und zwar im Norden sowie im Osten der Stadt. Wenn wir unsere Leute um den vierten konzentrieren, sähen sie sich in die Lage versetzt, in kurzer Zeit auch einen Übergabeort an den benachbarten Autobahnringen anzusteuern.«

»Allerdings gingen wir von so vielen Annahmen aus. Falls sich nur eine unzutreffend erweist, steht uns ein Fiasko bevor«, dämpfte ich vorsorglich seine Zuversicht.

Jack nickte. »Ich versuche nur, so akribisch wie möglich Vorkehrungen zu erwägen.«

Du fühlst dich zu einem persönlichen Beitrag gedrängt, dachte ich schwieg jedoch. Jack rief erneut Liu Wei an, legte ihm unsere Überlegungen dar und fragte, wie viele Leute er zu mobilisieren vermag. Zwar blieb mir dessen Antwort unbekannt, doch schien Liu keineswegs von der Idee beglückt. Er stob weiterhin mit überhöhter Geschwindigkeit über ländliche Straßen Yangs Anwesen entgegen. Erreiche er die Autobahn, finde er möglicherweise Gelegenheit für eine Telefonaktion. Aus Jacks Kehle manifestierte sich ein Seufzen. Offensichtlich erwog er die Frage, ob er persönlich in der Lage sei, eine Truppe auf die Beine zu stellen.

Ehe er zu einem Schluss gelangte, klingelte das Telefon. Er benötigte weniger als eine Sekunde, um den Hörer von der Gabel zu reißen.

»Präsident Yang, es erfüllt mich mit Freude, erneut mit Ihnen zu konferieren«, erscholl die altbekannte Stimme aus dem Gerät. »Ich hoffe, die Vorbereitungen für die Geldübergabe sind inzwischen zum Abschluss gebracht. Bevor ich weitere Instruktionen erteile, lege ich Ihnen noch einige Regeln ans Herz. Erstens, Sie erscheinen persönlich und ohne Begleitung. Zweitens, Sie benutzen den silbermetallicfarbenen BMW, der Ihre Garage ziert. Drittens, Sie tragen ein weißes T-Shirt oder Hemd sowie eine rote Baseballkappe. Ich hoffe, dass Ihre Garderobe die notwendigen Kleidungsstücke enthält. Und viertens: kein Winkelzug. Es würde mich mit Grauen erfüllen, das Mädchen mit einem Skalpell zu zerlegen. Bleiben Sie in der Nähe des Telefons. Sie hören von mir.«

Ohne ein weiteres Wort unterbrach der Erpresser das Gespräch. Ich wusste, vor allem der letzte Satz erfüllte Jack mit Fassungslosigkeit. Um ihn von der Vorstellung abzulenken, Mel stehe eine Amputation bevor, wies ich auf die Tatsache hin, für mich ergäben die Anweisungen des Entführers durchweg Sinn. Ein helles Kraftfahrzeug und weiße Kleidungsstücke erleichterten eine Identifizierung. Warum er auf einem BMW bestand, verschloss sich mir allerdings.

»Die Scheiben«, spezifizierte Jack. »Er spricht von Janes Automobil. Das einzige Fahrzeug in unserer Garage, das über ungetönte Fenster verfügt. Sie beteuert, die beförderten die Unfallgefahr.«

Ich stimmte mit ihr überein, sah jedoch keine Notwendigkeit Fragen der Verkehrssicherheit einer Erörterung mit ihm zu unterziehen. Leider verriet die Anweisung nichts über den geplanten Übergabeort, außer, dass dort wenig Licht zur Verfügung stand, weshalb eine Stelle in der Innenstadt ausgeschlossen blieb. Doch das vermuteten wir ohnehin.

Mittlerweile rückte die Uhr auf zweiundzwanzig Uhr dreißig vor, Jacks Nervosität steigerte sich im Minutentakt. Liu Wei glänzte weiterhin durch Abwesenheit. Ich widerstand der Versuchung, ihn erneut kontaktieren. Nach meiner Berechnung fuhr er inzwischen auf der Autobahn und stellte telefonisch seine Truppenkontingente auf, weshalb ich von einer Störung abzusehen beschloss.

Lian servierte weitere Sandwiches und ein Früchtearrangement. Immerhin blieb an diesem Abend der Alkohol von der Tafel verbannt. Jane betrat mehrmals das Büro, zog sich jedoch stets umgehend zurück, wenn Jack sie unwirsch des Raums verwies. Offenbar erachtete er den Ort für sie als verbotenes Terrain. Einmal folgte ich ihr in den Salon, um zu versichern, wir unternähmen alles Menschenmögliche, um Mel zurückzubringen. Dass meine Worte kaum beruhigend auf sie wirkten, verstand ich gleichwohl. Derartige Versicherungen hatte sie in letzter Zeit zu häufig gehört.

Kurz vor dreiundzwanzig Uhr stürmte Liu Wei herein. Ohne uns Beachtung zu schenken, brachte er auf dem bereitliegenden Stadtplan rote Markierungen an. Erst dann warf er uns bedeutsame Blicke zu, die signalisierten, er habe von unterwegs seine Leute strategisch über die Stadt verteilt, fürchte jedoch, ihm seien nicht mehr alle Positionen erinnerlich. Nach etlichen Telefonaten ergänzte er die Anzahl der Symbole. Die Kreuze auf dem Stadtplan nahmen sich dennoch äußerst dürftig aus. Zu viele Lücken klafften dort. Gern hätte ich ihn gefragt, warum er an dieser oder jener Stelle keinen weiteren Mann platziert, um Jack nicht noch mehr zu beunruhigen, verharrte ich jedoch in schweigender Kontemplation.

Stattdessen erläuterten wir ihm die aktuellen Anweisungen des Erpressers. Wie stets praktischen Erwägungen verpflichtet, fragte er, ob der BMW aufgetankt und der Koffer mit dem Geld bereits ins Fahrzeug verbracht worden sei. »Wenn die Stimme des Entführers am Telefon erschallt, vergeuden wir möglichst wenig Zeit.«

Jane, die soeben von Neugier erfüllt das Arbeitszimmer betrat, beteuerte, der Tank sei bis zum Rand gefüllt. Der Geldkoffer hingegen stand weiterhin im Nebenzimmer bereit. Liu trug ihn herbei. Ich wähnte, er hebe an, ihn in die Garage zu befördern. Als er an seinen Chef appellierte, ihn zu begleiten, schüttelte der missbilligend das Haupt. Er weiche keinen Meter vom Telefon.

Lius Lächeln entfaltete offensichtlich eine beruhigende Wirkung auf ihn. »Sie sollten zumindest Sitz und Spiegel auf Ihre Körpergröße justieren. Das spart später wertvolle Zeit. Wenn wir das Fenster öffnen, vernehmen wir selbst in der Garage jedes Klingelgeräusch. Des Weiteren schlage ich vor, wir stellen den Wagen direkt vor dem Eingang ab.«

Widerwillig folgte Jack dem Angestellten. Dem zollte ich für seinen Weitblick Bewunderung. Er dachte immerdar etliche Schritte voraus.

Als sie nach einigen Minuten zurückkehrten, blieben wir erneut zum Warten verdammt. Liu nutzte die Zeit, um sich an den übriggebliebenen Sandwiches zu delektieren. Offenbar hatte auch er heute das Mittagsmahl versäumt.

Kauend legte er die geplante Vorgehensweise dar. Sobald sich uns der Übergabeort erschließe, plane er, die in der Umgebung weilenden Truppen zusammenzuziehen. Indessen bemühe er sich, möglichst kein Aufsehen zu erregen. Deshalb dürfe er maximal zwei oder drei Automobile verlegen. Die anderen gedenke er, auf die vermuteten Fluchtrouten der Kidnapper zu konzentrieren. Gleichwohl stehe zu befürchten, dass der Übergabeort in unmittelbarer Nähe mehrerer Ausfallstraßen liege, weshalb ihn ein Zweifel beschleiche, dass es ihm in der zur Verfügung stehenden Zeit sowie mit den beschränkten Mitteln alle Fluchtwege abzuriegeln gelänge. Überdies verfolge er keineswegs den Plan, die Geiselnehmer mit dem Geld am Entkommen zu hindern. Er erhoffe sich einzig einen Hinweis auf den Ort, an dem man Mel gefangen halte. Auch das stelle nur eine vage Hoffnung dar. Es bestehe schließlich kein Grund, das Lösegeld in der Nähe von Mels Gefängnis zu deponieren. Wir sprächen also allenfalls über die Chance, zusätzliche Informationen zu erlangen.

Inzwischen rückten die Zeiger der Uhr im Salon auf Mitternacht vor, doch das Telefon schwieg weiterhin. Draußen erhob sich ein sanfter Wind, aus den Bergen vernahmen wir entferntes Donnergrollen.

»Ein Gewittersturm stellt das Letzte dar, was wir heute Nacht benötigen«, konstatierte Jack.

Um Null Uhr einundvierzig ertönte endlich der Klingelton des Telefons, das die im gesamten Haus herrschende gespannte Stille zerriss. Dieses Mal gestattete sich Jack einen tiefen Atemzug, bevor zum Hörer griff.

»Präsident Yang. Ich bedauere, Ihnen den Nachtschlaf zu vergällen. Bitte lauschen Sie aufmerksam meinen Worten und enthalten sich sämtlicher Fragen. Sie fahren auf der Badaling-Autobahn, Verzeihung, heute nennt man das den Peking-Tibet-Highway nach Süden. Auf dem dritten Ring wenden Sie sich nach Osten bis zur Yansha-Brücke. Dort bleiben Sie auf der linken Fahrbahnseite Richtung vierter Ring. Hundert Meter, bevor Sie den erreichen, ordnen Sie sich auf der Linksabbiegerspur ein und schalten die Innenbeleuchtung ein. Sie biegen auf die Straße neben der vierten Ringstraße ab und halten sich weiter auf der linken Spur. Drosseln Sie die Geschwindigkeit. Wenn Ihnen der Lichtschein einer Taschenlampe ins Auge sticht, stoppen Sie unmittelbar. Dann bleiben maximal fünf Sekunden, um den Koffer neben dem Wagen zu platzieren. Danach entfernen Sie sich rasch nach Norden. Über den vierten Ring kehren Sie nach Hause zurück. Keine Manipulationen! Halten Sie strikt die Instruktionen ein!«

Und schon unterbrach er das Gespräch, ein Umstand, der Jack den Hörer auf die Gabel werfen ließ. Auf seinem Antlitz materialisierte sich ein Siegerlächeln. Umgehend rannte er Richtung Ausgangstür. Ich vermochte ihm kaum zu folgen, da saß er bereits im Automobil und stob mit überhöhter Geschwindigkeit davon. Ich vernahm noch das Quietschen der Reifen in der nächsten Kurve, bis er verschwand.

Als ich das Arbeitszimmer wieder betrat, telefonierte Liu hektisch mit seinem Stab. Um mich einer Störung zu enthalten, führte ich mir ein weiteres Sandwich zu. Zwar verspürte ich kein Hungergefühl, versuchte jedoch, mittels Nahrungsaufnahme die Nerven zu beruhigen.

Als Liu nach zehn Minuten das letzte Gespräch zum Abschluss brachte, warf er einen Blick auf die Uhr. »Heute lacht uns das Glück«, verkündete er mit angespanntem Mienenspiel, das seine Worte Lügen zu strafen schien. »Der Stadtbezirk ist mir bekannt«, fügte er erklärend an.

Auf einem karierten Blatt fertigte er eine Skizze der Kreuzung und der umliegenden Straßen an. Ein Kreis markierte die Stelle, an welcher der Entführer Jack den Koffer neben die Fahrbahn abzustellen befahl. Schräg gegenüber befinde sich die Einfahrt zu einem Wohngebiet. Dort plane er einen Mitstreiter zu platzieren, hoffe jedoch, dass der einen freien Parkplatz fand. Um die Ankunft Herrn Yangs zu avisieren, verberge er einen weiteren Mann, im Gebüsch der Zufahrtstraße zum vierten Ring. Er gehe keineswegs von der Annahme aus, dass sich ein Wagen der Kidnapper auf dem gleichen Weg zum Übergabeort begebe. Seiner Meinung nach würden sich die Geiselnehmer auf der Straße neben dem dritten Ring nach

Norden wenden. Möglicherweise harrten sie auch in der Nähe am Straßenrand aus. Aus diesem Grund habe er dem vor dem Wohngebiet wartenden Mann eine Frau zugeteilt. Das erlaube eine Tarnung als Liebespaar. Auf der Karte zeigte er mir die Stellen, wo er weitere Wagen zu platzieren gedachte. Leider boten sich den Entführern damit zahllose Fluchtrouten an. Sie mochten an der nächstgelegenen Kreuzung nach rechts navigieren, um sich von dort in einem Netz kleinerer Gassen zu verlieren. Eine Flucht auf der Flughafenautobahn bildete ebenso eine Möglichkeit wie über den vierten Ring. Richtung dritter Autobahnring zweigte ein Nebenstraßennetz ab, das sich unmöglich überwachen ließ.

»Na ja, wir nutzen jede Chance, die praktikabel erscheint«, kommentierte er von Resignation erfüllt. »Warten wir ab, wohin das führt.«

Jack stob inzwischen mit zweihundert Stundenkilometern in südlicher Richtung auf der Autobahn. Er hoffte nur, dass er in keine Radarkontrolle geriet. Glücklicherweise herrschte zu derart nachtschlafender Zeit wenig Verkehr. Er hatte sich mehrfach die Frage gestellt, warum der Entführer ihn nicht über den fünften Ring zur Übergabestelle befahl. Jetzt erschloss sich ihm der Grund. Dritter und vierter Ring blieben selbst zu solch später Stunde für jene LKW gesperrt, die über keine spezielle Genehmigung verfügten. Auf dem fünften Ring fanden um diese Uhrzeit die sogenannten Elefantenrennen statt. Dort sah man sich zuweilen gezwungen, kilometerweit hinter Lastwagen herzukriechen, die alle drei Spuren blockierten.

Mit quietschenden Reifen hielt er vor der Tollstation an der Abfahrt der Autobahn. Als er wieder zu beschleunigen begann, kollidierte er um ein Haar mit einem Kraftfahrzeug, das mit defekter Beleuchtung den dritten Ring befuhr. Hier herrschte reger Verkehr, gleichwohl kam er zügig voran. Zehn Minuten später gelangte er zur Yanshabrücke, in Rekordzeit, registrierte er voller Stolz. Dort verließ er den Ring und ordnete sich vor der Brücke links ein. Fast erlag er der Versuchung, die Straßenkreuzung bei rot zu überqueren. Mühsam zwang er sich zu Besonnenheit. Als die Ampel die Grünphase erreichte, gab er Gas und erfasste fast einen Radfahrer, der ohne jegliche Beleuchtung sowie unter Missachtung sämtlicher Verkehrsregeln in falscher Richtung die Kreuzung befuhr. Er vermochte soeben noch das Steuer herumzureißen, um zu vermeiden, den Drahtesel frontal zu touchieren. Mittels eines tiefen Atemzugs zwang er sich einen zivilisierteren Fahrstil auf. Allerdings verfügte die Straße zum vierten Ring über mehrere Spuren, weshalb selbst bei einer Geschwindigkeit von einhundert Stundenkilometern keine Gefahr bestand, mit einem Fahrzeug zu kollidieren, das in seine Richtung bog. Gleichwohl hoffte er, ihm bleibe eine nächtliche Polizeikontrolle erspart.

Als er sich auf der Linksabbiegespur einzuordnen begann, schaltete er nach Anweisung des Entführers die Innenbeleuchtung ein. Sobald die Ampel die Grünphase erreichte, überquerte er übereilt das Kreuzungssystem. Dann drosselte er die Geschwindigkeit und wartete auf das angekündigte Lichtsignal. Obgleich er sich inzwischen im Schritttempo fortbewegte, befürchtete er, dass ihm das Signal entging. Endlich, kurz vor Ende der Einbiegespur erspähte er ein Blinken im Gebüsch. Er stoppte und beugte sich zum Beifahrersitz. Fast misslang es ihm, den schweren Geldkoffer auf seine Seite zu ziehen. Er öffnete die Fahrertür, um das Gepäckstück wie gefordert zu platzieren. Dann beschleunigte er, behielt allerdings im Rückspiegel den Koffer im Blick, bis er nach hundert Metern das Geld aus den Augen verlor.

Er kämpfte mit der Versuchung, den Wagen am Straßenrand anzuhalten, um Liu Wei zu kontaktieren. Möglicherweise vermochte der ihn zu informieren, ob das Geld abgeholt wurde. Doch Liu hatte ihn gewarnt, auf keinen Fall in der Nähe der Übergabestelle zu verweilen. Er möge sich mit normaler Geschwindigkeit entfernen, um umgehend zurückzukehren.

Xiao Ding, wie ihn die Kollegen nannten, verbarg sich neben der Straße im Gebüsch und wartete, bis das Fahrzeug Präsident Yangs in Sichtweite kam. Als ihm endlich der BMW ins Auge stach — man hatte ihm mitgeteilt, der Chef benutze an diesem Abend nicht die Mercedeslimousine — kontaktierte er Lao Wu. Von dem wusste er, dass er gemeinsam mit einer Frau als Liebespaar getarnt in einem Wagen zweihundert Meter entfernt unweit des Eingangs eines Wohngebiets verharrte. Er argwöhnte, dass der alte Schwerenöter tatsächlich die Chance ergriff, um seine Kollegin unsittlich zu berühren. Als Wu das Gespräch entgegennahm, klang dessen Stimme allerdings entspannt. »Wir haben ihn erspäht. Soeben schaltet er die Innenraumbeleuchtung ein«, meldete Wu.

Seit sie hier standen, behielt Wu nicht nur die Kreuzung im Blick, sondern auch die Parkplätze sowie die Fahrbahn neben dem vierten Ring. Liu hatte ihn gewarnt, es bestehe die Gefahr, dass ein Entführer in der Nähe Wache bezog. Auf jeden Fall müsse er sich einer Entdeckung entziehen. Gleichwohl wog er sich in der Gewissheit, dass niemand sie sah, zumindest nicht von der Straße aus. Dass der Wagen von den Hochhäusern aus sichtbar blieb, erachtete er als irrelevant.

Er beobachtete, wie der BMW die Kreuzung überquerte und dann die Geschwindigkeit reduzierte. Das Lichtzeichen im Gebüsch erspähte er von seiner Warte aus nur diffus. Ihm erschloss sich nur, dass der BMW anzuhalten schien. Erst als er sich wieder in Bewegung zu setzen begann, erkannte er das Gepäckstück am Straßenrand. Das hielt er gebannt im Blick.

Als nichts geschah, fragte er sich bereits, ob die Übergabe gescheitert wäre. Da erblickte er eine aus dem Gebüsch huschende Gestalt, die den Koffer ergriff. Doch statt damit auf die Fahrbahn zu treten, um ein Auto zu besteigen, erklomm sie den Hang zum vierten Ring. Trotz des schweren Gepäckstücks gelang ihr das in überraschender Behändigkeit. Oben angelangt stob ein großer Wagen heran, ein Kleintransporter oder Jeep, Details entgingen

Wu von der gegenwärtigen Position. Das Fahrzeug hielt und fuhr sogleich wieder an. Ob die Gestalt mit dem Koffer eingestiegen war, verbarg sich ihm zwar, gleichwohl ging er von der Annahme aus, der Geiselnehmer ergriff darin die Flucht.

Er meldete die Beobachtung eilends an Liu. Diesen Punkt hatten sie erschöpfend diskutiert. Da niemand wusste, in welche Richtung sich die Entführer entfernen würden, blieb Wu unbekannt, welche Verfolgerfahrzeuge zu benachrichtigen seien. Deshalb kontaktierte er Liu. Da er jedoch nur von einem voluminösen Fahrzeug sprach, vermochte der keine exakte Beschreibung an die anderen durchzugeben. Zudem benötigte er Zeit, die Verfolger zu informieren. In den nächsten zehn Minuten erhielt er diverse Meldungen über große Wagen, die sich in sämtliche Richtungen entfernten. Allerdings blieb unbekannt, ob sich der gesuchte unter ihnen befand. Schließlich brach Liu die Suche ab.

Eine Stunde später saßen Jack, Liu und ich wieder im Yang'schen Salon. Die Atmosphäre gestaltete sich trotz erfolgreicher Geldübergabe angespannt. Wir hatten uns mehr von der Aktion erhofft. Liu räumte ein, die Möglichkeit, den Koffer den Hang zum vierten Ring hinaufzubefördern, habe er schlicht und ergreifend zu erwägen versäumt.

Ich nahm ihn mit dem Argument in Schutz: »Selbst wenn wir das vorhergesehen hätten, verschließt sich mir, wie sich der Wagen verfolgen ließ. Schließlich verbot es sich, ein Fahrzeug auf dem vierten Ring zu postieren, insofern das die Gefahr, die Entführer zu warnen, barg.«

Jack schloss sich der Meinung an. Dennoch mochte sich Liu den Fehler kaum verzeihen. Allerdings dachte er wie gewohnt bereits einen Schritt voraus und fragte, ob wir unter den gegebenen Umständen die Suche in den Bergen fortzusetzen gedachten.

Jack bewies Unschlüssigkeit. Einerseits hoffte er nach der Geldübergabe auf eine umgehende Freilassung Mels. Deshalb zögerte er, die Entführer aufzuscheuchen. Andererseits wusste er bereits, dass die Befreiung der Tochter keineswegs unmittelbar bevorzustehen schien. Er benötigte eine zusätzliche Option.

Ich unterbreitete einen Kompromissvorschlag, indem ich für eine Fortsetzung der Suche warb, gleichzeitig aber warnte, uns nicht mehr der Bauern aus den Dörfern zu bedienen. Der Einsatz der Landleute hatte mir von Beginn an Bauchgrimmen bereitet. Meiner Ansicht nach genügte es, wenn Liu's Leute weiterhin die Gegend durchstreiften, sich jedoch extrem umsichtig verhielten.

Jack segnete den Vorschlag ab und schlug vor, endlich schlafen zu gehen. Um vier Uhr erhellte bereits die Morgenröte den Horizont.

Kapitel 10

Am nachfolgenden Morgen unterbrach ein Sonnenstrahl, der mir unerquicklicherweise durch die Lider drang, jählings einen detailreichen Traum, in dem mir die Befreiung Mels vor dem inneren Auge erschien. Offensichtlich hatte ich in der Nacht die Gardinen zuzuziehen versäumt.

Die Uhr zeigte bereits neun Uhr an. Dennoch erfüllte mich eine befremdliche Mattigkeit. Fünf Stunden Schlaf erwiesen sich kaum verwunderlich als unzureichende Zeitspanne der Regeneration. Nach einer eiligen Dusche begab ich mich ins Speisezimmer, wo ich auf einen in sich gekehrten Jack mit dunklen Ringen unter den Augen stieß.

Mit der höflich vorgetragenen Frage: »Zu wenig Schlaf erhascht?«, rief ich allerdings nur ein Nicken des Haupts hervor. Schließlich wandte er sich mir zu.

»Ich wusste, dass uns die Geldübergabe nicht umgehend Mel zurückzubringen versprach. Dennoch bleibt immer eine gewisse Hoffnung bestehen. Zumindest erkannte ich ein Ziel, auf das ich mich zuzubewegen schien. Jetzt warte ich erneut auf den Klingelton des vermaledeiten Telefons.«

»Wo befindet sich Liu?«, fragte ich, vom Wunsch, ihn abzulenken, beseelt.

»In den Bergen auf Entführerjagd. Wenn du mich fragst, ergriffen die fäustchenlachend die Flucht.«

»Du glaubst, die verließen die Region?«

»Warum sollten sie dort verweilen? Zweifellos befürchteten sie, dass wir sie erspähen.«

Das Argument besaß zumindest hinlängliche Überzeugungskraft. Nur der Fundort des BMWs hatte den Gedanken genährt, die Entführer drangen möglicherweise zu Fuß tiefer in die Berge vor. Ebenso mochten sie sich eines anderen Fahrzeugs bedienen. Im Pekinger

Raum existierten zweifellos tausende potenzieller Zufluchtsstätten, weshalb wir uns an Strohhalme zu klammern drohten.

Überdies warf die Stimme am Telefon Fragen auf. Wie um alles in der Welt gelangten zwei Kleinkriminelle zu einem Unterhändler wie *Mr. Telefonstimme*. Schon die distinguierte Sprache nährte den Verdacht, wir sahen uns mit einem Mann konfrontiert, der sich Wang und Zhang intellektuell himmelweit überlegen zeigte. Möglicherweise sollte ich mein Glück noch einmal im *Eden-Club* versuchen. Womöglich fand ich dort einen Hinweis auf die unbekannte Person. Doch nach was galt es, Ausschau zu halten? Nach einem Herrn mit nachdrücklicher Stimme und ausgeprägtem Ausdrucksvermögen? Immerhin passte ein solches Individuum in ein derartiges Etablissement wie ein Kolibri in den Schnee. Möglicherweise stach er dort deshalb hervor. Ich richtete gewiss keinen Schaden an, wenn ich in der Bar erneut Erkundigungen einzuziehen begann. Allerdings wünschte ich, den Club im Live-Modus zu erleben. Bei Lilly erübrigte es sich offenbar, nach einem Herrn wie ihm zu fragen. Und Jean-Paul? Der schuldete mir allenfalls noch ein Sandwich mit dubiosem Belag.

»Was glaubst du, wann er wieder anzurufen gedenkt?«, fragte Jack.

Ich zuckte mit den Achseln. »Bisher ließ er sich jedes Mal mehrere Tage Zeit. Ich bezweifle, dass er jetzt, da er das Geld besitzt, plötzlich zur Eile neigt. Allerdings frage ich mich, welche Forderungen er noch zu erheben geruht. Ein zusätzlicher Geldbetrag ergibt in meinen Augen keinen Sinn, dennoch besteht die Möglichkeit, dass er den Betrag erhöht. Ich gehe von der Annahme aus, dass auch eine Lösegeldforderung von zwei Millionen deinen Etat nicht sprengt.«

»Wenn er Mel nur endlich die Freiheit gewährt, zahle ich jede Summe«, bestätigte Jack.

Das Klingeln des Mobiltelefons unterbrach unsere Konversation. Er hatte einen an ein museales Telefon gemahnenden altmodischen Klingelton gewählt.

Als er das Gespräch entgegennahm, verriet seine Miene Nervosität, doch rief das in der gegenwärtigen Situation kaum Verwunderung hervor.

»Besteht kein Zweifel an der Identität?«, fragte er in argwöhnischer Intonation.

Obgleich mir die Antwort verborgen blieb, erschloss sich intuitiv, Entzücken bereitete sie ihm keineswegs. Er schüttelte ratlos den Kopf. Schließlich beendete er das Telefonat mit dem Satz: »Ich rufe in zehn Minuten zurück.«

Danach blickte er mich unschlüssig an. Möglicherweise ordnete er die überbordende Gedankenflut, die ihn offensichtlich gefangen hielt.

»Liu und seine Männer haben die Entführer entdeckt«, offenbarte er mir, verfiel jedoch umgehend abermals in schweigende Kontemplation, als frage er sich, wie sich die befremdliche Botschaft vermitteln ließ.

Ich neigte bereits zu dem Kommentar, dass dies als eine positive Nachricht zu bewerten sei, doch Jacks starrer Blick hielt mich von einer Erwiderung ab. Außerdem hatte er mit keinem Wort Mel erwähnt.

»Beide sind tot«, fuhr er endlich fort. »Liu fand sie mit gebrochenen Knochen in einer abgelegenen Schlucht. Nach dem Odeur zu schließen, das sie bereits verströmen liegen sie seit Tagen dort, berichtet Liu.«

»Hat er sie eindeutig identifiziert?«, fragte ich in der Hoffnung, wir sähen uns mit einem Irrtum konfrontiert.

»Zumindest entsprechen sie deiner Beschreibung inklusive Spinnentätowierung auf dem Handrücken und einer Boxernase bei Zhang. Ich glaube, dass uns schon die Tatsache, dass er sie zusammen in den Bergen fand, Gewissheit gibt.«

In dem Punkt stimmte ich mit Jack überein. Allerdings warf der Fund weitergehende Fragen auf, an die ich im Augenblick kaum zu denken wagte.

»Liu fragt, was er unternehmen soll. Meine erste Reaktion bestand in dem Wunsch, sie den Geiern zu überlassen, doch bietet sich das kaum als Lösung an.«

»Weisen die Leichen Verletzungen auf?«

»Laut Liu Knochenbrüche, die mögen jedoch aus dem Sturz in die Schlucht resultieren. Was innere Wunden betrifft, bleibt ihm als medizinischem Laien ein abschließendes Urteil verwehrt. Zumindest hat er keine Schuss- oder Stichwunden entdeckt.«

»Ich denke, die Annahme, dass sie freiwillig in den Abgrund sprangen, wird der Situation nur unzureichend gerecht.

Jemand hat sie gestoßen«, merkte ich im Brustton der Überzeugung an. »Fragt sich nur wer und warum? Und was bedeutet das für uns?«

»Darüber zerbrechen wir uns später den Kopf«, forderte Jack. »Liu bittet um Anweisung, ob er die Polizei hinzuziehen soll.«

Ich sann über die Frage nach. Wenn man im Gebirge Leichen fand, stellte das offenbar eine naheliegende Vorgehensweise dar. Doch welche Erklärung bot sich gegenüber Polizisten an, wieso er mit einem Trupp die Wildnis durchstreifte?

»Befinden sich Lius Gehilfen bei ihm?«

»Zwei oder drei«, erwiderte Jack. »Die anderen durchkämmen das benachbarte Tal.«

»Ich schlage vor, wir überlassen sie der Staatsgewalt. Zumindest verschließt sich mir, welcher Grund für Geheimhaltung spricht. Doch zuerst soll Liu seine Männer nach Hause schicken und sie zu Stillschweigen verpflichten. Dann mag er die Polizei rufen und versichern, er habe die Leichen bei einer Wanderung entdeckt.«

Nach einer Phase der Kontemplation rief er Liu zurück, um ihm diesbezügliche Anweisungen zu erteilen. Nach Beendigung des Gesprächs wandte er sich wieder an mich. »Jetzt drängt sich die Fragestellung auf, wer nach dem Tod der Entführer Mel gefangen hält?«

Exakt die Frage stellte sich auch mir. Hatte der Unterhändler die

Geiselnehmer hinterrücks ausgetrickst? Die Möglichkeit bestand. Doch warum entschloss er sich zum jetzigen Zeitpunkt beziehungsweise vor einigen Tagen zu einer solchen Tat? Liu hatte behauptet, die Leichen verströmten bereits üble Odeurs. Wenn er das Lösegeld für sich zu beanspruchen gedachte, konnte er mit dem Mord bis nach dem Ende der Entführung warten. Schließlich benötigte er die zwei zur Bewachung Mels. Oder handelte es sich bei Telefonstimme um den Anführer einer rivalisierenden Gang? Auch das ergab Sinn. Ein Mann wie Mr. Telefonstimme auf der einen Seite und Wang und Zhang auf der anderen bildeten meiner Meinung nach kaum ein harmonisches Team, es sei denn, er hatte die beiden nur fürs Grobe engagiert. Oh Gott, sollte Mel ein Unglück zugestoßen sein? Der Tod der Entführer mochte ebenso in diese Richtung weisen. In dem Fall benötigte Mr. Telefonstimme niemanden zur Bewachung mehr. Er strich in Ruhe das gesamte Lösegeld ein. Der Gedanke missfiel mir vehement, weshalb ich ihn gegenüber Jack verschwieg.

Doch beschäftigten ihn inzwischen offenbar ähnliche Bedenken. »Wenn er mich erneut kontaktiert, fordere ich einen eindeutigen Beweis für Mels Unversehrtheit. Vorher erhält er keinen müden Cent von mir.«

»Gehst du etwa von der Annahme aus ...,« hob ich an, zögerte jedoch, den grausamen Satz zu Ende zu führen.

Doch er verstand, denn er erwiderte: »Ich weigere mich, einen solchen Gedanken in Erwägung zu ziehen. Gleichwohl verlange ich Gewissheit. Einen Jack Yang betrügt man nicht ungestraft.«

Warum ihn ein derartiger Schwindel erzürnte, er die Entführung der Tochter jedoch hinzunehmen schien, verschloss sich mir. Ich führte die befremdliche Reaktion auf seine angespannte nervliche Disposition zurück.

Als wir im Nebenzimmer Geräusche vernahmen, raunte er mir eilig ins Ohr: »Bitte kein Wort zu Jane.«

Nickend deutete ich Zustimmung an.

Statt Jane betrat jedoch Lian den Raum und schenkte uns Kaffee nach.

Daraufhin zogen wir uns ins Arbeitszimmer zurück. Dort hoben wir an, die veränderte Lage einer Analyse zu unterziehen. Aus keinem der alternativen Szenarien bezogen wir Trost. Jedes kündete von einer erhöhten Gefahr für Mel. Jack klammerte sich an die letzte Bandaufnahme des Töchterleins. Wir hörten die kurze Sequenz mehrfach ab. Unglücklicherweise fehlte uns eine Aufnahme des ersten Gesprächs. Er schwor heilige Eide, damals habe sie wesentlich besorgter gewirkt. Auch mir schien die wiederholt erklingende Stimme kaum von Angst oder Sorge geprägt. Im Gegenteil. Mel klang, als sei sie von Erleichterung erfüllt. Unbestreitbar sprach sie von einer Verbesserung der Situation. Leider blieb uns verborgen, wann die Aufzeichnung entstanden war. Gingen wir allerdings von der Hypothese aus, dass der Entführer eine gegenwartsnahe Aufnahme übermittelt hatte, ergab sich möglicherweise eine Relation. Rein theoretisch bestand die Möglichkeit, dass er sich Mels bemächtigte, um sie in ein anderes Versteck zu verbringen. Gleichzeitig entledigte er sich Zhangs und Wangs. Von der Voraussetzung ausgehend, das Band sei aktuell, stimmte zumindest der zeitliche Ablauf überein.

Gegen fünf Uhr nachmittags verabschiedete ich mich in die Stadt. Der *Club Eden* rief nach meiner Aufmerksamkeit. Jack hatte mir abermals den japanischen Kleinwagen zur Verfügung gestellt. Als ich jedoch Shishahai erreichte, wünschte ich, ich wäre per Taxi angereist. Nirgendwo ließ sich ein freier Parkplatz erspähen. Ich sah mich gezwungen, den Wagen weit außerhalb des Vergnügungsviertels abzustellen. Dann begab ich mich zu Fuß auf den Weg. Mit bunt blinkenden Lichtern beleuchtet erweckten die Etablissements — selbst der Club Eden — einen deutlich vertrauenerweckenderen Eindruck als bei Tageslicht.

Mit Glück fand ich einen freien Tisch, bestellte ein Bier und nahm wie jeder andere Gast das Studium der Karte auf. Aus den Abbildungen der Speisen erschloss sich mir, der abgebildete Hamburger strahlte noch am meisten Vertrauenswürdigkeit aus.

Das Lokal wurde überwiegend von Jugendlichen und Ausländern frequentiert. Die Fremden gehörten eindeutig der Gruppe an, die einen Abend an der Bar gegenüber häuslichen Aktivitäten favorisierte, besonders wenn man Lillys Kolleginnen in die Betrachtung miteinbezog. Alle nur spärlich bekleidet und offensichtlich zu mehr bereit, als den Gästen bei einem Drink Gesellschaft zu leisten. Kriminelle Gestalten entdeckte ich keine. Doch trugen Verbrecher vermutlich kaum ihre Berufsbezeichnung auf der Stirn vermerkt.

Der Hamburger erwies sich überraschenderweise als genießbare Kost, die Pommes frites troffen indessen vor Öl. Um neun Uhr dreißig betrat Lilly den Club. Routinemäßig scannte sie den Raum auf Stammkundschaft. Der Blick fiel schließlich auf mich. Mit einem Lächeln nahm sie mir gegenüber Platz und fragte: »Na, gedenkst du dir doch noch ein unvergleichliches Erlebnis zu verschaffen?«, wobei sie ihre Beine an mir rieb.

»Ich wollte nur deine Arbeitsstätte in Aktion sehen«, erwiderte ich und rückte von ihr ab.

»Okay, dann gehen wir zu mir«, schlug sie lachend vor. Allerdings erschloss sich ihr, dass ich mich keineswegs ihrem Kundenkreis zugehörig empfand.

»Gibst du einen aus?«, fragte sie und zeigte auf mein Glas.

»Ein Bier bist du mir allemal wert«, erwiderte ich und rief den Kellner heran. Sie deutete jedoch an, sie habe an hippere Getränke gedacht.

»Bier oder Wasser, entscheide dich«, verkündete ich ungerührt.

Beim letzten Mal habe ich mich bedeutend großzügiger gezeigt, brummte sie, nahm aber letztlich das Angebot an. Zügig brachte ich das Gespräch auf die beiden Nachbarn und Kunden in der Wohnung über ihr.

»Ach die«, winkte sie verächtlich ab. »D e glänzen weiterhin durch Abwesenheit.«

Ich verschwieg ihr den Schwund in der Klientenkartei. Stattdessen fragte ich, mit wem die beiden darüber hinaus Umgang pflegten.

Lilly lächelte mich aufreizend an. »Wenn du die Damen dort drüben thematisierst, die geben sich niemals mit Typen ab, deren Portemonnaie einem steten Schwund unterliegt.«

Ich interessiere mich mehr für schräge Bekanntschaften, gab ich ihr zu verstehen.

»Bin ich dir etwa nicht schräg genug?«

Obgleich ich verneinte, schoss mir das Wort horizontal durch den Kopf.

»An welche Branche dachtest du? Drogen? Schmuggelware? Einschüchterung? Was darf's sein? Natürlich führen manche der Typen, die da draußen ihren Geschäften nachgehen, auch einen Mischkonzern. Hier kannste alles kriegen«, versicherte sie in glaubwürdiger Intonation.

Als ich sie um Informationen zu den Nachbarn bat, vollführte sie mit Daumen und Zeigefinger eine augenfällige Geste. Ich schob ihr drei Hundert-Renminbi-Scheine über den Tisch. In diesem Augenblick trat eine Bedienung heran und fragte, ob ich die Bestellung eines weiteren Biers in Erwägung zog. In Anbetracht der Rückfahrt entschied ich mich für ein non-alkoholisches Getränk. Als der Kellner verschwand, schallt Lilly, ich rücke sie in ein übles Licht.

Insofern sie erkannte, wie ich um Verständnis rang, konkretisierte sie: »Jetzt glaubt der Bursche, ich gebe mich für dreihundert hin.« Überdies versicherte sie, für den ermäßigten Satz könne ich auch nur reduzierte Informationen erwarten. Notgedrungen erhöhte ich auf fünfhundert Yuan.

Während sie die Scheine im BH deponierte bekundete sie, der *Club Eden* diene neben der Partnervermittlung, wobei sie offenbar die Mädchen thematisierte, ebenso als Informationsbörse für zwielichtige Aktivitäten. Allerdings bezweifle sie, in diesem Raum würden Pläne für Verbrechen geschmiedet. Hier erhielt man nur einen Fingerzeig. Bei Interesse zog man sich an weniger öffentliche Orte zurück.

»Und Wang und Zhang gingen einer Tätigkeit als Informationsbroker nach«, mutmaßte ich.

»Quatsch. Die zeigen sich für solch diffizile Geschäfte viel zu beschränkt. Die hielten allenfalls die Augen offen, ob ein Bröckchen für sie abzufallen versprach. Na ja, womöglich tönten sie in letzter Zeit ein bisschen zu laut von dem geplanten dicken Ding. Und bei dickem Ding spreche ich keineswegs ihren Hoseninhalt an«, gab Lilly lachend zu verstehen und forderte ein zweites Bier. In der Hoffnung auf eine zusätzliche Information willigte ich ein.

»Und um was handelte es sich bei dem dicken Ding?«

»Keine Ahnung. Falls du nicht übel enden willst, fragste bei so was besser nie nach.«

»Hat denn jemand nachgefragt?«, begehrte ich stattdessen zu erfahren.

»Wovon du ausgehen kannst«, versicherte sie.

»Eine bestimmte Person?«

»Was weiß ich«, knurrte sie. Offensichtlich schienen die fünfhundert inzwischen aufgebraucht. Ich deutete auf das Bier, das der Kellner soeben servierte. Auch das stellte schließlich eine Investition dar, die hoffentlich Zinsen trug.

Sie lächelte. »Na ja, hier hängen ständig diese Typen rum, und da die beiden Knallchargen von dem großen Ding zu prahlen geruhten, spitzte natürlich jeder das Ohr.«

»Doch manche lauschten besonders interessiert«, hakte ich nach.

»Mag sein«, erwiderte sie vielversprechend und deutete auf ihr Dekolleté. Ich ging von der Annahme aus, dass sie keineswegs auf den ausladenden Busen verwies, sondern auf die offensichtlich zu geringe Summe von fünfhundert Renminbi.

Widerwillig zückte ich drei weitere Scheine, gab allerdings zu verstehen, ich weigere mich, das Spiel ewig fortzuführen. Als die Geldscheine in ihrer privaten Sparkasse verschwunden waren, beugte sie sich verschwörerisch vor.

»Also, da gibt es diesen Gesellen, der uns hier zuweilen mit einem Besuch beehrt. Smarter Bursche, stets tipptopp gekleidet und mit reichlich Gold am Körper behängt. Wenn du verstehst. Hab gehört, dass er aus dem Nordosten stammt und allzeit auf der Suche nach einer lukrativen Investition sei. Wenn der ein dickes Ding erspäht, nimmt er umgehend Witterung auf. Es heißt, er arbeite für einen wahrlich bedrohlichen Shenyanger Mafiaclan.«

»Die chinesische Mafia?«

»Pst, red leise«, mahnte sie. Details seien ihr zwar unbekannt, doch gehe sie von dieser Vermutung aus. Ob sich die Aussage jedoch auf eine Mafiafamilie oder andere Gangster bezog, sei belanglos für sie. Sie meide solche Kreise prinzipiell.

»Und der interessierte sich für das Ding der zwei!?«

»Und wie. Dem beulte sich bei dem Gerede der Tappschädel schon die Hose aus.«

»Und dann zogen sie sich an diskretere Orte zurück?«, fragte ich nach.

»Weiß ich nicht. Ich baggerte an dem Abend einen Ausländer an, der mir Zweitausend einzubringen versprach.«

Ich runzelte die Stirn.

»Glaubste, ich bin keine Zweitausend wert?«, fragte sie empört.

Ich versicherte, ihre Kunst in Zweifel zu ziehen liege mir fern.

Leider schien die Informationsquelle damit erschöpft. Ich bezweifelte, dass sich, selbst wenn ich den Einsatz erhöhte, noch mehr von ihr in Erfahrung bringen ließ.

Auch ihr erschloss sich offenbar, dass ich mich kaum noch mit Informationen verlocken ließ. Zunächst erbettelte sie ein drittes Bier, dann sang sie erneut das Hohelied der Liebeskunst. Mit Fünfhundert sei ich dabei.

»Das Erlebnis vergisste nie«, versicherte sie, während sie sich zu mir herüberbeugte, um mir einen Einblick zu gewähren. Doch hatte ich ihr Milchwerk bereits vor Tagen einer Inspektion unterzogen und mich von der Festigkeit der Anlage überzeugt.

Nach dem Bezahlen unternahm sie einen letzten Versuch und begleitete mich vor die Tür. Bedrängend drückte sie den üppigen Körper an mich und schlug vor: »Komm, gehen wir zu mir.«

Abermals lehnte ich das Angebot dankend ab und verwies auf eine mögliche zukünftige Gelegenheit.

»Wer's glaubt«, zischte sie, räumte allerdings ein. »Na ja, man kann niemandem gebieten, wo er seinen Schwanz reinzustecken gedenkt.«

Auf der Rückfahrt fragte ich mich, ob uns die Information zu einem Erkenntnisgewinn verhalf. Viel vermochte ich nicht vorzuweisen. Lediglich eine Anspielung auf die Mafia sowie auf Shenyang, der chinesischen Zentrale der Organisation.

Als ich Yangs Anwesen erreichte, öffnete Lian die Tür und versicherte, die Herrschaften schliefen bereits.

Eine hervorragende Idee, dachte ich und schloss mich an.

Kapitel 11

Am Morgen traf ich beim Frühstück um acht auf einen völlig verwandelten Jack, auch wenn er mich mit der annähernd inquisitorisch vorgetragenen Frage begrüßte: »Wo zum Teufel steckst du die gesamte Zeit?«

Ich fühlte mich zu antworten versucht: *die letzten Stunden in deiner Gästesuite.* Doch das wusste er bereits. Außerdem schien sein Anliegen nicht vordringlich genug, um mir den wohlverdienten Schlaf zu verargen. Das Missfallen entzündete sich an meiner mangelnden Kognition. Offensichtlich hatte ich während der Fahrt in die Stadt das Mobiltelefon im Auto abgelegt, wo es umgehend in Vergessenheit geriet. Ich entschuldigte mich für das Missgeschick.

In der Garage fand ich das Gerät im Fußraum vor dem Beifahrersitz. Der Screen zeigte sieben verpasste Anrufe von der gleichen Nummer an. Offenbar hatte mich Jack entschieden vermisst, konstatierte ich.

Als ich mich wieder am Frühstückstisch niederließ, vergab er mir die Sünde der Gedankenlosigkeit und verkündete erfreut, Mr. Telefonstimme habe ihn erneut kontaktiert.

»Erhob er eine weitere Forderung?«, fragte ich.

Jacks Mienenspiel erhellte sich. »Dieses Mal konfrontierte ich ihn meinerseits mit einem Wunsch. Ich vermittelte ihm, dass mir ein direktes Gespräch mit der Tochter unabdingbar erscheine. Keine Bänder oder sonstige Konserven. Ich benötige Gewissheit, dass sie sich bester Gesundheit erfreut. Ansonsten nähme ich angesichts weiterer Ansprüche eine strikte Verweigerungshaltung ein. Als ich die Forderung aufrechterhielt, willigte er schließlich ein, im Lauf des Tages gewähre er mir ein Telefongespräch mit Mel.«

»Gratuliere«, entgegnete ich hinlänglich imponiert. »Doch das Ziel seines Anrufs bestand gewiss nicht in dem Begehren, dir ein Telefonat mit Mel zu offerieren.«

»Nein«, erwiderte Jack, legte gleichwohl eine befremdliche Zurückhaltung an den Tag.

»Ja und ...«, bedrängte ich ihn.

Er seufzte. »Mir verschließt sich, was er im Schilde führt. Er kündigte ein Angebot für eine Transaktion an.«

»Klar, du zahlst eine weitere Million und ihr reicht euch auf den erfolgreichen Abschluss die Hand. Phänomenales Geschäft.«

»Nein, ich glaube, er zielt weniger auf Bargeld ab. Er deutete an, dass er Interesse an einem meiner Unternehmen verspüre. Er bat, eine Veräußerung in Erwägung zu ziehen. Er biete einen fairen Preis.«

»Die Präliminarien einer solchen Geschäftsanbahnung erscheinen mir überaus bizarr. Warum schickt er dir nicht ein Übernahmeangebot?«

»Diese Frage stellt sich auch mir«, erwiderte Jack in Gedanken vertieft.

»Und, denkst du über den Vorschlag nach?«

»Wie kann ich mich verweigern? Allerdings ließ er offen, von welchem Unternehmen er sprach.«

»Mir drängt sich die Befürchtung auf, dass dir ein solcher Deal wenig verheißungsvoll erscheint, wenn er das Ziel nur mittels einer Entführung zu erreichen glaubt.«

»Ja, der Gedanke beschlich auch mich. Allerdings irritiert mich ein anderes Problem. Als Erpresser liegt es im eigenen Interesse, dass mir seine Identität verborgen bleibt. Bei einer Übernahme müssen hingegen Namen auf den Tisch. Einen Vertrag mit *Entführer* zu unterschreiben, verbietet sich.«

»Gewiss findet sich ein Weg, sich hinter einer Tarnfirma zu verbergen«, warf ich ein.

»Klar. Doch warum warnt er mich dann vor? Er bewirkt doch nur, dass ich jedes Übernahmeangebot einer detaillierten Prüfung unterziehe, um herauszufinden, wer dahintersteht.«

»Stimmt, das ergibt wenig Sinn. Von welchem Unternehmen spricht er denn überhaupt?«

»Das offenbart er mir erst zu späterer Zeit.«

»Planst du auf das Angebot einzugehen?«

»Zumindest wartet er mit überzeugenden Argumenten auf«, lenkte Jack meine Aufmerksamkeit auf seine missliche Lage hin.

Ich stimmte ihm im Geheimen zu. Behielt er eine distanzierte Haltung bei, starb das Töchterlein. Zögerte er, erhielt er ein Körperteil Mels per Post zugesandt. Mr. Telefonstimme vermochte alles von ihm zu fordern. Jede Weigerung verbot sich von selbst. Allerdings verschloss sich mir weiterhin, in welchem Zusammenhang die Entführung zu einer Unternehmensübernahme stand. Versuchte er, Jack als Menschen zu zermürben? Spielte womöglich mit ihm, um dann … Ich wagte kaum, den Gedanken zu Ende zu denken, geschweige denn mit ihm zu erörtern.

Stattdessen kommentierte ich: »Möglicherweise sollten wir warten, bis er konkrete Forderungen stellt.«

Nickend deutete Jack Zustimmung an. Auch er schien in Eingebungen vertieft.

Schließlich wandte er sich anderen Themen zu, indem er von mir zu erfahren begehrte, ob mein Besuch des *Club Edens* von Erfolg gekrönt gewesen sei.

»Möglicherweise stieß ich auf die Andeutung einer Spur«, antwortete ich und referierte ihm Lillys Geschichte von der Mafia.

»Hm«, knurrte er nur. »Glaubst du, die Person, auf die sie verwies, hat Mel und die beiden Entführer in einer Schlucht entsorgt?«

»Möglicherweise zeigte er nur Interesse an den Details des Geschäfts, um jemanden mit der Aufgabe zu betrauen. So hörte sich die Geschichte zumindest an. Was hältst du von einer solchen Theorie?«

Außer einem weiteren skeptischen »Hm« behielt Jack das Schweigen bei.

»Und wenn wir uns der Shenyang-Mafia gegenübersehen?«, verleitete ich ihn zu einer Äußerung.

»Unwahrscheinlich«, knurrte er nur.

»Warum? Angeblich traut man denen doch jede Niedertracht zu.«

»Das schon«, erwiderte Jack. »Ich bezweifle allerdings, dass die Mafia ausgerechnet Mel als Entführungsopfer wählt.«

»Weshalb? Schließlich giltst du als wohlhabender Mann.«

Endlich vertraute er mir an, zuweilen stehe er mit den Clans in Geschäftskontakt. Er wisse, es handle sich um Gangstersyndikate, jedoch scharfsinnig genug, um niemals einen profitablen Handel mit ihm zu gefährden.

»Die bleiben auf meinen Goodwill angewiesen. Warum sollten sie mich deshalb an der empfindlichsten Stelle zu treffen suchen?«

»Möglicherweise erschloss sich ihnen erst hinterher, wer der Vater ist.«

»Nein«, behauptete Jack in prononcierter Intonation. »Bevor die eine Entscheidung in Erwägung ziehen, unterziehen sie jedes Projekt einem detaillierten Überprüfungsprozess. Selbst wenn ihnen Mels Familienhintergrund entgangen wäre, ein Umstand, der mir zweifelhaft erscheint, setzten sie Mel umgehend auf freien Fuß und brächten Entschuldigungen vor.«

»Die Lauterkeit der Verbrecherclans«, spottete ich.

»Nenn es, wie du willst. Überlebensinstinkt scheint mir das adäquate Motiv. Die Kontakte zu mir erachten sie als bedeutungsvoll. Wo sonst bietet sich eine Investition in legale Geschäfte an?«

Unvermittelt erschloss sich mir, dass er von Geldwäsche sprach.

»Mir scheint das mit Mr. Telefonstimmes Forderung, du mögest ihm eine Firma übertragen, zu korrespondieren.«

Jack lachte grimmig auf. »Es mag den Eindruck erwecken, stimmt jedoch nicht mit deren Denkmustern überein. Nein, die benötigen mich als Freund oder erstreben zumindest eine gewogene Partnerschaft. Ich denke, eine Beteiligung der Mafia schließen wir aus.«

»Wenn du meinst«, antwortete ich, keineswegs völlig überzeugt. »Dennoch möchte ich mehr über diesen Herrn aus Shenyang zutage fördern. Allerdings frage ich mich, auf welche Weise sich das verwirklichen ließe. Lilly offenbarte mir sämtliche Details und das schließt die Informationen der anderen dort arbeitenden Damen mit ein. Die einzige Möglichkeit, mehr über den Mann zu erfahren, bestünde in dem Bemühen, die Ganoven in Shishahai einer Befragung zu unterziehen.«

»Davon siehst du klugerweise ab«, warnte Jack. »Wenn die einen ihnen unbekannten Ausländer erspähen, nehmen sie eine strikte Verweigerungshaltung ein. Zudem könnten sie sich bemüßigt fühlen, dir ihre Abneigung gegen deine Neugier handgreiflich zu demonstrieren.«

Bekanntschaft mit chinesischen Fäusten zu schließen, lag keineswegs in meiner Intention. Allerdings verschloss sich mir eine alternative Möglichkeit, mehr über den Shenyang-Mann in Erfahrung zu bringen.

»Das überlass unbesorgt mir«, versicherte Jack.

Ich fragte mich, ob er auch mit der Pekinger Unterwelt in Geschäftsbeziehung stand. Insofern er meinen Gedankengang zu erraten schien, beruhigte er mich.

Da wir schon über eine Erweiterung unseres Aktionsradius sprachen, begehrte ich zu erfahren, was er von dem Vorschlag hielt, dass ich einen Bekannten um Rat ersuche. Es handele sich um einen Freund, der mir bereits in früheren Fällen Unterstützung gewährte. »Ein Deutscher«, fügte ich hinzu.

»Erachtest du ihn als vertrauenswürdig genug?«, fragte Jack.

»Absolut.«

Als ich Mats Delatours Stimme am Telefon vernahm, erinnerte ich mich zahlreicher gemeinsam verbrachter Stunden. Während seines langjährigen Chinaaufenthalts hatte er Dinge gesehen und erlebt, die anderen den Atem stocken ließen. So wie ich unterstützte er Firmen im Land, wenn sie in aus Korruption, Habgier und Machtmissbrauch resultierenden Schwierigkeiten geraten waren. Zuweilen wagte er sich bei der Tätigkeit auf vermintes Gelände vor, schien allerdings über die notwendige Protektion zu verfügen, ohne die er aus manch misslicher Lage kaum herauszufinden verstand. Insbesondere erhoffte ich zielführende Ideen von ihm. Ich selbst verlor in dem Geflecht aus Entführern, Erpressern und windigen Gestalten allmählich den Überblick. Mehr als einmal hatte ich mich gefragt, ob möglicherweise ein missgünstiger Konkurrent Jack an dessen empfindlichster Stelle zu treffen suchte. Die stellte zweifelsfrei die abgöttische Liebe zur Tochter dar. Sollte Mel Verletzungen erleiden, sah ich Jack als gebrochenen Mann.

»Delatour«, meldete sich die altvertraute Stimme.

»Hallo, Mats. Hier spricht Frank. Ich bin wieder im Land.«

»Hi. Wie geht's? Kaufst du weiterhin den chinesischen Kloschüsselmarkt leer?«

Warum verhöhnte mich jeder mit einer Ware, die jedermann besaß?, fragte ich mich. Immerhin verfügte er über genügend Zeit für ein Treffen mit mir. Während wir noch debattierten, in welchem Restaurant sich ein gemeinsames Abendmahl einnehmen ließ, revidierte er seine Meinung und schlug vor: »Komm doch zu mir. Meine Adresse ist dir bekannt.«

Jacks Angebot, mir einen Wagen zur Verfügung zu stellen, lehnte ich dankend ab. Stattdessen rief ich ein Taxiunternehmen an.

Mats erwartete mich – wie zu vermuten – im heimischen Gartenidyll. Für ihn stellte dieses Stück Land mit dem Goldfischteich neben dem Haus eine Oase der Ruhe dar, in der er wann immer möglich Entspannung fand.

Nach der Begrüßung bewirtete er mich mit Kaffee. Seine chinesische Ehefrau besuchte an diesem Tag das Elternhaus.

Wir ließen zunächst die alten Zeiten gedanklich auferstehen, thematisierten gemeinsame Erlebnisse, den Freundeskreis. Ich hatte ihn schätzungsweise seit einem Jahr nicht mehr gesehen, doch gewahrte ich kaum eine Veränderung in der hochaufgeschossenen Gestalt. Nur das dichte Haar schien ein wenig ergraut, ein Farbton, den er mit Weißgold umschrieb. Wie stets, wenn wir den Grauschopf thematisierten, versicherte er, es handle sich um ein Erbe mütterlicherseits. Bereits mit Ende dreißig sei sein Haar erbleicht.

Bei der dritten Tasse Kaffee fragte er, was mich dieses Mal bewog, mich ins Reich der Mitte zu begeben.

»Ein Anruf Jack Yangs«, erwiderte ich.

Mittels eines leisen Pfiffs durch die Zähne drückte er Hochachtung aus. »Gewiss fürstlich entlohnt«, merkte er an.

Nickend deutete ich Zustimmung an.

»Gewinn ihn als Dauerkunden, danach stellst du das Kloschüsselgeschäft zurück«, hob er zu scherzen an.

Ich berichtete von Mels Entführung, den Anrufen — mittlerweile fand sich Jack bereits mit dem dritten Unterhändler konfrontiert — und dass ich angesichts der zahllosen Beteiligten allmählich den Überblick verlor.

Nur den Namen Peter Landwerk ließ ich unerwähnt. Inzwischen hatte ihm Jack eine Maßregelung erteit und ihn nach Hause zurückgeschickt.

Durch argwöhnisches Kopfschütteln drückte Mats Verwirrung aus. Auch ihn mutete die Geschichte überaus verworren an.

Wir stimmten insofern überein, Mr. Telefonstimme einen Namen zuzuordnen, versetze uns möglicherweise in die Lage, Fortschritte zu erzielen. Allerdings stand kaum zu erwarten, dass der sein Inkognito aufzugeben geruhte. Ich konnte nur hoffen, Antworten auf die eine oder andere Frage zu erhalten, wenn ich mehr über die angestrebte Firmenübernahme erfuhr. Zumindest trat dann Mr. Telefonstimmes Interessenlage ans Tageslicht.

Was eine mögliche Beteiligung eines Mafiaclans an der Geiselnahme betraf, galt es mehr über den Besucher im *Club Eden* zu erfahren. Ich versicherte, obgleich Jack vehement bestritt, die Mafia sei in die Entführung involviert, spüre er der Connection nach.

»Verstehe ich dich korrekt, vermutet deine Freundin nur, dass er einer Mafiafamilie angehört. Offensichtlich leitet sie die Annahme aus seiner Herkunft aus Shenyang ab.«

»Er wird kaum mit Visitenkarten um sich werfen«, lästerte ich.

Mats grinste. »So weit ich weiß, erkoren noch andere windige Gestalten die Stadt als Basis aus.«

»Wer begibt sich freiwillig dorthin?«

Die Stirn in Falten gelegt erwiderte er: »Die übelsten Abteilungen des Militärs. Glaub mir bitte, mit der Mafia hielte ich ohne zu zögern die Hand, blieben mir dafür die Gangster in Uniform erspart.«

Ich wusste, Mats pflegte eine ausgesprochene Hassliebe zur chinesischen Armee, die offenbar aus früheren Erlebnissen resultierte. Seiner Ansicht nach bildete die Gruppe einen Staat im Staate.

»Na prima, dann lassen wir uns mit den herzallerliebsten Zeitgenossen ein, die das Land aufzuweisen hat«, kommentierte ich von Sarkasmus erfüllt.

»Falls sich das Militär tatsächlich in Entführungsfälle engagiert«, dämpfte er die Erwartungen meinerseits.

»Eine Anfrage bei der Truppenverwaltung verspricht offenbar wenig Erfolg.«

»Du kannst es ja versuchen«, lästerte Mats. »Hallo, Herr Oberleutnant, könnten Sie mich bitte mit demjenigen verbinden, der Jack Yangs Tochter gefangen hält. Wie? Der weilt zurzeit außer Haus. Würden Sie ihn freundlicherweise um einen Rückruf ersuchen.«

»Und wer sonst vermag uns zu offenbaren, ob die Jungs in Oliv die Entführung arrangierten?«

»Hm«, stöhnte Mats. »Möglicherweise kenne ich jemanden, der uns Hilfe gewährte. Mit Gewissheit lässt sich das allerdings kaum bestimmen. Doch einen Versuch scheint es mir wert.«

Mit diesen Worten verschwand er im Haus. Als er nach fünfzehn Minuten den Garten wieder betrat, grinste er mich an. »Das heutige Abendmahl richten wir auf Staatskosten aus. Ein alter Freund, der Interesse an deiner Geschichte zeigt, sprach eine Einladung aus.«

Kapitel 12

Nicht nur die Aussicht auf ein regierungsfinanziertes Mahl weckte meine Aufmerksamkeit. Mats hatte das Wort *alter Freund* gebraucht, weshalb sich die Frage erhob: *Wer um alles in der Welt unterhält Beziehungen zu Angehörigen des chinesischen Staatsapparats?*

Angesichts der artikulierten Zweifel ließ er ein beschämtes Grinsen erkennen. Gleichwohl räumte er ein: »Na ja, Regierungsamt klingt möglicherweise irreführend. Definieren wir, er arbeitet für den Staat. Wir kennen uns seit mehr als dreißig Jahren.«

»Dann habt ihr euch offenbar im Kindergarten kennengelernt.«

»Das stellt eine lange Geschichte dar.«

Obgleich sich Mats bereits an der vierten Tasse Kaffee delektierte, hob er, durch eine weitere Dosis Koffein gestärkt, zu einer Schilderung an: »Wie du dir gewiss in Erinnerung rufst, studierte ich im Jahr 1976/77 in Peking als Austauschstudent. Bei meiner Rückkehr galt ich deshalb als Spezialist, was das sogenannte moderne China betraf. Unter uns gesagt, empfand ich keinen übermäßigen Stolz angesichts der Bezeichnung Chinaspezialist. Das angeblich neue China erweckte in mir damals tendenziell argwöhnische Antipathie. Doch wie auch immer, in der Folgezeit reisten zahlreiche chinesische Austauschstudenten in Deutschland an, nach Heidelberg meist in einem größeren Gruppenverband. Ich glaube, etwa zwanzig Personen hielten sich dort auf. Deshalb entwickelte die Universität die Idee, diejenigen, die das Land kannten, zur Betreuung heranzuziehen. Auf diese Weise erzielten wir einen Nebenverdienst. Die bedauernswerten Chinesen reagierten auf die ungewohnte Umgebung äußerst angsterfüllt, ein Kulturschock ähnlich dem, den ich in Peking empfunden hatte. Sie wagten sich nur in Gruppen aus dem Haus. Angesichts jeglicher unverfänglichen Frage vergewisserten sie sich zuerst bei ihrer Führergestalt, welche Antwort als unbedenklich galt. Die Betreuung gestaltete sich als ein steiniger Weg.

Mit ihnen ein Bier zu trinken oder gar ein Kinobesuch, stellte sich als Unmöglichkeit dar.«

Ich rief mir Mats damalige Situation in Erinnerung. Auch ich hatte erlebt, vor welcherart Problemen man stand, wenn man zwischen zwei Kulturen geriet.

Er fuhr in seiner Erzählung fort: »Die Deutschkenntnisse der Chinesen bewerteten wir zwar als fundiert, doch ahmten sie die Sprache der alten Dichter nach. *Mögest du mir bitte das Buch reichen, um meinen Wissensdurst zu stillen.* So klangen die Sätze, die sie abzusondern pflegten. Außerdem mieden sie beharrlich das in der Studentengemeinde übliche Du. Wie oft appellierte ich an sie: Unter Studenten meiden wir das formelle Sie. Doch ohne Erfolg. Schließlich räumte einer freimütig ein, sie formulierten in dieser Weise aus Bequemlichkeit. In der Sieform werden die Verben im Infinitiv gebraucht.«

Als ich die Stirn in kontemplative Falten zu legen begann, detaillierte er: »Na ja, Sie *dürfen* kam ihnen leichter über die Lippen als du *darfst*. Die deutsche Verbflexion stellt Ausländer zuweilen vor ein Problem. Um solchen Allüren Einhalt zu gebieten, verpflichtete man mich, zusätzliche Deutschkurse zu erteilen. Da ich sie nicht mit Grammatik langweilen wollte, lasen wir Homo Faber von Max Frisch. Du kennst das Buch?«

Ich deutete nickend Zustimmung an.

»An einer Stelle des Werks thematisiert der Autor den sogenannten Maxwell'schen Dämon, ein Terminus aus der modernen Physik. Ich kann schwerlich behaupten, mir erschlösse sich der Zusammenhang. Ich unterhielt damals eine Beziehung mit einer Physikerin, vermied jedoch, sie um Nachhilfe zu ersuchen. Naturwissenschaften blieben mir zeitlebens fremd.«

»Mir ebenso«, räumte ich ein.

»Wie auch immer, unter den chinesischen Studenten gab es einen, der sich kontaktfreudiger gab. Ein blitzgescheites Bürschchen und zudem äußerst aufnahmebereit. Mit dem bestand auch die Möglichkeit eines offenen Gesprächs. Natürlich mieden wir regierungskritische Themen, doch immerhin fand er den Mut, auf eine Einladung einzugehen, solange sie den Mitstudenten verborgen blieb. Ich lud ihn zu uns zum Essen ein. Beim anschließenden Bier plauderten wir über den erteilten Deutschunterricht, wobei wir den Maxwell'schen Dämon thematisierten. Ich fragte die Freundin, welches Phänomen dem zugrunde lag. Sie weihte uns in die Mysterien physikalischer Sachverhalte ein. Während mir das Sachgebiet weiterhin verschlossen blieb, brachte der Bursche intelligente Zwischenfragen vor. Sein Wissensstand schlug uns in Bann. In der Folge luden wir ihn zuweilen ins traute Heim. Auf diese Weise bahnte sich so etwas wie eine Freundschaft an. Nein, Freundschaft verkennt die Entwicklung, dazu verharrte er zu tief in der eigenen Kultur. Definieren wir, es entwickelte sich gegenseitiger Respekt. Ich bekundete, wie beeindruckt wir seien, als sich ihm das Verständnis des Maxwell'schen Dämons so problemlos zu erschließen schien. Er fand, das sei keine besondere Leistung. Auf eine mir unbekannte Weise ließ das Ereignis den Spitznamen Max – in der englischen Aussprache – entstehen, der sich in der Folge auch bei den anderen chinesischen Studenten durchzusetzen begann. Mit der Zeit legten sie zumindest einen Teil der Kontaktscheu ab. Sein richtiger Name hat sich längst aus meinem Gedächtnis getilgt. Als er nach China zurückkehrte, verloren wir uns aus dem Blick.«

»Und in welchem Zusammenhang steht das mit der heutigen Einladung zum Abendmahl?«, begehrte ich zu erfahren.

»Vor etlichen Jahren ersuchte mich ein bundesdeutsches Unternehmen, einen Auftrag zu übernehmen. Es galt den Tod eines deutschen Managers in Xian zu untersuchen, ein überaus komplexer Sachverhalt. Da ich Widerwillen gegen detektivische Tätigkeit verspürte, neigte ich, mich einer Verpflichtung zu entziehen. Da kontaktierte mich eines Tages plötzlich dieser Max. Ich reagierte verblüfft, benötigte einen Moment, bis ich verstand, mit wem ich sprach. So wie heute lud er mich in ein Edelrestaurant ein. Wir verplauderten den Abend mit Geschichten über seine Heidelberger Zeit. Dann bat er mich unvermittelt: ›Nimm bitte den Auftrag in Xian an.‹ Du glaubst kaum, welches Erstaunen das bei mir heraufbeschwor. Er verschwieg mir zwar Details des eigenen Arbeitsgebiets, deutete allerdings an, dass er für eine ungenannte Regierungsstelle tätig sei. Ich wähnte Geheimdienst, Amt für öffentliche Sicherheit oder ein militärisches Ressort. Ich verspürte die Intention zu einer zurückhaltenden Reaktion, doch wies er in aller Deutlichkeit auf die einst bestehende Freundschaft hin. Überdies legte er heilige Schwüre ab, mich niemals in eine kompromittierende Situation zu bringen. Am Ende siegte Neugier über die Vernunft. Aus einem mir unverständlichen Grund interessierte sich die chinesische Seite für den Tod des Herrn, ich verstand erst später, warum. Letztlich galt es, ein großangelegtes Betrugsmanöver des Militärs aufzudecken, bei dem auch Rauschgift eine Rolle spielte. Den Tod des Deutschen klärten wir ebenso auf wie die Hintergründe der Tat. Gleichwohl legten die Strafverfolgungsbehörden eine lethargische Haltung an den Tag. Niemand verhaftet ohne Not einen General oder einen hochrangigen Würdenträger in Uniform, insbesondere, da die alle in Seilschaften agieren. Doch ging das über meinen Auftrag hinaus. Insofern Max die Untersuchung weiter betrieb, erregte er sich über die Starrköpfigkeit der lokalen Beamtenschaft. Wer letzten Endes für seine Missetaten büßte, erfuhr ich nie.«

»Und dieser Max lädt uns heute Abend ein?«, fragte ich.

»Ja, seither halten wir zwanglosen Kontakt. Wenn ich Unterstützung benötige, reicht er mir zuweilen eine helfende Hand. Zu Beginn stieß er bei den Vorgesetzten auf Widerstand. Inzwischen haben sie sich offenbar an die informelle Freundschaft gewöhnt, solange die Verbindung zwischen uns leidlich inoffiziell bleibt. Als du mir den befremdlichen Herrn aus Shenyang geschildert hast, dachte ich an Max. Möglicherweise kann er uns behilflich sein, erteilt zumindest einen Rat. Bitte bedränge ihn nicht mit zu vielen Fragen. Was die eigene Person betrifft, reagiert er extrem reserviert. Ansonsten wirst du konstatieren: Er ist im Grunde ein netter Kerl.«

***

Während ich mit Mats Jugenderinnerungen aufleben ließ, erfüllte Mr. Telefonstimme Jack einen Herzenswunsch. Am späten Nachmittag rief er im Yang'schen Anwesen an, nur um zu verkünden: »Weichen Sie nicht vom Telefon.« In wenigen Minuten gewähre er ihm die Gnade eines Gesprächs mit dem Töchterlein. »Und keine Fragen zum Aufenthaltsort und den Umständen ihres derzeitigen Lebens«, betonte er und legte auf.

Kurz darauf klingelte der Apparat erneut. Hoffnungsfroh nahm Jack den Hörer ab und meldete sich mit: »Mel, bist du das?«

»Hallo, Dad«, scholl ihm die Stimme der geliebten Tochter entgegen. Tränen erfüllten sein Augenlicht.

»Ich möchte dir nur sagen, ich bin wohlauf. Sie behandeln mich mit ausgesuchter Höflichkeit. Ich kann mich in keinster Weise beklagen. Ich hoffe, in Kürze zurückzukehren. Und Dad, noch eins. Ich habe mich gedanklich mit der eigenen Zukunft auseinandergesetzt. Wenn ich dem hier entkomme, nehme ich möglicherweise doch nicht umgehend das Studium in Amerika auf. Können wir das ein weiteres Jahr verschieben?«

Jack hob zu der Antwort an, er zeige sich mit allem einverstanden, solange er sie wieder wohlbehalten in die Arme schließen darf, da unterbrach Mr. Telefonstimme das Gespräch. Mit feuchten Augen, den Telefonhörer noch in der Hand, betrachtete er gedankenverloren das neben dem Telefon installierte Gerät. Bisher hatten sich die Entführer bei jedem Telefonat stets unterdrückter Anruferkennung bedient. Heute blinkte erstmals eine Nummer auf dem Display auf. Allerdings sagten ihm die Zahlen wenig, nur dass eine Städtevorwahl fehlte. Ein Mobiltelefon? Er notierte die Zahlenkolonnen und übergab sie Liu.

***

Als Mel die väterliche Stimme im Hörer vernahm, kullerten auch ihr Tränen über die Wangen. Sie sehnte sich nach ihm und dem behüteten Heim zurück. Zwar erfüllten ihr die Entführer in dem aktuellen Quartier zuweilen auch einen Sonderwunsch, hatten sogar ein Mädchen zur Unterhaltung engagiert, doch quälte sie die Einsamkeit. Xiao Wu — kleine Wu —, wie sie sich nannte — Namen blieben ungenannt — stellte den einzigen Kontakt zur Außenwelt dar. Weitere Personen bekam sie nie zu Gesicht. Als Xiao Wu erstmals den Raum betrat, zeigte sich Mel zum einen freudig erregt, zum anderen von banger Sorge erfüllt. Xiao Wu trug keine Vorsorge, die eigene Physiognomie, das rotbackige Antlitz eines Bauernmädchens, zu verbergen. Bedeutete das, dass Mel die Entführung niemals überleben würde und ihr deshalb nicht die geringste Chance zur Identifizierung blieb? Inzwischen vertrat Mel die Ansicht, Xiao Wu sei über die Details der Mission nur in Grundzügen informiert. Offensichtlich widerstrebte es ihr, sich in Gedanken über die Welt zu verlieren. Unter anderen Umständen hätte Mel sie als geistig zurückgeblieben charakterisiert. Doch insofern sie eine freundliche Seele demonstrierte, zeigte sie sich allzeit Mel zu unterhalten bereit. Überdies teilte sie Mels Vorliebe für gehaltvolle nordchinesische Kost. Die Mahlzeiten nahmen sie gemeinsam ein. Jemand schien die Gerichte aus einem Restaurant zu beziehen. Nur die angelieferten Teigtaschen stießen bei Xiao Wu auf Kritik.

»Zuviel Gemüse in der Füllung und kaum Fleisch«, kritisierte sie die dargebotene Kost. Stattdessen versprach sie, sie bringe von zu Hause köstliche Exemplare mit. Daraus zog Mel den Schluss, Xiao Wu wohne in der Nachbarschaft. Doch insofern ihr der gegenwärtige Aufenthaltsort unbekannt blieb, verhalf ihr die Entdeckung zu keinem Erkenntnisgewinn.

Xiao Wu diente als Vermittlerin zwischen den Entführern und Mel. Verlangte Mel nach Lesestoff trug sie den Wunsch an die Auftraggeber heran und kehrte meist mit einer positiven Antwort zurück.

Bei solchen Gelegenheiten legte sie für ihren Schützling Fürsprache ein und setzte manche Forderung durch.

Mel hatte mehrfach um ein Gespräch mit dem Vater gebeten. Sie verstand, in welcher Sorge er sich verzehrte. Endlich wartete Xiao Wu mit der Nachricht auf, der Wunsch werde ihr erfüllt. Allerdings trug sie eine umfangreiche Liste mit Instruktionen der Entführer vor, welcherart Themenbereiche verboten blieben. Sie übten mehrmals das Gespräch. Mel hegte den Verdacht, jemand lausche an der Tür. Möglicherweise fanden sich in dem Refugium auch Mikrofone installiert.

Als ihr Xiao Wu endlich das Telefon übergab und sie die väterliche Stimme vernahm, hatten sich sämtliche Vorhaltungen aus dem Gedächtnis getilgt. Wundersamerweise ließ sie sich, trotz fehlender Erinnerung an die Instruktionen, keine Übertretung zu Schulden kommen. Allerdings entriss ihr Xiao Wu auf ein Klopfen an der Tür, übereilt das Gerät, wobei sie die Verbindung unterbrach.

Danach kauerte Mel schluchzend auf dem Bett. Heute misslang es auch dem Bauernmädchen, sie wieder aufzurichten. Wann erhielt sie endlich die Freiheit zurück?

***

Liu Wei rief nach einer Stunde mit der Nachricht an, die notierte Nummer gehöre zu einer Telefonkarte, wie sie sich an jeder Straßenecke erwerben ließ. Man bezahlte ein- oder zweihundert Renminbi, steckte den Chip in ein herkömmliches Mobiltelefon und telefonierte für den entrichteten Betrag. Anschließend warf man das unregistrierte Objekt in den Müll. Es bestand keine Möglichkeit, anhand der Nummer den Anrufer zu identifizieren.

Jacks Hoffnung, den Entführern sei zum ersten Mal ein Fehler unterlaufen, zerstob. Dennoch jubilierte er. Die Tochter lebte, sie befand sich wohlauf. Das hatte er mit eigenen Ohren vernommen.

Unvermittelt empfand er absolute Gewissheit, sie in Kürze in die Arme zu schließen. Er würde jede Forderung erfüllen. Er gäbe sein gesamtes Imperium für Mel.

Am Abend zelebrierte die Familie Yang erstmals seit langem wieder ein geordnetes Abenddinner, an dem delektierten sich gleichwohl nur Jane und Jack. Auch Jane hatte sich das Band mit Mels Stimme mehrfach angehört. Schluchzend fiel sie dem Gatten um den Hals. Er versicherte, in Kürze erhalte sie die geliebte Tochter zurück. Besonderes Glück bereitete ihr Mels Ankündigung, sie verschiebe das Studium in den USA um ein Jahr.

***

Während sich das Familienleben im Hause Yang annähernd zu normalisieren begann, fuhr ich mit Mats in die Innenstadt. Mehrfach ermahnte er mich, mir bohrende Fragen zu versagen.

Max präsentierte sich zu meiner Überraschung keineswegs als der Finsterling, den ich nach der Beschreibung seiner Tätigkeit erwartete.

Er begrüßte uns in einem separaten Raum eines exclusiven Restaurants.

Mats klopfte dem Freund auf den Oberarm: »Weißt du noch, hier zelebrierten wir vor einigen Jahren Wiedersehen.«

»Das ist der Grund, dass ich euch hierher bat«, versicherte Max.

Die einzige Peinlichkeit unterlief mir beim Begrüßungszeremoniell. Wie in China üblich überreichte ich Max meine Karte. Daraufhin sah er mich schulterzuckend mit einem entwaffnenden Lächeln an, wie um anzudeuten, er habe seine mitzuführen versäumt. So blieb er für uns nur Max, der einst in Heidelberg studiert hatte und jetzt einer Tätigkeit nachging, die man uns Ausländern vorenthielt. Mats hatte mir auf der Fahrt versichert, auch ihm sei Max' Nachnahme weiterhin unbekannt.

»Wie geheimnisvoll«, erwiderte ich nur.

Als Max die Bestellung übernahm, demonstrierte er, dass er offenbar die Vorlieben ausländischer Gäste verstand. Zumindest ersparte er uns exotisches Getier. Keine Seegurken, Haifischflossen und vergleichbare von Westlern verabscheute Kost.

Da wir uns für die Fahrt eines Taxis bedienten und Max über einen Fahrer zu verfügen schien, tranken wir Bier. Statt des schaudererregenden chinesischen Baijiu genannten Destillats kredenzte die Kellnerin Reiswein aus winzigen Gläschen. Laut Max ein auserlesener Tropfen südchinesischer Provenienz.

Als sich Sättigung einzustellen begann, offenbarte Mats dem Freund den Entführungsfall. Der lauschte aufmerksam und unterbrach nur mit vereinzelten Zwischenfragen. An mich wandte er sich nur, wenn er sich zusätzliche Informationen versprach. Interessanterweise zeigte sich Max bereits über den Fund zweier Leichen in den Bergen informiert. Seiner Aussage nach hatte die örtliche Polizei denn Fall als Unfall ad acta gelegt.

Zwei Aspekte schienen Max' besonderes Interesse zu wecken: die Person des geheimnisumwobenen Mannes, der angeblich aus Shenyang stammte sowie das von Liu Wei in Jacks Haus installierte Gerät. Zu beidem wusste ich wenig beizutragen. Den Herrn, der in unregelmäßigen Intervallen im *Club Eden* verkehrte, kannte ich nur aus Lillys Schilderung. Ich vermochte nicht einmal eine Beschreibung zu geben, versicherte allerdings, Jack Yang verfolge die Spur.

Max nahm die Information schweigend auf, wobei er kaum erkennen ließ, ob er sich von einer potenziellen Mission Erfolg versprach.

Was die Apparatur im Yang'schen Haus betraf, vermochte ich nur auszuführen, sie zeichne die Gespräche auf und gebe die Telefonnummer des Anrufers an, sofern die sich nicht wie bisher als gesperrt erwies.

Max deutete an, sollten wir ihn um Unterstützung ersuchen, zöge er die Installation eigener Geräte vor.

Mats blickte mich fragend an.

Ich erwog die Option. Einerseits mussten wir uns für jede angebotene Hilfe dankbar zeigen, andererseits konnte ich keine Zusagen geben, wenn jemand im Anwesen Yangs geheimnisvolle Installationen ins Auge fasste. Zumal die Gerätschaften einer Quelle entstammten, die auch mich weiterhin mit Skepsis erfüllte.

Max schien mein Zögern zu erspüren. Offensichtlich erschloss sich ihm der Grund.

»Natürlich holen Sie zuvor das Einverständnis Ihres Auftraggebers ein, das versteht sich von selbst. Ich schlage vor, Sie tragen ihm das Anliegen vor und teilen mir seine Entscheidung mit. Ein Mitarbeiter vermag die Installation innerhalb einer Stunde vorzunehmen. Ich rechne mir eine hinlängliche Chance aus, auf solche Weise mehr über den geheimnisvollen Anrufer zu erfahren.«

Er notierte eine Nummer und schob sie mir über den Tisch.

»Bitte verständigen Sie mich über Herrn Yangs Entschluss.«

Zu meinem Verdruss hatte Mats Jacks Kontakt zur Shenyang-Mafia offenbart, die er gleichwohl keiner Beteiligung an der Entführung zieh. Ich fühlte mich peinlich berührt, womöglich Geschäftsgeheimnisse preisgegeben zu haben, die er mir in der Not anvertraut hatte.

Zu meiner Verblüffung kommentierte Max: »Die Verbindungen sind mir seit langem bekannt. In einer Gesellschaft wie der unsrigen, in welcher der Staat den Banken Schranken auferlegt, erweisen sich derartige Geschäfte zuweilen der Wirtschaft förderlich. Wir interessieren uns lediglich für die Herkunft des Gelds und ob es auf legalem Wege erwirtschaftet wurde.«

Mats lachte auf. »Wenn es die Mafia betrifft, doch offenbar kaum.«

Max erwiderte nur: »Niemand bestreitet, dass jedwede mafiöse Organisation auch in China in der Illegalität operiert. Allerdings stellt sich zuweilen die Frage, ob die in diesem Land geltenden abstrusen Regeln, Geschäftsleute nicht nachgerade in deren Arme treiben.«

Hoppla, sitzt hier ein Regimekritiker am Tisch?, dachte ich. Mats stieß mir freundschaftlich den Ellenbogen in die Rippen und kommentierte: »Ja, Max hält zuweilen Überraschungen bereit.«

Gegen zehn Uhr verabschiedeten wir uns. Vor dem Restaurant winkte Max uns nach.

Ich traf das Ehepaar in gelöster Stimmungslage im Wohnzimmer an. Jack berichtete von dem Telefonat mit Mel, wobei er die notierte Nummer zu erwähnen vergaß, so wie auch ich zunächst die Konversation mit Max für mich behielt.

Kapitel 13

Das avisierte Gespräch mit Jack führte ich am Frühstückstisch. Da uns Jane Gesellschaft leistete, ließ ich das Treffen mit Max vorerst unerwähnt. Insofern ich mich in Unwissenheit wähnte, welche Details er der Gattin gegenüber offenbarte oder unterschlug, entschied ich, ich überlasse ihm selbst, wann er Jane zu informieren geruhe. Die gelöste Stimmungslage der Familie bestand weiterhin fort. Jane hatte seit Wochen erstmals in der Nacht auf Schlafmittel Verzicht geübt. Ihr frischer Teint sowie die fehlenden dunklen Ringe um die Augen demonstrierten den natürlichen Erholungsschlaf. Hauptthema beim Frühstück bildete, wenig überraschend, das Telefonat mit Mel.

»Sie ist wohlauf«, versicherte Jane wiederholt, während sie sich Freudentränen aus den Augen zu wischen bemühte.

Um mir die Aufnahme vorzuspielen, stellte Jack ein winziges Tonbandgerät auf den Tisch. Nickend stimmte ich mit der Familie überein, das Mädchen befinde sich in einer gelösten Stimmungslage.

»Sie lebt«, versicherte Jack abermals, während seine Augen in einem Glanz erstrahlten, wie ich ihn noch nie bei ihm sah. Ein glücklicher Vater, der Bereitschaft zu jeder Mühewaltung zeigte, um die Tochter zurückzuerhalten.

Eine Tasse Kaffee in der Hand führte er mich über die hintere Terrasse ins Gartenidyll hinaus.

»Weißt du, Frank, ich sinne ernsthaft nach, ob mir dieses Land noch lebenswert erscheint. Nach dem Studium in den USA bot sich mir einst die Gelegenheit, dort eine Erwerbstätigkeit anzustreben. Doch kehrte ich damals nach China zurück und mehrte meinen Besitz im Heimatland. Gleichwohl frage ich mich inzwischen, wo ich heutzutage stünde, hätte ich mir stattdessen in den USA eine Existenz aufgebaut. Das Land bietet auch heute noch Chancen für jeden, der weiß, welches Ziel er zu verfolgen gedenkt. Ich würde ein Dasein als glücklicher Mann führen, der abends in der Prärie dem Sonnenuntergang entgegenzureiten pflegt.«

»Na ja, die Cowboyrolle widerspricht möglicherweise deiner Wesensart«, merkte ich kritisch an.

Er lächelte mich milde an. »Ich sehe mich tendenziell als Unternehmerfigur. Doch ziehen sich die Menschen in den Staaten denn nicht bevorzugt auf eine Farm zurück? Das Management den Mitarbeitern überlassen und stattdessen das einfache Leben in der Natur genießen, stellt sich mir als eine beglückende Lebensweise dar. Keine korrupten Beamten, kein Ungemach mit der Bürokratie. Ein ehrenhaftes Geschäft, das uns zu ernähren verspricht. Abends bettest du zufrieden das Haupt in die Kissen und schlummerst in der Erkenntnis ein, du hast Sinnvolles vollbracht. Möglicherweise würde ich ein Bauunternehmen führen, das mit seinen Brücken Täler überspannt oder Bewässerungsprojekte realisierte. Die Kunden suchten mich in dem Wissen auf, dass ihr Anliegen bei mir in verlässlichen Händen läge.«

Ich lauschte ihm schweigend, während ich eigene Schlüsse zog. Wenn er in solchen Träumen die Vertrauenswürdigkeit derart unterstrich, vermisste er sie offenbar in der derzeitigen Existenz.

Auf eine zaghafte Bemerkung meinerseits lächelte er. »Ja, du vermutest korrekt. In China gereicht dir Rechtschaffenheit niemals zu Ansehen und Ruhm. Die Gesellschaft betrachtet Aufrichtigkeit als ein Schwächesymptom. Ich bemühe mich um Lauterkeit, soweit es mir möglich erscheint, doch beschwöre ich auf diese Weise zuweilen Situationen herauf, in denen mir Verachtung entgegenschlägt. In den USA lebte ich als kleiner Bauunternehmer zumindest nicht in der Furcht, dass man meine Tochter entführte. Wenn sich den Mitmenschen dein Reichtum erschließt, reagieren sie meist mit Missgunst und Neid. Ohne Millionen wäre ich zweifellos ein glücklicherer Mann.«

»Auch in Amerika werden Verbrechen verübt«, warf ich ein.

»Das ist mir bekannt«, räumte er ein. »Gewisse Viertel mancher

Städte sucht kein unbescholtener Bürger auf. Doch auf dem Land demonstrieren die Menschen Hilfsbereitschaft und Herzlichkeit. Missversteh mich bitte nicht, ich entwickle keineswegs übertriebene Fantasien von den USA. Allerdings bieten sich dort wirtschaftlich gesehen die größten Chancen. Andererseits verlockt mich auch ein Leben in Kanada.«

»Dort werden ebenfalls Brücken gebraucht«, erinnerte ich ihn.

Er lachte. »Ja, möglicherweise sogar noch mehr als in den Staaten. Was ich auszudrücken versuche, zeichnet eine niederschmetternde Wahrheit: In annähernd jedem Land der Welt erscheint mir das Dasein verheißungsvoller als hier. Die Weiten Australiens, ein Dschungel in Afrika, welche Annehmlichkeiten bietet dagegen dieses Land?«

»China stellt immerhin dein Heimatland dar.«

»Ja, und zwar eines, das ich bevorzugt heute als morgen hinter mit ließe. Doch urteile ich möglicherweise übereilt. Zumindest lässt Mels Verschwinden all meine Überzeugungen zweifelhaft erscheinen. Gestern galt mir ein lukratives Geschäft noch als erstrebenswertes Ziel. Jetzt begehre ich nur noch eins: Mel in die Arme zu schließen, um in Frieden zu leben.«

»Warum erwirbst du nicht ein Haus in Deutschland, in Bayern oder, wenn dir das verlockender erscheint, an der See?«

»Ich kenne nur die großen Städte sowie die Schwarzwaldregion, die mir gleichwohl berückend in Erinnerung steht.«

»Für Brückenbau investieren wir allerdings weniger«, dämpfte ich seine Erwartungen in deutsche Bautätigkeit.

»Dann ergreife ich eben ein anderes Metier. Möglicherweise trotze ich den Naturgewalten auf einer Segeljacht, umrunde die Welt.«

Das Bild Jack Yangs als Freizeitkapitän stellte sich nur zögerlich ein. Dann tendenziell als Bauunternehmer. Und ein Jack, der im Schwarzwald in Gummistiefeln den eigenen Garten bestellt, eine derartige Vorstellung widersetzte sich selbst meiner regen Fantasie. Dann doch eher mit einem Cowboyhut auf dem Haupt beim Ausritt in die Prärie.

Gleichwohl standen solche Träume hinter der bedrückenden Realität zurück. Seufzend blickte er mich an. »Im Augenblick verfolge ich allerdings eine andere Priorität. Wir müssen uns bemühen, dass der Entführer Mel endlich die Freiheit gewährt.«

Darin stimmte ich uneingeschränkt mit ihm überein.

Er zog eine Notiz aus der Brusttasche seines Hemds und schob sie mir über den Gartentisch zu. »Unter dieser Nummer telefonierte ich gestern mit Mel.«

»Aber dann ...«, artikulierte ich von Hoffnung erfüllt. *Dann kennen wir doch zumindest die Telefonnummer des Entführers*, hob ich zu erwidern an, doch Jack minderte meine überbordende Euphorie.

»Liu Wei hat das überprüft. Es handelt sich um ein Prepaidmobiltelefon. Es besteht nicht die geringste Möglichkeit, Rückschlüsse auf den Besitzer zu ziehen.«

Ein Gedanke keimte in mir auf, den ich umgehend in Worte kleidete: »Warum glaubst du, verzichteten die Geiselnehmer erstmals auf unterdrückte Anruferkennung?«

»Liegt das nicht auf der Hand? Weil an dem Ort, an dem sie Mel gefangen halten, kein Festnetzanschluss zur Verfügung stand.«

Ich hob bereits zu argumentieren an, auch bei Mobiltelefonen lasse sich die Erkennung unterdrücken, doch überfiel mich der Gedanke, dass dies womöglich nicht für Billighandys galt. Möglicherweise fand Max eine Möglichkeit, den Sachverhalt zu verifizieren. Das gestrige Gespräch mit dem befremdlichen Herrn musste ich Jack allerdings noch eingestehen.

»Ich denke, wir benötigen Unterstützung in der Angelegenheit«, hob ich zaghaft an.

»Welcherart Hilfstruppen schweben dir denn vor?«, erwiderte er.

»Ich verstehe, dass du die Polizei zu meiden suchst. Andererseits bringt uns das um die Chance, den Telefonaten nachzuspüren.«

»Möglicherweise«, räumte er ein. »Dennoch weise ich jegliche Kooperation mit den Behörden strikt von mir. Die nähmen mir jede Entscheidung aus der Hand. Die Lösung des Falls bestünde für die einzig in der Verhaftung der Missetäter. Ob das Opfer Schaden nimmt, gilt dort als zweitrangiges Argument.«

»Ich spreche keineswegs von der Polizei. Es bietet sich letztlich noch eine andere Möglichkeit an.«

»Und welche bitte? Mir verschließt sich eine zündende Idee und ich lebe schließlich in diesem Land.«

Ich befürchtete bereits, er bedauere, mich, einen Ausländer, ins Vertrauen zu ziehen. Dennoch kam ich nicht umhin, ihm von Max zu berichten.

Von Mathias Delatour, genannt Mats, hatte er schon gehört. »Das ist doch der Deutsche, der damals in Xian in dem Mordfall ermittelt hat.«

»Ja, genau der. Außerdem verfügt er über Beziehungen bis in den Sicherheitsapparat hinein.«

»Die benötigt er offenbar, wenn er sich auf derart dünnem Eis bewegt«, argumentierte Jack.

Ich befürchtete bereits, dass er mir die eigenen Kontakte entgegenhielt.

»Ich traf mich gestern mit ihm.«

»Du hast ihm hoffentlich Mels Entführung verhehlt.«

»Die Umstände zwangen mich, sie offenzulegen. Doch gilt er als Musterbild der Verschwiegenheit. Außerdem lässt die sich nicht mehr lange verhehlen. Wie viele Personen wissen bereits, dass sie verschwand?«

»Nur Liu Wei sowie die Angestellten im Haus.«

»Und Liu Weis Leute? Glaubst du, denen verschließt sich eine Einsicht, wenn sie tagelang die Berge durchstreifen oder Liu sie nachts in Peking auf Verbrecherjagd schickt. Früher oder später erschließt sich ihnen der Grund, warum Mel durch Abwesenheit glänzt.«

»Wie soll ich denn deiner Ansicht nach reagieren?«, fragte er mich resigniert. »Wenn das Gerücht einer Entführung kursiert, lockt das sämtliche finsteren Gestalten Chinas an. Jeder wird nach Lösegeld gieren und behaupten, dass er Mel gefangen hält.«

»Ich weiß«, räumte ich ein. »Doch wenn du dich weiterhin in Schweigen hüllst, tritt ein solcher Fall ebenso ein. Du kannst die Angelegenheit nicht immerwährend verbergen. Bedeutsamer erscheint es mir, die Suche nach ihr zu intensivieren, wozu wir Unterstützung benötigen.«

»Etwa von Delatour?«

»Nein, aber er kennt eine Person, die uns hilfreich die Hand zu reichen gedenkt.«

»Noch ein Ausländer?«

»Nein, ein Chinese, aber frag bitte nicht, welchen Beruf er auszuüben pflegt. Ich vermute, dass er einer geheimen Truppe angehört, die im Verborgenen sensible Fälle verfolgt.«

»Keinesfalls!«, fiel mir Jack ins Wort. »Solche Kreise meide ich nach Möglichkeit. Die gieren nur nach Informationen, während sie dir jegliche Gegenleistung versagen. Offensichtlich ist dir unbekannt, womit er sich befasst. Wer sagt, dass er keine windigen Geschäfte betreibt?«

»Mats beschreibt ihn als hundertprozentig vertrauenswürdiges Individuum.«

»Mats?«

»Delatour.«

»Und welche Dienste erweist er uns? Sämtliche Polizeistreifen im Land alarmieren? Verbrecher der Folter unterziehen, bis sie Mels Entführung eingestehen? Bis dahin darbt meine Tochter in einem finsteren Verlies.«

»Welcherart Unterstützung er uns gewährt und ob er überhaupt für uns tätig wird, liegt ausschließlich bei dir. In einem zumindest könnte er sich für uns extrem nützlich erweisen. Er verfügt über technische Möglichkeiten, den Ursprung eines bei dir eingehenden Telefonats zurückzuverfolgen.«

»Und wie vollbringt er das, ohne die Polizeibehörden zu bemühen?«

»Indem er über den Behörden steht.«

Jack warf mir konsternierte Blicke zu. Jahrelange Wühlarbeit in dunklen Amtsfluren hatte ihn offensichtlich in Kontakt mit manchem Behördenvertreter gebracht, der seine Projekte gegen ein angemessenes Entgelt zu fördern versprach. Niemals hatte er jedoch jemanden kennengelernt, der sich als *über den Behörden stehend* beschrieb. Ich gab ihm Zeit, sich mit dem Gedanken zu befreunden.

»Die Sache missfällt mir vehement«, artikulierte er wiederholt. »Mich in die Hände eines Unbekannten zu begeben, erachte ich als eine zweifelhafte Option. Woher willst du überhaupt wissen, dass er uns helfen kann?«

Ohne auf die Frage einzugehen, erwiderte ich: »Was spricht dagegen, wenn er zusätzlich zu Liu's Gerätschaften eine weitere Apparatur installiert, die uns letztlich auf die Spur der Entführer zu führen verspricht.«

»Womit er für alle Zeiten meinen Telefonaten lauscht.«

»Bei Interesse bestünde auch jetzt schon die Möglichkeit.«

»Das stimmt«, seufzte Jack.

»Zudem wird dich niemand zwingen, die Leitung später noch zu benutzen.«

Er schien sich mit der Idee zu befreunden, zumindest erbat er mehr Informationen: »Und was verlangt er dafür?«

Mit einem Grinsen auf den Lippen erwiderte ich: »Nichts. Möglicherweise führt ihn das auf die Spur eines Finsterlings, den er für verfolgenswert hält. Du kannst seine Hilfe auch verschmähen. Ihn stellt das vor kein Problem. Falls du eine verweigernde Haltung einzunehmen gedenkst, hören wir nie wieder von ihm. Dennoch hänge ich der Überzeugung an: Hier eröffnet sich uns eine einmalige Chance, endlich Fortschritte bei der Suche nach Mel zu erzielen. Was willst du unternehmen, wenn der Entführer ständig seine Forderungen erhöht? Genügt es dir, wenn du zuweilen ein Telefonat mit Mel führen darfst? Zwar erschließt sich mir, dass es dich beglückt, der Stimme deiner Tochter zu lauschen, zu wissen, dass sie lebt. Doch reicht dir das auch noch in einer Woche oder in

Monatsfrist? Bisher fehlt dir jegliche Garantie, dass der Entführer Mel die Freiheit schenkt. Dir bleibt verschlossen, was er zusätzlich von dir verlangt. Wenn jemand Unterstützung benötigt, dann du. Und du solltest sie begrüßen, ungeachtet der Frage, aus welcher Ecke du sie erhältst.«

Jacks Fingerkuppen ließen ein nervöses Zittern erkennen. Mir erschloss sich jäh, wie er mit sich rang. Offensichtlich empfand er eine tiefsitzende Aversion, sich in die Hand einer unbekannten Macht zu begeben.

»Also lautet dein Rat, wir installieren ein weiteres Gerät.«

»Es könnte dienlich sein.«

»Und wenn sich ihm offenbart, von welchem Ort das Telefonat erfolgt, wie verfahren wir dann?«

»Er überlässt uns die Information. Danach entscheidest einzig du, ob du weitere Hilfe von ihm in Anspruch nimmst.«

»Und wie lange währt die Installation eines solchen Geräts?«

»Die vollzieht sich in Stundenfrist.«

»Du hast also schon mit ihm konferiert und ihm die Entführung offenbart.«

Schamesröte schoss mir ins Gesicht. Schließlich hatte ich sein Vertrauen schmählich missbraucht. Er hatte mich unter anderen engagiert, um ein Geheimnis zu wahren, das ich jedoch ohne Not verriet.

»Es tut mir leid. Ich hätte dich vorher konsultieren sollen. Wenn du mir jetzt das Vertrauen entzögest, wüsste ich den Grund. Mein Ziel bestand in dem Bestreben, dir Unterstützung zu gewähren.«

Jack blickte mich beschwörend an. »Dein Motiv erschließt sich mir. Du wolltest helfen, das liegt auf der Hand. Bleibt nur zu hoffen, dass du die korrekte Entscheidung getroffen hast.«

»Du kannst dich noch immer widersetzen.«

»Ja, die Möglichkeit besteht zweifellos. Doch jetzt ist es zu spät. Dass jemand von der Entführung weiß, beunruhigt mich zutiefst. Wir sprechen vom Leben meines Töchterleins, verstehst du das?«

Ich entschuldigte mich erneut. In aufkommender Entschlussfreu-digkeit klopfte er mir auf den Oberarm und rief in annähernd eu-phorischer Intonation: »Na, dann ruf ihn endlich an. Die sollen hier installieren, was immer sich nützlich erweisen mag. Ich hoffe nur, dass es uns zu einem Erkenntnisgewinn verhilft.«

Als ich Max anrief, versprach er, innerhalb Stundenfrist entsende er einen Assistenten, der alles Notwendige unternehme.
»Und wie heißt der Mann?«, fragte ich ihn.
»Liu.«
»Besitzt er auch einen persönlichen Namen?«
»Nur Liu. Gleichwohl kennt ihn die eigene Mutter unter einem anderen Familiennamen.«
Seufzend konstatierte ich, offensichtlich umgab sich Max bevor-zugt mit Mysterien.
Bevor er das Telefonat unterbrach, begehrte er zu erfahren: »Stellte es dich vor ein gravierendes Problem, Jack Yang zur An-nahme von Unterstützung zu bewegen?«
Offenkundig hatte er ein derartiges Obstakel erahnt. Ich antwor-tete nur: »Er wusch mir gehörig den Kopf.«
»Zweifellos«, räumte er ein.

Max hielt Wort. Nach einer Stunde erscholl an der Tür ein Klingelton. Kurz darauf betrat Lian mit der Nachricht den Raum, ein gewisser Herr Liu ersuche um ein Gespräch mit Präsident Yang. Jack rea-gierte ebenso frappiert wie ich. Gemeinhin meldeten sich Besucher bei den Wächtern im Tal. Dann riefen die dortigen Wachen an, um zu erfragen, ob dem Gast Einlass zu gewähren sei. Dass jemand ohne Rückfrage an der Haustür erschien, erachtete Jack als völlig indiskutabel. Niemand wusste, was Liu die Pforten geöffnet hatte, gleichwohl hieß ihn Jack willkommen.
Würde ich dem Mann auf der Straße begegnen, fiele die Gestalt umgehend dem Vergessen anheim. Ein unspektakuläres Indivi-

duum, das jedermann übersah, nur die intelligent funkelnden Augen, die er hinter einer Allerweltsbrille verbarg, stachen hervor.

Die Installation der mitgebrachten Gerätschaften erfolgte in Minutenfrist. Er fragte höflich nach, ob wir die bereits angeschlossene Anlage noch benötigten.

Der Umstand, dass Jack bejahte, entlockte Liu einen mitleidigen Kommentar: »Na ja, schlägt ein Anrufer sämtliche Sicherheitsvorkehrungen in den Wind, mag die Möglichkeit bestehen, ihn selbst mit dieser Vorrichtung aufzuspüren.« Seine bestand nur aus einem winzigen Kasten, den er mittels mehrerer Kabel mit der Telefonanlage verband. Ein zusätzliches Display ermöglichte uns, die Anrufernummer auch in den übrigen Räumen zu erkennen. Liu räumte freimütig ein, die faktische Identifizierung erfolge andernorts. Das Gerät erhalte die Angaben aus der Innenstadt.

Mittels eines beglückten Nickens bekundete Jack Zufriedenheit. Offensichtlich wirkte Lius professionelle Art beruhigend auf ihn. Als er ihm die Notiz mit der Nummer des letzten Anrufs übergab, kommentierte der: »Ein Prepaidmobiltelefon der preiswertesten Art. Die Zahlen verhelfen uns zu keinerlei Erkenntnisgewinn. Doch besteht immerhin die Möglichkeit, dass der Besitzer unvorsichtigerweise abermals das Telefon benutzt. Wenn er die Verbindung lange genug aufrechterhält, gibt uns das möglicherweise Gelegenheit, den Standort zu orten, vorausgesetzt, Sie wünschen, dass wir uns darum bemühen.«

Jack erwiderte nur: »Bitte schöpfen Sie sämtliche Möglichkeiten aus.« Mich beschlich das Gefühl, dass er endlich Vertrauen zu Max und dessen Arbeitsweisen fasste.

Danach saßen wir vor dem wachsenden Berg von Gerätschaften und sehnten den Anruf herbei, der uns Aufschluss über Mels Verbleib versprach.

Kapitel 14

Noch am selben Tag trat das von Jack prophezeite und gleichwohl befürchtete Ereignis ein. Wir saßen in seinem Arbeitszimmer in die Betrachtung des durch Liu soeben installierten Geräts vertieft, als Jane aufgeregt hereinstürmte und ihrem Gatten ein Mobiltelefon entgegenhielt. Hinterher bekundete Jack, es handelte sich um ein älteres Modell, das inzwischen kaum noch Verwendung fand. Doch offensichtlich schien die Nummer bekannt.

Er führte das Gerät zum Ohr und meldete sich mit: »Wei!« Nach einigen Sekunden verdüsterte sich sein Mienenspiel. Ohne ein Wort zu artikulieren, lauschte er wachsam bedrückt. Schließlich murmelte er vage ein Einverständnis und beendete das Gespräch.

»Jetzt sehen wir uns mit der befürchteten Reaktion konfrontiert. Ich schätze, das bleibt nicht der einzige Anruf dieser Art. Jemand beteuert, er habe Mel entführt. Für ihre Freilassung fordert er hunderttausend Renminbi. Das Geld sei heute Abend in einer Plastiktüte hinter einem Busch an der Einfahrt zur Landstraße zu deponieren.«

»Offenbarte er keine weiteren Details?«, fragte ich nach.

»Nein. Offensichtlich sehen wir uns mit einem Trittbrettfahrer konfrontiert. Bleibt nur die Frage, auf welche Weise er von der Entführung erfuhr.«

Trotz des unerquicklichen Sachverhalts unterdrückte ich mühsam Erheiterung. »Immerhin gewährt er dir, im Gegensatz zu seinem Kollegen, einen Rabatt. Hunderttausend Renminbi stellt wahrlich keine unverschämte Forderung dar.«

»Für manche Leute offensichtlich genug«, konterte Jack.

»Schalten wir die Behörden ein oder überführen wir ihn in Eigenregie? Ich kann auch Max um Hilfe ersuchen.«

»Keine Polizei«, forderte Jack, »und deinen Freund mit den befremdlichen Geräten lassen wir ebenfalls außen vor. Ich bitte Liu

Wei, sich der Angelegenheit anzunehmen. Der Bursche hörte sich wie ein unbedarfter Bauer an. Ich denke, solchen Leuten bieten wir auch ohne Unterstützung durch dubiose Helfer die Stirn.«

»Zeig mir die Stelle, die er als Ort der Übergabe beschrieb«, bat ich Jack.

Neben der Landstraße an der Abzweigung zum Compound deutete Jack auf einen Busch. Selbst wenn es sich bei dem vermeintlichen Entführer nur um einen Bauern handeln mochte, hatte er den Übergabeort zumindest mit Bedacht gewählt. Die Örtlichkeit zeigte sich von der Straße aus kaum einsehbar und auf dem Weg zum Wohngebiet herrschte abends nur geringer Verkehr. Mittels eines beherzten Griffs ins Gebüsch vermochte er sich des Lösegelds zu bemächtigen. Einzig bei der Auswahl potenzieller Fluchtwege bewies er Planungsunsicherheit. Im Grunde bot sich zum Entkommen nur die Landstraße an. Der Weg Richtung Berge führte ausschließlich zum Tor des Compounds oder zum Anwesen der Yangs, und keiner dieser Orte bot einem Verbrecher Zuflucht an. Selbst eine Flucht zu Fuß versprach kaum Erfolg.

Solange Jack Liu Wei informierte, platzierte ich in Gedanken Häscher um den Übergabeort. Im Graben neben der Straße vermochten wir mühelos, mehrere Personen zu verbergen. Die konnten sich leicht von hinten anschleichen und den Erpresser erhaschen, während er nach dem Geld griff. Es bestand einzig die Gefahr, dass er ein Messer mit sich trug. Mit Schusswaffen rechnete man in China kaum.

Als Liu Wei die Szene betrat, schilderte ich ihm meinen Plan. Er stimmte mit mir überein, zwei oder drei seiner Leute reichten zum Ergreifen des Missetäters völlig aus. Zur Sicherheit plante er, auf der gegenüberliegenden Straßenseite ebenfalls zwei Männer zu postieren. Insofern zu befürchten stand, dass der Entführer zuvor den Übergabeort einer Inspektion unterzog, nahmen die möglichst lange vor Eintreffen des Erpressers die Überwachung auf.

Lachend konstatierte ich: »Sowie er jemanden entdeckt, ergreift er umgehend die Flucht. Doch was soll's? Wir wissen ohnehin, dass er sich keinesfalls Mels bemächtigt haben kann. Der Bursche zielt nur auf Bereicherung ab.«

Jack stöhnte. »Ich fürchte, er bleibt nicht der Einzige, der sich zu einem solchen Versuch versteigt.«

Im Grunde kämpften wir auf einem Nebenkriegsschauplatz.

»Welcherart Behandlung willst du ihm angedeihen lassen, wenn Liu ihn erwischt?«, fragte ich.

Jack seufzte erneut. »Ihn der Polizei zu übergeben, verbietet sich von selbst. Ich denke, eine tüchtige Abreibung genügt, ihm die Lust an solchen Abenteuern auszutreiben. Zusätzlich nehmen wir die Personalien auf.«

»Überdies gilt es herauszufinden, auf welche Weise er von der Geiselnahme erfuhr«, fügte ich hinzu. »Kennen wir das Leck, lässt es sich möglicherweise blockieren.«

Wir fuhren zum Haus zurück. Von dort rief Liu seine Mannen an.

Bei einer letzten Tasse Kaffee vor dem Abendmahl legte ich Jack ans Herz, wir sollten uns auf die tatsächlichen Entführer konzentrieren. Beispielsweise fehle uns weiterhin die Gewissheit, ob der geheimnisvolle Herr aus Shenyang mit Mels Verschleppung in Zusammenhang stehe. Mit anderen Worten, während wir geldgierige Landwirte jagten, verloren wir die wahren Kidnapper aus dem Blick. Unglücklicherweise erwies sich Lillys Beschreibung des Herrn für eine Identifizierung zu allgemein. Wir benötigten ein Foto, das sich in Shishahai herumzeigen ließ.

»Das könnte ihn warnen«, gab Jack zu bedenken.

»Gewiss, doch im Augenblick wissen wir noch nicht einmal, ob wir den Richtigen jagen. Ich denke, in Shishahai sollte sich doch eine Videoüberwachung befinden, schließlich bespitzelt euch die Polizei annähernd an jeder Kreuzung der Stadt.«

»Und wie gedenkst du, an die Bänder zu gelangen?«, warf er ein.

Unvermittelt verharrte er mitten im Satz, als sich ihm eine mögliche Lösung erschloss. »Der Geheimdienstmann Max oder wie ihr ihn nennt.«

»Ja, Max. Falls du deinen Widerstand aufzugeben geruhst, ersuche ich ihn zumindest um eine Zusammenarbeit.«

»Was soll's? Inzwischen weiß ohnehin jeder von dem Entführungsfall. Wenn uns das zu einem Fortschritt verhilft, gehe ich das Wagnis ein.«

Als Max das Gespräch entgegennahm, fragte er sogleich: »Habt ihr von den Kidnappern gehört?«

»Das erfährst du doch noch vor uns. Du sitzt doch am anderen Ende der Leitung, wenn ein Anruf erfolgt.«

»Sie könnten auch alternative Wege beschreiten.«

»Die sich wie gestalten?«

»Vor die Aufgabe des Erpressers gestellt, eine Überwachung zu unterlaufen, würde ich mich eines Strategems bedienen, das in dem Bemühen besteht, mir die Mobilnummern sämtlicher Mitarbeiter Jack Yangs zu beschaffen. Das verliehe mir Gewissheit, dass niemand das Gespräch zu mir zurückverfolgte. Schließlich stünden wir vor dem Unvermögen, alle Anschlüsse zu verkabeln.«

Eine solche Möglichkeit hatte ich bisher zu erwägen versäumt. Das Gerät in Jacks Arbeitszimmer gab uns keine hundertprozentige Garantie, den Anrufer aufzuspüren. An Strohhalme geklammert, blieben wir weiterhin blind.

Dennoch fragte ich Max, welche Chancen er sah, anhand der Videoaufzeichnungen aus Shishahai die Shenyang-Connection zu verifizieren.

»Die Bänder nutzen dir wenig«, bekurdete er unverblümt. »Du müsstest stundenlange Videosequenzen einer Überprüfung unterziehen. Allerdings verfügen wir über eine Technologie, welche die Aufgabe zu beschleunigen verspricht.«

In Kürze legte er mir die technischen Möglichkeiten dar. Offensichtlich speiste man die Aufnahmen in einen Computer ein, der daraufhin einzelne Individuen identifizierte und Fotos erstellte. Anhand einer Personenbeschreibung lasse sich die Suche eingrenzen und beschleunigen.

Der einzige Mensch, der eine Beschreibung des geheimnisvollen Gentleman zu geben vermag, sei Lilly, das Barmädchen, das im Club Eden seine Geschäfte betreibt, hielt ich ihm vor.

»Kein Problem«, entgegnete Max. »Ich bitte Herrn Liu um eine Unterhaltung mit ihr.«

Mittels eines kurzen Blicks auf Jack versicherte ich mich, dass ich Max von der geplanten Mission am Abend berichten durfte.

»Welches Resultat versprecht ihr euch von der Ergreifung eines Bauernsohns?«, erwiderte er. »Schließlich erschließt sich euch bereits jetzt, dass es sich keineswegs um den Kidnapper handeln kann.«

»Zumindest erfahren wir auf diese Weise, wie er von der Entführung erfuhr. Möglicherweise versetzt uns das in die Lage, potenzielle Nachahmer von einer Wiederholung der Tat abzuhalten.«

»Ich wünsche euch viel Erfolg. Wenn ihr Hilfe benötigt, wende dich an mich. Erwarte aber bitte nicht, dass ich mich auf die Jagd nach Kleinverbrechern verlege.«

Jane rief uns zum Abendmahl. Allerdings ignorierte sie das Speisenangebot. Erneut empörte sie sich über Menschen, die von der Not anderer profitierten. Sie sprach von dem vermeintlichen Bauern, der Jack um einhunderttausend Renminbi betrog.

»Du füllst die Tüte doch nicht etwa mit echtem Geld?«

Er grinste mich spöttisch an. »Wozu abonnieren wir eine Tageszeitung? Bis er das Paket in Händen hält, genügt Zeitungspapier vollauf.«

Aus purer Nervosität stellte Jack nach dem Essen erneut die Cognacflasche auf den Tisch. Allerdings benutzte er heute Cognacschwenker, deren Boden er nur benetzte. Zunächst berauschte er sich am Odeur, bevor er einen winzigen Schluck durch die Kehle rinnen ließ.

Unterdessen behielten wir den Zeiger der Uhr im Blick. Als der sich der magischen Zehn anzunähern begann, stieg die Nervosität im Raum beträchtlich an. Ich fragte mich allen Ernsts, ob uns die Fantasie erblinden ließ. Schließlich wussten wir, dass Liu Wei heute allenfalls einen törichten Bauern fing.

Viertel vor zehn klingelte das Telefon, und zwar das von Herrn Liu verkabelte Gerät. Liu Wei hatten wir gebeten, uns im Erfolgsfall auf einem anderen Apparat zu verständigen.

Als Jack das Gespräch entgegennahm, scholl uns die altbekannte Stimme entgegen: »Guten Abend, Präsident Yang. Ich wähne, Sie ersehnen gramgebeugt die Heimkehr des Töchterleins. Sie bat mich, Grüße zu übermitteln. Ich möchte Ihre Aufmerksamkeit auf die Tatsache lenken, dass man Ihnen in Kürze ein Angebot unterbreiten wird, das eine gewogene Prüfung anempfiehlt.«

Ohne auf weitere Details einzugehen, unterbrach Jack den Redefluss – ich erschrak angesichts seiner Kaltschnäuzigkeit – und verlangte erneut eine Konversation mit Mel.

»Die wird Ihnen zu gegebener Zeit gewährt«, erwiderte die Stimme in gesetzt gütigem Ton, dann beendete er das Gespräch.

Ich sprang auf und warf einen Blick auf das Display des Geräts. Es zeigte eine Rufnummer in Tianjin an. Mit Mühe unterdrückten wir den Impuls, umgehend die Rückruftaste zu betätigen.

Keine zwei Minuten später klingelte mein Mobiltelefon. »Ungemein raffinierter Bursche«, schalt ein sichtlich um Contenance ringender Max.

Ich fragte mich, was ihn derart erbost reagieren ließ. »Wir haben die Nummer«, verkündete ich voller Stolz und vergaß, dass wir die Information aus der Stadt erhielten, womöglich von einer Apparatur in seinem Büro.

»Gewiss«, erwiderte Max, »doch handelt es sich um eine Relaisstation, über die das Telefonat umgeleitet wurde. Um den Anruf bis zum Ursprung zurückzuverfolgen, sprach er leider zu kurz. Doch bemühen wir uns. Möglicherweise verhilft uns die Analyse der Zwischenstation zu einem Erkenntnisgewinn. Wir sprechen immerhin von einer militärischen Organisation, die sich normalerweise zivilen Telefongesprächen versperrt. Wenn wir mehr herausfinden, informiere ich dich.«

Mir blieb eben genügend Zeit, Jack von dem Fehlschlag zu unterrichten, da klingelte auch schon sein Mobiltelefon, die Nummer, die er Liu Wei anzuwählen bat.

»Habt ihr ihn erfasst?«, brüllte er nach Entgegennahme des Gesprächs mit Zornesfalten auf der Stirn in den Apparat. Die Nervosität verleitete ihn zu ungewöhnlich ungehaltener Intonation.

»Ja«, erwiderte Liu Wei lapidar. »Sollen wir ihn zur Villa bringen?«

Darüber bestand bereits Einmütigkeit. Mein Vorschlag lautete, den Raum, in dem Peter Landwerk einst in Gefangenschaft saß, in eine Verhörzelle zu verwandeln.

»Schafft ihn herbei«, brummte Jack.

Ich hielt es für angezeigt, Jack Yang eine Weile im Arbeitszimmer festzuhalten. Das Missgeschick, den Anruf des Entführers nicht zu identifizieren, erzürnte ihn weiterhin. Die Verdrossenheit auf Max entlud sich gottlob in dessen Abwesenheit. »Ich hab's dir prophezeit, solche Typen ins Vertrauen zu ziehen, beschwört nur Probleme herauf. Der verspricht, vermittels seiner Technologie den Aufenthaltsort Mels zu bestimmen, doch jetzt wissen wir nur, dass der Anruf über Tianjin lief. Halt mir zukünftig derartige Knallchargen vom Leib.«

Ich versagte mir, ihm in Erinnerung zu rufen, dass der solcherweise Geschmähte im Augenblick seine *Technologie* verwandte, um der Shenyang-Connection nachzuspüren. Stattdessen schenkte ich ihm einen weiteren Cognac ein, der ihm in einem Zug durch die Kehle rann.

»Jetzt nehmen wir uns den Bauern vor«, grummelte er, während er das Glas unsanft auf den Tisch niedersinken ließ.

Dem demonstrierten Lius Mitarbeiter soeben, ihm stünde eine unangenehme Nacht bevor. Er kauerte auf dem Bett, das einst Peter als Ruhestätte gedient hatte, und hielt sich wehklagend den Bauch. Dort hatten ihn Lius Leute offensichtlich wenig zartfühlend berührt. Laut der ID-Karte, die er bei sich trug, handelte es sich in der Tat um einen Bauernsohn aus einem umliegenden Dorf. Wie er die Information erhielt, fanden wir rasch heraus. Jacks Gärtner pflegte ihn von Zeit zu Zeit als Hilfskraft heranzuziehen. Bei dieser Gelegenheit vernahm er offenbar ein Gerücht, das laut seiner Aussage im Haus in Umlauf geriet. Bevor Jack den gesamten Bestand des Hauspersonals auf null reduzierte, wies ich ihn auf die unbestreitbare Tatsache hin, Geraune zu unterbinden, gestalte sich unter den gegebenen Umständen als Unmöglichkeit. Jeder im Haushalt wusste, welchen Gram Mels Verschwinden bei den Eltern heraufbeschwor. Die Hintergründe erschlossen sich jedermann. Wie überall in China kamen Gerüchte auf. Dass selbst eine Hilfskraft von der Entführung erfuhr, dafür bestand eine hohe Wahrscheinlichkeit.

Dennoch echauffierte sich Jack. Er ergriff die Plastiktüte mit dem angeblichen Lösegeld und schlug sie dem Bauernsohn ins Gesicht.

»Und du dachtest, du könntest unser Leid noch vergrößern und Profit aus der Not anderer Leute ziehen, du Wurm! Ich sollte dich der Polizei übergeben! Dann schmorst du die nächsten zehn Jahre in einem finsteren Verlies. Dort bietet sich dir hinlänglich Gelegenheit zur Reflexion deiner Übeltat.«

Der Bursche, laut Ausweis Herr Ma, flehte uns um Gnade an. Er habe es für die Familie getan. Die Abfindung, die sie für ihre Äcker erhielt, sei inzwischen aufgebraucht. Dem Vater fehle jegliche Möglichkeit, sein Fleisch und Blut zu ernähren.

Bei der Befragung offenbarte sich, die Mas kultivierten einst den Grund und Boden des heutigen Villencompounds. Man hatte ihnen das Land zu einem lächerlich geringen Preis abgetrotzt. Mit dem Ackerland verloren sie ihre einzige Einkommensquelle. Deshalb versuchten sie sich an diversen Geschäften, Motorradreparatur, einem Imbissstand und weiteren Projekten, indessen allesamt ohne Erfolg. Das letzte Geld war aufgebraucht, die Familie in Verzweiflung gestürzt.

»Du hättest es zum Beispiel mit ehrenwerter Arbeit versuchen können«, hielt Jack ihm vor.

»Das habe ich doch«, wimmerte er, »der Gärtner des verehrten Herrn beschäftigte mich jedoch nur tageweise. Das Geld reichte nie, um uns alle zu ernähren. Wenn Sie mir dagegen Arbeit vermitteln würden ...«. Als er gewahrte, wie Jack erneut zur Tüte griff, ließ er den Satz unvollendet im Raume stehen.

»Na prima, der Herr geruht sich auf einen Arbeitsplatz zu bewerben«, brüllte er erzürnt. »Und um mir eine gewogene Haltung anzuempfehlen, betrügt er mich um hunderttausend Renminbi. Wahrlich ein veritabler Anreiz, der mir eine wohlwollende Erwägung der Kandidatur anempfiehlt.«

Offensichtlich erkannte der Übeltäter, dass sich seine Argumentation wenig zielführend erwies. Deshalb flehte er, man möge ihn vor der Kerkerhaft bewahren.

Liu Wei blickte Jack fragend an. Der verkündete schließlich zornerfüllt: »Setzt ihn vor die Tür. Doch verpasst ihm zuvor noch einen Tritt ins Hinterteil.«

Lius Leute schleppten ihn zur Hintertür und brachten ihn offensichtlich zur Landstraße zurück, wo sein Fahrrad stand. Ob sie tatsächlich mit einem kräftigen Fußtritt Abschied nahmen, ließen sie unerwähnt.

Bei einem weiteren Cognac im Arbeitszimmer riet ich Jack zu einem offenen Wort mit dem Hauspersonal. Meines Erachtens bestand die Notwendigkeit, den Schleier um die Entführung zu lüften. Jedermann den Fall des jungen Mannes vor Augen zu führen, gestalte sich zweifellos als zielführender Weg zur Beruhigung des Personals. Möglicherweise drohe er mit Einschaltung der Polizei.

»Damit auch der Letzte erfährt, wie mühelos sich ein leidender

Vater schröpfen lässt«, brummte er. Allerdings ging ich von der Annahme aus, dass er sich meine Argumente zu eigen macht.

Obwohl er Max vor Stunden noch als *minderbemittelt* zu schmähen geruhte, bekundete er jetzt: »Bleibt nur zu hoffen, dass uns die Videoaufzeichnung aus Shishahai Erhellung verspricht.«

Ich rief ihm in Erinnerung, dass es auf Anzeichen zu achten galt, welche Angebote er in den nächsten Tagen erhielt. Mit glücklicher Fügung ließen sich Rückschlüsse auf die Ziele der Entführer ziehen.

Kapitel 15

Nach einem hastig verschlungenen Morgenmahl berief Jack umgehend eine Versammlung sämtlicher Hausangestellten ein. Während sich alle in der Eingangshalle zusammenfanden, riet ich ihm, nicht zu viel über die Entführung zu offenbaren, speziell keine Details zu den Gesprächen mit Mr. Telefonstimme.

Als die Truppe vollständig versammelt schien – nach Auskunft Lians fehlten nur ein Fahrer und eine Küchenmagd – gab Jack offiziell die Geiselnahme bekannt. Ich unterzog sämtliche Gesichtszüge einer visuellen Inspektion. Obwohl sich alle demonstrativ den Anschein von Schock verliehen, erschloss sich aus dem Mienenspiel: Diese Nachricht entbehrte jeglichen Neuigkeitswerts. Auf die eine oder andere Weise zirkulierten bereits Gerüchte im Haus, zumindest ahnte jedermann, dass Mel ein Schicksalsschlag widerfuhr. Jack versicherte mit fester Stimme, er gehe von der Annahme aus, die geliebte Tochter in Kürze wiederzusehen. Er stünde bereits in Verhandlungen mit den Kidnappern und erfülle jede Forderung. Auf den Gesichtszügen zeichnete sich Erleichterung ab. Ohne sich in Details zu verlieren, mahnte er absolutes Stillschweigen zu Mels Verschwinden an. Er befürchte, anderenfalls locke er geldgierige Trittbrettfahrer an. Jack spezifizierte, wem die Entführung zu Ohren kam, mochte eine Lösegeldforderung in Erwägung ziehen. Leider sei das in einem Fall schon geschehen. Sollte er von weiteren Versuchen erfahren, sehe er sich gezwungen, entschieden Konsequenzen einzuleiten. Erpressung werde in China drakonisch bestraft. Erneut betonte er, alles Notwendige für Mels Freilassung zu unternehmen. Die Verhandlungen seien bereits im Gang, er sehe sie nur mit Widerwillen durch Einmischung von außen gestört. Er bitte um Verständnis, dass die gesamte Familie eine bedrückende Phase durchlaufe, jedermann möge sich solidarisch erklären. Wer treu zu ihm und seiner Gattin stehe, dessen Loyalität werde zweifellos belohnt. Wer jedoch Gewinn aus der Situation zu ziehen beschließe, dem drohe er massivste Strafen an. Gleichwohl ließ er offen, worin die bestanden.

Alle versicherten ihm Beistand in dieser schwierigen Zeit. Auf einigen Wangen gewahrte ich Tränenfluss.

Nachdem die Angestellten wieder an ihre Arbeit zurückgekehrt waren, traten wir auf die Terrasse hinaus. Lian brachte uns die Kaffeetassen. Ich fragte sie, ob sie persönlich der Meinung sei, dass alle Kollegen Stillschweigen wahrten. Sie zuckte nur mit den Achseln. »Wer vermag schon in fremde Seelen zu blicken?«

»Eine wahrhaftige Philosophin«, konstatierte ich.

Jane nahm eine optimistische Grundhaltung ein. »Die meisten dieser Menschen kennen uns jahrelang. Ich glaube, sie begreifen, dass es jetzt zusammenzustehen gilt.«

Jack, der Realist, knurrte nur: »Lass uns die Ohren offenhalten, um beizeiten zu registrieren, in welchen Ecken das Geraune überhandzunehmen droht.«

Jählings vibrierte mein Mobiltelefon. Als ich das Gespräch entgegennahm, scholl mir Max' Stimme entgegen: »Interessiert an einem Blick in die Verbrecherkartei?«

»Welche Kartei?«, entgegnete ich, ohne dass sich mir erschloss, von was er sprach. Ich erfuhr, Herr Liu, der im Grunde einen anderen Familiennamen trug, habe die Videobänder aus Shishahai mithilfe eines Computersystems analysiert und eine ansehnliche Sammlung Verbrechervisagen produziert, zumindest hatte der Abgleich mit einer Datei der Strafverfolgungsbehörden etliche Übereinstimmungen erbracht. Er habe die Kollektion der Konterfeis aus der Verbrechenswelt Lilly vorgelegt, der es den befremdlichen Herrn zu identifizieren gelang.

Ich unterdrückte die Frage, ob der Vergleich in ihrer Wohnung erfolgt war und welcherart Angebot sie Liu unterbreitet hatte.

Max fuhr fort: »Die beiden stießen auf weitere Teilnehmer der

Stammtischrunde deines Freundeskreises, die sie bisher zu erwähnen vergaß. Ich schlage vor, du siehst dir die Fotos persönlich an. Bei der Gelegenheit können wir auch beraten, welchem der Jungs ich die Teilnahme an einer Entführung unterstellen mag. Es erfüllt mich stets mit Befremden, welcherart Geschmeiß sich auf unseren Straßen herumzutreiben pflegt. Wenn du dich rechtzeitig hierherbemühst, lade ich dich zum Mittagsmahl ein.« Er nannte mir ein Restaurant, das mir insofern entgegenkam, als ein Parkplatz in der Nähe lag.

Jack lieh mir erneut das japanische Kraftfahrzeug.

Max erwartete mich bereits in einem abgetrennten Raum. Bei Tee und einer Vorspeisenkollektion legte er mir einen Stapel Fotos vor.

»Keineswegs von einem Starfotografen fotografiert«, kommentierte ich angesichts der unzulänglichen Bildqualität.

»Du solltest die Originale sehen. Das gesamte Material stammt schließlich aus dem Videoüberwachungssystem. Wir haben nicht nur die besten Schnappschüsse ausgewählt, sondern sie auch per Bildbearbeitungssoftware aufgehübscht.«

Ich hielt ihm die Visage eines besonders hässlichen Exemplars der Gattung Homo sapiens entgegen. Gleichwohl befielen mich Zweifel hinsichtlich dessen Gewinnchancen bei einer Schönheitskonkurrenz.

Max grinste. »Seine Kumpels nennen ihn aus uns unbekannten Gründen Alfred, eine Gewohnheit, die mir umso befremdlicher erscheint, als es keinem Chinesen den Namen korrekt zu artikulieren gelingt.«

Mir fiel dazu allenthalben *Ekel Alfred* ein, eine Figur aus einer deutschen Fernsehserie.

Allerdings könne ich den wieder vergessen, der übe sein Metier bekanntermaßen in traditionellen Verbrechensbranchen aus.

Auf meinen fragenden Blick konkretisierte er: »Schmuggel und Hehlerei. Der Herr beschmutzt sich die Hände allenfalls an Geld.«

Ich zog ein weiteres Foto aus dem Stapel hervor. Der Kandidat sah ein wenig zivilisierter aus. Bei besserer Ausleuchtung ordnete ich ihn nicht unbedingt in die Kategorie Krimineller ein.

Als lese er meine Gedanken, nickte Max. »Das ist der Typ, auf den sich deine Freundin Lilly bezog. Laut Herrn Liu im Übrigen ein reizendes Geschöpf.«

War der etwa ihrem Charme erlegen? Nur die Betonung, mit der Max das Wort prononcierte, legte die Vermutung nahe, er spiele auf Lillys körperliche Reize an. Dann hatte die Unterhaltung offenbar doch in der Wohnung stattgefunden, konstatierte ich.

Max fuhr fort, der Herr stamme tatsächlich aus der Liaoning-Provinz und arbeite der Shenyanger Mafia zu. Verbrechen seinerseits seien bisher keine bekannt, er diene den Clans offenkundig als Schnüffelhund, der lukrative Investitionsobjekte aufzuspüren verstehe, einschließlich Personalrecruiting, fügte er hinzu. Deshalb schließe er allerdings eine wie auch immer geartete Beteiligung an der Entführung von Yangs Tochter aus.

»Du meinst, aufgrund Jacks Verbindungen zu ...?«

»Exakt«, unterbrach Max, als scheue auch er vor dem Affront zurück, dass der Name Yang in Zusammenhang mit einer Mafiafamilie fiel.

Danach sonderte er zwei weitere Kandidaten mit der Bemerkung aus: »Gehen wir von der Hypothese aus, die Tochter sei nicht für ein Bordell in Südchina bestimmt, kommen die beiden ebenso wenig in Betracht, insofern ihre ausgewiesene Spezialität in Menschenhandel besteht. Eine Forderung nach Lösegeld scheint den Jungs völlig fremd. Die erwirtschaften ihre Gewinne durch den Weiterverkauf, wobei das Duo, wie man hört, nur erstklassige Ware im Angebot führt.«

»Nette Gestalten laufen in eurer Hauptstadt herum«, knurrte ich.

»Wir sind schließlich für unsere Weltläufigkeit berühmt«, räumte Max sarkastisch ein. Mit leiserer Stimme fügte er hinzu: »Sowie für die Hilfsbereitschaft der Strafverfolgungsorgane, die für eine Beteiligung zuweilen den Blick in die andere Richtung lenken.«

Als die Kellnerin die ersten warmen Speisen aufzutragen begann, ließ Max flux die Bildchen verschwinden, als befürchte er, er werde mit anrüchigen Fotos männlicher Schönheiten erwischt.

Während des Mahls wies er mich, allerdings ohne Vorlage von Bildmaterial – das stellte er bis zum Dessert zurück –, auf zwei mögliche Bewerber für die Kidnapperrolle hin. Kandidat Nummer eins nannte sich Zhang Ning und agierte ebenfalls in der Nordostprovinz. Er verzichte angeblich auf eine Spezialisierung, betrüge und raube, wo immer er wohlgefüllte Töpfe erspürte. Bei der Entführung einer Millionärstochter mische er gewiss bereitwillig mit, urteilte Max.

Auch dem Kandidaten Nummer zwei, einem üblen Ganoven namens Ding, Vorname leider unbekannt, traue er jegliche Ruchlosigkeit zu. Max hoffe inständig, dass ihm Yangs Tochter nie in Hände fiele. Er sei für seinen Jähzorn und die Neigung zu körperlichen Gewalttaten bekannt.

»Und beide wurden mit den inzwischen dahingeschiedenen Entführern gesehen?«

»Zumindest, wenn wir Lillys Aussage und der ihrer Kolleginnen vertrauen. Was Ding betrifft, liegt uns sogar ein Schnappschuss mit Motorrad Wang auf der Straße vor, allerdings scheinen die zwei darauf reichlich angetört.«

»Insofern der Alkohol in Shishahai bekanntlich in Strömen fließt«, kommentierte ich.

Zwischen Fisch und Obst schob er mir die Fotos der beiden Kandidaten über den Tisch.

»Kennst du deren Rückzugsort?«

Da passte Max. Zhang Ning treibe sein Unwesen vornehmlich in Shenyang, der derzeitige Aufenthaltsort sei ihm allerdings unbekannt. Was Ding betreffe, so sei nur bekannt, dass er aus Kaiyuan, einer Stadt im Westen stamme. Dort engagiere er sich angeblich im Drogenschmuggelmetier.

»Und steuert auf diese Weise einen Beitrag für die Altersversorgung der örtlichen Beamten bei.«

Max ließ die Bemerkung aus naheliegenden Gründen unkommentiert, seiner Miene sah ich gleichwohl an, dass meine Vermutung der Realität entsprach.

Ich ließ es bei der Äußerung bewenden und fragte nur, ob ich die Fotos behalten dürfe.

»Häng sie dir übers Bett. Ein Blick vor dem Einschlafen verspricht, die schönsten Albträume heraufzubeschwören.«

Mein Angebot, die Rechnung für die exquisiten Speisen zu übernehmen, lehnte er abermals ab. Bei der Verabschiedung riet er mir, im Zweifelsfall die Nachforschung auf Zhang Ning zu konzentrieren. Sein Bauchgefühl sage ihm, dass Ding in diesem Fall nicht in Frage käme.

»Angesichts der Neigung zur Gewalttätigkeit hoffe ich das auch«, erwiderte ich.

Auf der Rückfahrt sann ich über die Fragestellung nach, zu welchen Schlüssen die Information zu führen versprach. Außer dem Wissen, dass Ding und Zhang die toten Kidnapper kannten, vermochte ich keine Fortschritte zu verzeichnen. Immerhin stand zu vermuten, Motorrad Wang und sein Freund hatten ihm die geplante Entführung offenbart. Nach Max' Beschreibung handelte es sich exakt um die Ganovenart, die sich für Geld zu jeder Missetat hinreißen ließ, inklusive der Ermordung ihrer Informationsquelle. Leider brachte uns das bei der Suche keinen Schritt voran.

Als ich vor dem Yang'schen Anwesen dem Wagen entstieg, rannte ein aufgeregter Jack aus dem Haus. »Komm rein. Es gibt Neuigkeiten zu vermelden«, rief er mir von der Freitreppe aus zu, verschwieg jedoch, bevor wir das Arbeitszimmer betraten, die Details. Offensichtlich versuchte er, den Dienstboten nicht noch mehr Anlass für Gerüchte zu geben.

»Ich habe mit Mel telefoniert«, verkündete er in höchstem Maße beglückt, korrigierte sich allerdings sogleich: »Na ja, um ein Gespräch handelte es sich keineswegs. Er spielte mir nur ein Band mit ihrer Stimme vor.«

Als er das Bandgerät startete, erfüllte umgehend Mels Mädchenstimme den Raum: »Hallo Dad. Ich soll dir überbringen, dass du die Forderungen akzeptieren musst und nicht an deinen Firmen kleben darfst. Ich fühle mich weiterhin wohlauf. Sie behandeln mich mit ausgesuchtem Respekt, dennoch sehne ich mich nach Hause zurück. Bitte hol mich bald hier raus. Und grüß Mama von mir.«

»Kein Kommentar des Entführers?«

»Doch, aber nur kurz. Er bekundete nur, ohne freundliche Anrede dieses Mal, *beachten Sie den Rat Ihres Töchterleins*. Willst du's hören?«

Ich verneinte. Im selben Moment klingelte mein Mobiltelefon. Zum ersten Mal vermeldete Max einen Erfolg, »zumindest einen Teilerfolg«, schränkte er ein. Es sei ihm gelungen, die Nummer des Anrufers zu identifizieren. Ein Blick auf das Display auf Jacks Schreibtisch zeigte mir die Kennung eines Funktelefons.

»Leider wieder nur ein Prepaidmobiltelefon. Doch die positive Nachricht lautet: Wir kennen den Ausgangspunkt des Telefonats.« Offensichtlich um die Spannung zu erhöhen, legte er eine Kunstpause ein. »Er befand sich am Shenyanger Flughafenterminal. Unglücklicherweise lässt sich nicht bestimmen, von welcher Ecke aus er sprach. Wir versuchen zurzeit herauszufinden, ob dort jemand beobachtet wurde, wie er ein Tonbandgerät an ein Handy hielt. Den Hintergrundgeräuschen zufolge führte er das Telefonat in aller Öffentlichkeit.«

Danach hörte ich mir die aktuelle Aufnahme der Stimme des Geiselnehmers an. Leider währte der Anruf nur kurz. Doch während der Entführer sprach, vernahmen wir in der Tat Geräusche im Hintergrund. Auch als wir das Band noch einmal rekapitulierten, vermeinte ich Verkehrslärm zu vernehmen. Stand er etwa am Straßenrand?

Immerhin verdichtete sich damit der Verdacht gegen Zhang Ning.

Jedenfalls entstammte er der Stadt. Ich legte Jack ein Bild des mutmaßlichen Täters oder zumindest Hintermannes vor. Mit geballter Faust und zorngeröteter Stirn starrte er das unscharfe Foto an.

Ich berichtete das Wenige, was ich über den Mann vernommen hatte. Die Beschreibung Dings, namentlich dessen Hang zu Gewalttätigkeit, verschwieg ich ihm allerdings.

»Shenyang«, brummte Jack in Gedanken vertieft. »Wenn er von dort aus operiert, finden wir möglicherweise Mittel und Wege, ihn aufzuspüren.« Mit diesen Worten griff er zum Telefon, überraschenderweise zum Apparat, der auf dem Schreibtisch vor ihm stand. Gleichwohl sah er mich betreten an. Ich verstand. Bei dem Gespräch wünschte er Diskretion.

Ich bedeutete ihm, ich ziehe mich auf die Terrasse zurück.

»Nimm dir einen Cognac mit. Den hast du dir redlich verdient.«

Ich wagte keinen Widerspruch, zumal er die Einladung mit einem Lob verband. Ich nahm auf einer Art Hollywoodschaukel Platz, sog den Duft der edlen Essenz in die Nase ein und sann über die Fragestellung nach, mit wem Jack im Augenblick zurate ging. Offenkundig mit Geschäftspartnern von der Mafia. Allerdings fragte ich mich, ob die ihm einen Verbrecherkollegen ausliefern würden. Das hing vor allem von der Frage der Lukrativität der Geschäfte mit den Shenyangern ab. Wenn sie ausreichend an ihm verdienten, opferten sie gewiss auch einen der Ihren, wobei ich mich besann, dass es sich bei Zhang Ning ebenso um einen Konkurrenten handeln mochte. Ein zusätzliches Argument, sich ihn vom Hals zu schaffen. Leider kannte ich mich in diesen Kreisen nur unzureichend aus, verspürte allerdings kein Begehren, meine Kenntnisse zu vertiefen.

Nach einigen Minuten trat Jack, ebenfalls einen Cognacschwenker in der Hand, zu mir heraus.

»Hast du Wissenswertes in Erfahrung gebracht?«, fragte ich ihn.

»Nein«, räumte er ein, »zumindest klingelte bei meinem Gesprächspartner bei Nennung des Namen Zhang Ning kein Glockenklang. Doch versprach er, Erkundigungen einzuziehen. Allerdings benötigt er Zeit.«

Somit schienen wir erneut zum Warten verdammt.

Kapitel 16

Am Abend wälzte ich mich schlaflos in dem überdimensionierten Bett. Statt Schäfchen zu zählen, sann ich über die Frage nach: Aus welchem Grund kehrte der Entführer zu dem Verfahren, die Stimme Mels erneut auf Band zu bannen, zurück? Warum suchte er zu vermeiden, dass das Mädchen direkt mit ihrem Vater sprach? Dass sich die Veränderung ausgerechnet nach der Installation von Lius Gerät vollzog, rief Argwohn hervor. Wusste er von der neu installierten Technologie? Falls ja, wo klaffte das Leck?

Max und dessen Truppe schloss ich vorerst als Urheber der Indiskretion aus. Bestand die Gefahr, dass er die Information von einem Spitzel aus Yangs Haushalt bezog? Eine beängstigende Theorie, die ich dennoch in meine Überlegungen miteinzurechnen beschloss. Dass der Entführer für den Anruf ein anderes Mobiltelefon nutzte, mochte auf praktische Erwägungen zurückführen sein. Ich hoffte nur, Max möge die Nummer in die Überwachung miteinbeziehen. Wenn der Täter das nächste Mal damit telefonierte, mussten wir wissen, von wo aus das geschah.

Die größte Hoffnung setzte ich auf Jacks Mafiafreunde. Denen sollte es doch gelingen, den Aufenthaltsort Zhang Nings zu ermitteln. Doch was unternahmen wir, wenn wir wussten, wo er sich befand? An dessen Tür zu klopfen, schien mir keine erfolgversprechende Strategie.

***

Während General Jiang der Meeresbrandung lauschte, warf er eine weitere Zigarettenkippe über die Brüstung des Balkons in die Dunkelheit des gepflegten Parks. Eine Militärmaschine hatte ihn heute von Shenyang nach Dalian gebracht. Er hoffte, in dem hermetisch abgeschotteten Haus ein entspanntes Wochenende zu verbringen.

Zuweilen stand auch ihm ein wenig Entspannung zu. Die eigene steile Karriere erfüllte ihn mit unsäglichem Stolz. Zwar hatte er bereits das Pensionsalter erreicht, das jedoch seiner Meinung nach nur für den gemeinen Soldaten Gültigkeit besaß. Ein Mann wie er wurde noch gebraucht. Die Zeiten, da er dem Feind mit der Waffe in der Hand Einhalt gebot, schienen lange passé. Heute kämpfte er an einer alternativen Front, die dem Vaterland noch größeren Ruhm einzubringen versprach. Wenn der sorgfältig ausgearbeitete Plan Früchte trug, ging er hinfort in den Lauf der Geschichte ein. Leider würde sein Name niemals in den offiziellen Annalen des geliebten Heimatlands aufgeführt. Die Schlachten, die er schlug, vollzogen sich im Hintergrund. Ein erster Etappensieg stand unmittelbar bevor.

Ein Klopfen an der Schlafzimmertür unterbrach die beflügelnden Träume vom Siegerkranz. Hatte er nicht ungestört zu bleiben ersucht?

Ärgerlich rief er: »Herein.« Als sein Adjutant den Raum betrat, rief er sich in Erinnerung, er hatte Baijiu, das ihm vertraute Destillat aus der Heimatprovinz, verlangt. Warum hielt man in diesem Etablissement nicht immerwährend mehrere Flaschen für ihn vor? Die Antwort lag auf der Hand. Er trank niemals in der Öffentlichkeit, so wie er persönliche Vorlieben zu offenbaren vermied. Dazu zählten minderjährige Bauernmädchen ebenso wie scharfgewürzte Speisen aus der Sichuan-Provinz. Je länger das eigene Privatleben im Verborgenen blieb, desto leichter fiel es ihm, die anspruchsvollen Pläne zu verfolgen, die insgeheim die private Agenda zierten. Zwar würde er niemals für jeden sichtbar auf dem Tiananmen-Tor die Paraden vorüberziehen sehen, doch in unmittelbarer Zukunft folgte die gesamte Generalität allein seinem Befehl, dessen war er gewiss.

Er nahm die Flasche entgegen und winkte den Adjutanten aus dem Raum. Mit einem bis zum Rand gefüllten Glas begab er sich zurück auf den Balkon und steckte eine weitere Zigarette an. Trotz des beißenden Tabakrauchs roch er die würzige Nähe der See. Für die nachfolgenden Tage plante er, den nächsten Schritt der Aktion einzuleiten. Die Grundlagen waren bereits gelegt. Er erwog, sich an einem blutjungen Mädchen zu delektieren, das ihm die Nachtstunden zu verkürzen versprach, sah jedoch von dem verlockenden Vorhaben ab. In seinem Alter ging man sparsam mit der verbliebenen Manneskraft um. Nach erfolgreichem Abschluss der Mission gab es dazu noch ausreichend Gelegenheit. Dann prangte gewiss auch ein weiterer Stern auf dem Uniformrevers.

***

Am Morgen kontaktierte ich noch vor dem Frühstück Max. Offensichtlich riss ich ihn aus dem Schlaf. Mit noch schlaftrunkener Stimme fragte er, warum ich ihn selbst am heiligen Sonntag aus der verdienten Nachtruhe riss.

»Als Sozialist stehen dir keine heiligen Tage zu«, erwiderte ich frech, entlockte ihm jedoch allenfalls ein verächtliches Zischen. Ob er an dem Wort „Sozialist" oder meiner Einschätzung der Heiligkeit mancher Tage Anstoß nahm, verschwieg er mir.

Ich fragte ihn, ob er die Nummer des gestrigen Anrufers in seine wie auch immer gearteten Maschinen eingegeben habe. »Sollte das Gerät erneut Verwendung finden, erschließt sich uns der Aufenthaltsort«, präzisierte ich.

»Frank«, schalt er mich, »hältst du mich wahrlich für ein geistig umnachtetes Gemüt? Natürlich wurde das Mobiltelefon unter Überwachung gestellt. Allerdings bezweifle ich, dass er es ein weiteres Mal benutzt. Die Tatsache, dass er sich einer Prepaidkarte bedient, spricht für seine Kenntnis der technischen Möglichkeiten.«

»Und wie bewertest du den Fakt, dass er erneut ein Tonbandgerät zum Einsatz bringt, anstatt die Tochter direkt mit dem Vater zu verbinden? Ich befürchte, er weiß, dass auf unserer Seite modernste Technologie Verwendung fand. Weshalb sich die Frage stellt, auf welche Weise er die Informationen erlangt.«

»Ich vermag in dem Verhalten nichts Außergewöhnliches zu erkennen«, suchte mich Max zu beruhigen. »Mich verwunderte hingegen, als er das Mädchen direkt mit dem Vater sprechen ließ, insofern dabei zu befürchten stand, dass sie einen Hinweis auf ihren Aufenthaltsort gäbe. Ich an seiner Stelle würde mich ausschließlich Bandaufnahmen bedienen. Das verringert die Entdeckungsgefahr.«

»Okay, das mag sein«, räumte ich ein.

»Hat dein Auftraggeber bereits Informationen über Zhang Ning erlangt?«, fragte Max inquisitorisch nach.

»Was verleitet dich zu der Spekulation?«

»Also Frank. Bitte treib keine Spielchen mit mir. Wir wissen von Yangs Verbindung zu den Shenyanger Mafiaclans. Wenn da jählings ein Ganove aus der Region in Erscheinung tritt, liegt doch auf der Hand, dass er seine Freunde um Auskunft ersucht. Mehr Offenheit von deiner Seite bewiese zweifellos Bereitschaft zur Kooperation. Oder verschweigt er dir, welche Schritte er in Erwägung zieht?«

»Nein«, räumte ich ein. »Mir ist die Verbindung bekannt und ja, er hat mit den Freunden telefoniert. Die erboten sich, der Sache nachzugehen. Bisher allerdings noch ohne Erfolg.«

»Bitte informiere mich, wenn du mehr über den Mann erfährst.«

»Das setzt Konsens bei Jack Yang voraus«, argumentierte ich.

»Okay, das akzeptiere ich. Dann unterrichte deinen Herrn, auch wir arbeiten an dem Fall, und er bedarf jeder Hilfe, die er bekommen kann.«

»Ich richt's ihm aus«, versprach ich ihm. Außerdem entschuldigte ich mich für die Störung seines Schönheitsschlafs.

»Akzeptiert«, erwiderte Max, »solange es nicht gewohnheitsmäßig erfolgt.«

Auch Jack sann über das gestrige Telefongespräch nach. Als er beim Frühstück detailreich die Überlegungen vorzutragen begann, brachte ich ihm Max' Einschätzung zu Gehör. Schließlich räumte er ein, möglicherweise seien wir blindem Optimismus erlegen. Allerdings gedenke er, beim nächsten Anruf auf einem persönlichen Gespräch mit der Tochter zu bestehen.

Im Hintergrund vernahmen wir ein Läuten an der Tür. Lian, die soeben Kaffee servierte, gab uns zu verstehen, sie eile zur Tür.

Als sie nach wenigen Minuten zurückkehrte, überreichte sie Jack einen Umschlag in den Farben eines bekannten internationalen Kurierunternehmens. Jack unterzog die Absenderangabe einer kritischen Inaugenscheinnahme: »Jakarta in Indonesien«, las er vor. »Normalerweise wird Geschäftspost an mein Büro adressiert.«

»Möglicherweise enthält es eine private Information«, kommentierte ich.

»Das bezweifle ich. Ich unterhalte keine persönlichen Beziehungen in das Land.« Mit diesen Worten legte er den Umschlag ungeöffnet auf den Tisch und setzte das Frühstück fort. Offensichtlich vertrat er die Meinung, am Sonntag ruhe das Geschäft oder stehe zumindest hinter der Nahrungsaufnahme zurück.

Nach Beendigung des Mahls begaben wir uns aus alter Tradition die Kaffeetassen in der Hand auf die Terrasse hinaus. Immerhin klemmte Jack den Umschlag unter den Arm. Nach einem Blick auf das Grün des Gartenidylls öffnete er endlich das Couvert, dem er eine Reihe Dokumente entnahm. Er las mit in Falten gelegter Stirn. In Gedanken vertieft blickte er ins kurzgeschnittene Gras und kommentierte sodann: »Das stellt möglicherweise die Lösung dar.«

Insofern mir die kryptische Bedeutung der Worte verschlossen blieb, warf ich ihm fragende Blicke zu. Statt sich mir zu offenbaren, schüttelte er mehrfach das Haupt. »Jetzt erschließt sich mir, was Mel mir zu vermitteln sucht.«

Das Stichwort Mel verlieh mir den Mut, ihn um Auskunft zu ersuchen. Schließlich hatte er mich zur Befreiung der Tochter engagiert. Die wie auch immer gearteten Geschäfte interessierten mich nur en passant.

Endlich ließ er sich herab, mich in seine Gedankenwelt einzuweihen. Allerdings benötigte er mehrere Versuche, bis ich annähernd verstand.

»Erinnerst du dich an Mels Aufforderung, ich möge das Angebot akzeptieren, wobei sie verschwieg, worauf sie sich bezog?«

»Gewiss«, versicherte ich. »Sie mahnte, nicht an deinen Firmen zu kleben.«

»Genau«, entgegnete Jack, während er mit dem Zeigefinger auf mich wies, als bezichtige er mich einer kriminellen Tat. »Ich soll das vorliegende Angebot akzeptieren. Jetzt erfasse ich die Kausalität.«

Er mochte verstehen, ich blieb noch weit von einer Erkenntnis entfernt, in welcher Korrelation die Mahnung des Entführers zu einer Kuriersendung stand, die er aus Indonesien erhielt?

»Der Sachverhalt stellt sich folgendermaßen dar«, hob Jack endlich an, mir im Zusammenhang zu vermitteln, wovon er sprach. »Ich besitze ein Unternehmen in Kanada, das sich mit Verschlüsselungstechnologie befasst. Im Grunde ein unbedeutendes Business, doch verstehen die Leute ihr Geschäft. Wir entwickeln dort eine Software, mit der sich jedes Dokument derart verschlüsseln lässt, dass sich niemand den Code zu dechiffrieren in der Lage sieht.«

»Na schön«, erwiderte ich, »doch verschließt sich mir weiterhin, welcher Zusammenhang zu Indonesien besteht.«

Jack deutete auf das blaue Couvert, »Dieses Unternehmen, Hammala Technology, mit Sitz in Jakarta zeigt sich offenbar am Erwerb der kanadischen Firma interessiert.«

»Warum ausgerechnet die? Welcher Bezug ergibt sich zu Mel?«

»Eine Frage, die es zu enthüllen gilt«, erwiderte Jack, während er sich erhob. Ich folgte ihm in sein Büro. Offensichtlich plante er, den Schleier über Hammala zu lüften, denn er griff zum Telefon.

»Heute ist Sonntag«, unterbrach ich ihn.

»Na und. Wir sprechen von einem muslimischen Land. Dort sehen die Menschen von Kirchenbesuchen ab. Das ist für die ein normaler Arbeitstag.«

»Ich dachte, dass du niemanden in Indonesien kennst.«

»Das habe ich niemals postuliert. Außerdem, wer sagt, dass ich dort anrufen will? Mir ist ein Mittelsmann in Singapur bekannt, dem es gelingen mag, aufzuzeigen, welchen Geschäften Hammala nachzugehen pflegt.«

Als er endlich die Stimme des gewünschten Ansprechpartners im Hörer vernahm, bediente er sich leider eines mir völlig unverständlichen chinesischen Dialekts.

Nach Beendigung des Telefonats blickte er mich hochgestimmt an. »Ich schätze, bis spätestens heute Abend erschließt sich uns das Mysterium.«

»Warum bekunden die Interesse an einem kanadischen Unternehmen, das sich der Kryptologie verschreibt?«

»Das kann dir eine andere Person besser erklären als ich«, antwortete er, während er erneut zum Telefon griff.

Nach Beendigung des kurzen Telefonats versicherte er, Herb treffe in einer knappen Stunde ein, um mir eine Einführungsvorlesung in Kryptologie zu erteilen. *Welch beflügelnde Sonntagsbeschäftigung*, dachte ich, fragte indessen leidlich interessiert: »Herb?«

»Mein IT-Manager«, erwiderte Jack. »Er weckt gewiss Gefallen bei dir oder möglicherweise entwickelt er Interesse an dir.« Drückte er sich heute unentwegt in delphischen Rätseln aus?

Wie versprochen stand eine Stunde später ein Jüngling in Jeans und schwarzem T-Shirt vor mir. Die Sandalen trug er sockenlos. Ich schätzte ihn allenfalls auf Mitte bis Ende zwanzig. Jack führte uns auf die Terrasse hinaus und bat Lian um Wasser und Saft.

Sodann nahm sich Herb meiner unzureichenden kryptologischen Bildung an. Er versicherte mir, der Wunsch, eine Information zu übermitteln, ohne dass ein Außenstehender sie versteht, sei so alt wie die Schrift.

»Schließlich drücken wir uns alle bevorzugt in Rätseln aus«, führte er aus.

Um überhaupt einen Beitrag zu leisten, warf ich ein: »Vornehmlich meine Ehefrau.«

Jack brach in schallendes Gelächter aus. Herb hingegen blickte mich unschlüssig an. Jählings erschloss sich mir der Hinweis, womöglich finde Herb aufgrund einer homosexuellen Disposition Gefallen an mir. Nach seinen kritischen Blicken zu schließen, hatte ich mich allerdings soeben disqualifiziert.

Dennoch fuhr er in dem Vortrag fort. Bereits in der Antike und vornehmlich im Mittelalter befassten sich die Menschen intensiv mit Fragen der Verschlüsselung. Damals wurden zahllose Geheimschriften zum Einsatz gebracht. Einige harren bis heute einer Entzifferung. Sodann platzierte er ein quadratisches Stück Kartonage vor mir auf den Tisch. Daraus schienen zahlreiche Löcher herausgestanzt. Er legte das Objekt auf einen Bogen weißen Papiers und schrieb Buchstaben, jeweils einen pro Aussparung darauf. Danach drehte er den Karton um neunzig Grad und fuhr fort. Nach Beendigung des Werks reichte er mir das Blatt. Ich blickte auf ein sibyllinisches Buchstabengewirr.

»Unmöglich zu entziffern«, kommentierte ich, argwöhnte allerdings bereits, welchen Zweck die Demonstration verfolgt. Der Kunstgriff bestand in dem Bemühen, das Quadrat über den Text zu platzieren. Fand man die erste Einstellung heraus, las man die korrekte Reihenfolge der Buchstaben durch die Lücken im Karton. Ich erfuhr, auf diese Weise funktionierten die frühesten Chiffriergeräte. Alles, was dazu nötig sei, stelle die Matrize dar.

Eine weitere Chiffriermethode bestehe in dem Bemühen, ein alphabetisches Zeichen gegen ein anderes auszutauschen. Auch dazu schrieb er ein Beispiel auf einen Bogen Papier. Allerdings lasse ein derartiger Code ebenfalls eine Entschlüsselung zu. Die Lösung liege in der Häufigkeit der Buchstaben einer Sprache. Im Englischen sei dies das e. Im vorliegenden Fall hatte er das e durch n ersetzt. Mit Logik und Geduld erschließe sich die Möglichkeit, auf solche Weise codierte Schriften zu entziffern.

Unmöglich sei das jedoch für einen mittels der sogenannten Buch-Methode chiffrierten Text, die im Zweiten Weltkrieg bei Spionen Verwendung fand. Um einen derart verschlüsselten Text zu entschlüsseln, benötige man zwingend den Schlüssel, und der bestehe bei der Buchmethode in einem Buch.

Die Codierung erfolge beispielsweise mittels Zahlen. Die Kombination 71-5-13 weise auf das Faktum hin, der codierte Buchstabe stelle den Dreizehnten in Zeile fünf auf Seite einundsiebzig eines spezifischen Werkes dar. Ohne das Buch bestehe keine Chance auf Entschlüsselung.

Da ich ihm bisher zu folgen vermochte, nickte ich eifrig zur Bestätigung.

Doch entführte er mich sodann in die weite und mir überwiegend unverständliche Welt der Mathematik. Indem er das nächste Blatt mit Formeln beschrieb, berauschte er sich an dem Spiel. Mir schwirrte nur der Kopf. Dennoch deutete ich Verständnis an, als er die Gleichungen aufzulösen und sich der decodierte Text zu enthüllen begann. Zumindest erschloss sich mir, dass die elektronische Datenverarbeitung Erleichterung der Arbeit versprach.

»Wenn man dem Computer die geeigneten Fragen zu stellen vermag«, schränkte er ein.

Allein mit den Verfahrensweisen der Mathematik sehe man sich zwar in der Lage, einen überaus komplexen Code zu generieren, der sich jedoch mittels der gleichen Methoden entschlüsseln lasse.

Insofern sich mir der Sachverhalt erschloss, stimmte ich ihm eifrig nickend zu. Möglicherweise zu ungestüm, denn offensichtlich missinterpretierte er mein Interesse, indem er über Physik und andere Naturwissenschaften sprach.

»Doch was geschieht, wenn sich die Codierungsmethode im Verlauf des Codiervorgangs erschafft?«, fragte er.

Ich hoffte, er erwarte keine Antwort von mir. Erfreulicherweise schien die Frage rein rhetorischer Natur. Ich erfuhr, die Parameter einer mathematischen Gleichung ließen sich wiederum durch physikalische Gesetze füllen. »Oder chemische, biologische, was auch immer«, fügte er hinzu.

Mir falle dabei allenfalls das Periodensystem ein, behauptete ich.

Das sei eine Möglichkeit, räumte er ein, wenngleich überaus primitiv.

Das schien der letzte Punkt zu sein, den ich bei ihm zu erzielen verstand. Vom Rest des Vortrags schloss mich der eigene Unverstand in naturwissenschaftlichen Sachverhalten gänzlich aus. Als ich mich bei Jack zu beklagen begann, stimmte der mit mir überein, dass es ihm ähnlich erging. Immerhin sprach er den erlösenden Satz: »Vielen Dank, Herb. Ich denke, wir verhalfen meinem Freund zu einem ersten Einblick in die Welt der Kryptologie.«

Mit diesen Worten entließ er den IT-Chef ins verdiente Wochenende.

Als er zurückkehrte, fragte ich: »Und in welchem Zusammenhang steht das mit deinem kanadischen Unternehmen?«

»Das heißt K-Lab«, erwiderte er.

»Ihr befasst euch dort mit Verschlüsselung«, vermutete ich. Soviel verstand ich inzwischen immerhin.

»Exakt«, strahlte Jack. »Wir stellen die einzigen Erdenbürger dar, die die Botschaften wieder zu entschlüsseln vermögen. An einem von uns kodierten Text beißt sich selbst die NSA mit Großrechnern die Zähne aus.«

»Was die Jungs gewiss gehörig erzürnt.«

»Worauf du Gift nehmen kannst. Doch nicht nur die NSA. Mit solchen Methoden stichst du alle aus. Die Amis, die Russen, Franzosen, Briten … Mit Ausnahme der Chinesen, falls es ihnen die Technik in ihren Besitz zu bringen gelingt«, unterbrach er die Aufzählung der rivalisierenden Dienste.

Endlich verstand ich die Brisanz. Das stellte also das Bestreben Hammalas dar. Allerdings fehlte weiterhin eine Verbindung zu den Entführern.

»Jetzt, da sich uns das Ziel erschließt, sollten wir das möglichst rasch eruieren«, erwiderte Jack in ungebrochener oder neuerwachter Zuversicht.

Kapitel 17

»Okay! Gehen wir tatsächlich von der Annahme aus, dass das Ziel der Entführer in dem Bestreben besteht, sich die Software von K-Line anzueignen.«

»K-Lab«, korrigierte Jack.

»Dann eben K-Lab. Dafür deine Tochter zu verschleppen, sehe ich allerdings als keine zielführende Methode für eine Geschäftsanbahnung an, die gleichwohl ihren Forderungen Nachdruck verleiht. Was mir mindestens ebenso verstörend erscheint, ist dieses Hammala-Angebot. Warum in drei Teufels Namen bedient er sich eines indonesischen Mittelsmanns?«

»Um vom Endkunden abzulenken«, erwiderte Jack sogleich. »Du weißt doch, was geschieht, wenn Chinesen eine Investition in ausländische Hightechunternehmen in Erwägung ziehen. In den USA schiebt man einem derartigen Begehren umgehend einen Riegel vor und unterbindet das Geschäft. Das gestaltet sich schwieriger in Kanada. Dennoch stünde bei einer solchen Vereinbarung eine Menge Ungemach zu befürchten. Indonesien hingegen gilt als freies Land. Kein Mensch stört sich an dem Wunsch, ein kanadisches Unternehmen zu erwerben.«

»Du gehst also von der Hypothese aus, Hammala tritt als Strohmann für Mr. Telefonstimme auf.«

»Was sonst? Allerdings versuche ich herauszufinden, in welcher Beziehung Hammala zu den Chinesen steht, vor allem, wer in China als Kontaktmann fungiert, insofern uns das einen Hinweis auf die Geiselnehmer zu geben verspricht.«

»Wer kommt denn schon in Betracht?«, begehrte ich mit einer geringschätzigen Geste zu erfahren. »Die Staatssicherheit, der Geheimdienst sowie das Militär oder eine Kombination aller drei.«

»Glaubst du, dein Freund Max vermag einen Beitrag bei der Recherche zu leisten?«

Ich sann über die Problematik nach. Er hatte mir nie offenbart, für welche staatliche Stelle er tätig war. Soweit mir bekannt, herrschte auch bei Mats in der Frage Dunkelheit. Gleichwohl drängte sich der Eindruck auf, er sei tendenziell mit der Verfolgung von Verbrechen befasst, vor allem wenn sie die innere Sicherheit tangierten. Eines hatte mir Mats offenbart: Max hasse das Militär, insbesondere die Skrupellosigkeit, mit der sich die Uniformträger über allgemeingültige Normen hinwegzusetzen pflegten. Sollte Max allerdings tatsächlich für den Geheimdienst tätig sein, sah ich es als zweifelhaft an, dass er formlosen Umgang mit Personen wie mir oder Mats unterhielt. Möglicherweise sträubte ich mich auch gegen die Vorstellung, ich verkehre mit einem Spion.

»Nein, da melde ich erhebliche Zweifel an. Wäre er in diese Geschichte involviert, dürften wir ihn erst recht nicht fragen.«

»Hilfreiches Argument«, bekannte Jack.

»Außerdem, warum sollte er uns Hilfe angedeihen lassen, wenn er damit die eigenen Ziele torpediert?«

»Du meinst, wir dürfen ihn keinesfalls ins Vertrauen ziehen?«

»Warten wir noch ab. Zunächst möchte ich die Indonesien-Connection einer Überprüfung unterziehen.«

»Wer auch immer dahinterstecken mag, früher oder später musst du entscheiden, ob du überhaupt eine Veräußerung erwägst. Wie viel bieten denn die Hammala Freunde an?«

»Bisher blieb ein Preis noch ungenannt. Und die Frage, ob ich Einwilligung in einen Verkauf von K-Lab erteile, wird von verschiedenen Faktoren mitbestimmt.«

»Du ziehst eine Verweigerung in Betracht, selbst wenn die das Leben deiner Tochter zu gefährden droht?«

»Nein, keineswegs. Um Mels Freilassung zu erwirken, gäbe ich ohne zu zögern mein gesamtes Imperium. Das Problem besteht in dem Fakt, dass mir K-Lab nicht allein gehört. Der Entwickler der Software hält einen zehnprozentigen Anteil an dem Betrieb.«

»Wenn dir die restlichen neunzig Prozent gehören, behält dein Votum doch mehr Gewicht.«

»Leider nein. Der Gesellschaftsvertrag gewährt ihm beim Verkauf eine Sperrminorität.«

»Siehst du da Probleme voraus?«

»Möglicherweise. Ich müsste das prüfen.«

Ich blickte ihn fragend an.

Seufzend führte Jack aus: »Die Sachlage stellt sich folgendermaßen dar. Obgleich sich die Loyalität des Partners gegenüber dem Heimatland in engen Grenzen bewegt, besitzt er weiterhin einen US-amerikanischen Pass. Er gilt als einer der versiertesten Softwareentwickler im Bereich der Kryptologie, ein absolutes Ausnahmetalent. An der Software arbeitet er schon seit der Studienzeit. Begreiflicherweise traten verschiedene staatliche Stellen an ihn heran und offerierten ihm lukrative Positionen. Leider ließen die potenziellen Arbeitgeber das gebotene Feingefühl vermissen.«

»Man gestand ihm nur ein Almosen zu«, vermutete ich.

»Nein, im Gegenteil. Der finanzielle Teil des Angebots klang überaus verheißungsvoll. Man wollte ihm gewisse Freiheiten beschneiden. Zudem erkannte er, dass er in der offerierten Position aus einem, zwar möglicherweise luxuriösen, gleichwohl verschwiegenen Kellerbüro nie herausfinden würde.«

»Die Privilegien der Wissenschaft?«

»Etwas in der Art, doch auch nur zum Teil. Er ist Afroamerikaner, wie man das heutzutage auszudrücken beliebt. Wir nennen die Leute einfacherweise schwarze Mitbürger. Ich habe nie verstanden, was an der Bezeichnung herabwürdigend klingen soll.«

»Rassismus, also.«

»Genau. Er weiß, dass der Staat einem Farbigen gegenüber immerdar Vorbehalte hegt. Er vermutete, man sei lediglich an dem Programm, nicht aber an seiner Intelligenz interessiert.«

»Eine Überlegung, die ich nachzuvollziehen vermag.«

»Dann kommt noch der Name hinzu.«

»Was gibt es gegen einen Namen einzuwenden?«

Jack grinste. »Er heißt George Washington.«

»Au Backe«, entfuhr es mir.

»Du weißt: Mit einem solchen Namen erscheinst du auf jeder Telefonliste als schwarzer Mann, ein Kuli, der auf die Baumwollfelder gehört.«

»Außerdem ist George ein Name, den selbst die Amerikaner schwerlich zu verkürzen vermögen. Thomas verwandeln sie in Tom, eine Patricia wird zu Pat und Catherine zu Cat. Doch George ...«

»Giggy verbietet sich.«

»Deshalb wanderte er vor Jahren nach Kanada aus. Als ich ihn erstmals traf, arbeitete er als Programmierer bei einem Computerspielehersteller. Als er mir seine Leidenschaft, die Kryptologie, offenbarte, gründeten wir zusammen K-Lab. Damals insistierte er, dass eine etwaige Veräußerung des Unternehmens der Zustimmung beider Partner bedarf. Gleichzeitig bestand er auf der Forderung, dass die Software niemals in die Hände der NSA geraten dürfe.«

»Deutet kaum auf einen republikanischen Patrioten hin«, kommentierte ich, »doch vermag ich das nachzuvollziehen. Und jetzt fragst du dich, wie er sich zu einem Verkauf an die Chinesen stellt. Möglicherweise bringt er gegen Indonesier weniger Einwände vor.«

Jack nickte zwar, doch offensichtlich hegte er Zweifel an Georges Loyalität.

»Und wenn du dich Mels misslicher Lage als Argument bedienst? Gegebenenfalls vermag ihn das zum Einlenken bewegen.«

»Was seine Vorbehalte gegen die NSA betrifft, vermutlich kaum. Ob er Chinesen oder Indonesier als potenziellen Käufern Akzeptanz entgegenbringt, gälte es zu verifizieren.«

»Auf welchen Betrag bezifferst du den Wert?«

»Da stellt sich das nächste Problem. K-Lab ist von Mitarbeiterzahl und Umsatz gesehen relativ klein. Das Unternehmen erwirtschaftet mit der Entwicklung von Programmen zur Steuerung großindustrieller Anlagen nur mäßigen Profit. Was unsere Software über die der Konkurrenz erhebt, ist die Sekurität. Potenzielle Hacker beißen sich an den Codes die Zähne aus. Manche Kunden zeigen sich deshalb den Mehrpreis zu bezahlen bereit. Ein Buchprüfer, der den Wert einzig nach Umsatz und Gewinn bemisst, spräche möglicherweise nur von einigen hunderttausend Dollar. Das bedeutendste Asset des Unternehmens stellt allerdings die Verschlüsselungssoftware dar, die gleichwohl noch vor der Markteinführung steht.«

»Warum das?«, fragte ich interessiert.

»Liegt das denn nicht auf der Hand? Wer käme denn vornehmlich als Kunde in Betracht?«

Ich verstand. Natürlich die NSA oder eine andere geheimdienstliche Organisation, möglicherweise auch ein großer Konzern, vor allem in den USA. Sollte jedoch tatsächlich ein Unternehmen die Software zur Anwendung bringen, stieße die NSA bald automatisch auf den Fakt und setzte Himmel und Hölle in Bewegung, um Zugang zu dem Programm zu erlangen. Bekanntlich bediente sich die Behörde auch anstößiger Manipulationen.

»Das Dilemma besteht in dem Umstand, dass wir möglicherweise Kunden aus der Privatwirtschaft fänden, früher oder später stünde allerdings ein Geheimdienst vor der Tür, allen voran die NSA. Folglich besitzen wir ein Produkt von erheblichem Wert, das sich, solange wir Skrupel wahren, kaum in Geld verwandeln lässt. Und mein Freund George zeigt in dieser Hinsicht keine Bereitschaft, eine Einigung zu erzielen.«

»Lassen wir Mister Washington zunächst außer Acht. Für welchen Betrag zeigst du dich bereit, einen Verkauf von K-Lab in Erwägung zu ziehen?«

»Wenn ich dafür Mel zurückerhalte, gebe ich notfalls das Unternehmen preis. Wer damit spioniert oder Nachrichten zu verschlüsseln begehrt, berührt mich nur nebenbei. Ich denke ausschließlich an mein Töchterlein. Kannst du das nicht verstehen?«

»Dann musst du wohl oder übel umgehend mit George Washington eine Einigung erzielen.«

»Ich weiß. Doch vorrangig gilt es, Hammalas Hintergrund zu recherchieren. Womöglich täuschen wir uns, was die Verbindung zu den Geiselnehmern betrifft. Zudem sollte mir Mr. Telefonstimme offenbaren, wie viel er bietet und ob er den Kauf von K-Lab erstrebt. Bisher sehe ich das keineswegs als erwiesen an. Nur die Kuriersendung und die zeitliche Abfolge deuten auf seine Intentionen hin.«

»Du sagtest, du erwartest noch heute eine erhellende Nachricht aus Singapur.«

»Das hat mir der Informant zumindest zugesagt. Möglicherweise sollte ich ihm vermitteln, welch enormer Zeitdruck besteht.«

Es folgte ein weiteres Telefonat in einer Sprache, von der ich nicht einmal zu sagen wusste, zu welcherart Sprachstamm sie zählt.

Danach stöhnte Jack. »Die Suche entwickelt eine überraschende Komplexität. Offensichtlich hat sich Hammala tief eingegraben. Niemand besitzt exakte Informationen über die. Gleichwohl ließ mein Kontaktmann Optimismus erkennen, gegebenenfalls noch am heutigen Tag eine mögliche Verbindung nach China zu verifizieren. Er ruft mich auf jeden Fall zurück. Allerdings benötigt er Zeit. Bis ich mehr über die Indonesier weiß, meide ich heute das Bett.«

Jacks Beteuerung erwies sich als Prophetie. Uns stand eine endlose Nacht bevor. Die verkürzten wir uns ausnahmsweise mit Whisky schottischer Provenienz. Die Gläser in der Hand erörterten wir Möglichkeiten, auf welche Weise sich der Partner in Kanada zu einem Verkauf bewegen ließ.

Auch ich versuchte, einen Beitrag zu leisten. »So, wie du den Mann charakterisierst, hält er an hohen ethischen Standards fest. Gleichwohl verschließt sich mir die Erkenntnis, warum er zuerst eine Verschlüsselungssoftware entwickelt und sich dann mit Gewissensbissen sie zu verkaufen trägt.«

Jack lachte. »Du kennst ihn eben zu wenig. Kryptologie stellt schon seit frühester Jugend sein Hobby dar, der Hauptgrund, dass er sich für ein Studium der Informatik entschied. Und mit was befasst sich ein Kryptologe? Er dechiffriert Codes oder entwickelt sie. Insofern erweist sich das Betätigungsfeld in dem Fach überaus begrenzt.«

»Ein Technikfreak.«

»Die Bezeichnung charakterisiert ihn hinlänglich korrekt.«

»Und wenn du ihm versprichst, gemeinsam ein anderes IT-Unternehmen zu gründen?«

»Mit George engagiere ich mich in jedem Geschäft, sofern es sich mit Software befasst. Allerdings könnte er der Kryptologie dann nur noch als Hobby frönen. Doch das erschließt sich ihm inzwischen zweifellos selbst.«

»Dann siehst du dich offenbar gezwungen, bei ihm auf die Tränendrüsen zu drücken. Stell dich als der leidende Vater dar, der das Töchterlein aus den Klauen blutrünstiger Verbrecher zu befreien sucht. Die Morde an Motorrad Wang und Zhang, dem Träumer, gelten zweifellos als untermauernde Rechtfertigung. Gegebenenfalls entfaltet es eine beruhigende Wirkung auf ihn, dass die Chinesen seine Software gewiss nicht mit der NSA zu teilen gedenken.«

Jack lachte erheitert auf. »Das erachtet er möglicherweise als ein gewichtiges Argument.«

Lange nach Mitternacht und einem praktischen Exkurs durch die schottische Whiskybraukunst, klingelte schlussendlich das Telefon. Jack gab mir erneut extensiv Gelegenheit für Sprachstudien der besonderen Art. Ich fragte mich, ob mein Auftraggeber auch tibetisch sprach.

Endlich legte er den Hörer auf und blickte mich siegesbewusst an.

»Aufgabe eins scheint vollbracht. Hammala besteht lediglich aus einem Eintrag in einem staatlichen Register sowie einer Messingtafel an einem Hochhaus in Jakarta. Möglicherweise besitzt das Unternehmen auch Konten, doch die vermochte mein Mittelsmann noch nicht aufzuspüren. Kunden, Lieferanten, Geschäftspartner oder Zulieferer scheinen dem Betrieb unbekannt. Der Geschäftszweck besteht den eingereichten Papieren zufolge in der Informationsvermittlung, was auch immer man darunter verstehen mag. Inhaber und Chef des Unternehmens ist ein junger Mann namens Derrek Young, also ein Namensvetter von mir. Doch wie du weißt, bevölkern unzählige Yangs die Welt, gleichgültig, ob sie sich mit a oder ou schreiben. Bei seinem Schwiegervater beginnt die Sache interessant zu werden. Der heißt Ma Shude. Man sagt ihm nach, er habe bei annähernd jedem Geschäft im Land die Finger im Spiel. Böswillige Zungen nennen ihn Mister fünf Prozent, und bitte glaube mir, dabei sind extrem große Summen involviert. Außerdem verfügt er über ausgezeichnete Beziehungen zum hiesigen Militär. Er gehörte einer Gruppe von einem knappen Dutzend Personen an, die 2008 die Olympischen Spiele auf Einladung der chinesischen Regierung in Form eines Rundum-sorglos-Pakets besuchten. Und rate mal, in welchem Hotel sie logierten.«

»Hilton, Hyatt, Kempinski«, führte ich auf.

»Aber nein. Die Chinesen quartieren ihre Gäste doch niemals beim Klassenfeind ein. Herr Ma und seine Reisebegleiter wohnten in einem den Militärs vorbehaltenen Hotel. Durchschnittsbürger wie du und ich gelangen dort nicht einmal bis zur Rezeption. Das gesamte Haus quillt, wie man hört, über vor Protzigkeit. Überall Marmor und ein Kronleuchter, der sich nur mit Hilfe eines Schwerlastkrans installieren ließ. Also gehen wir von der Annahme aus, dass Schwiegerpapa Ma mit dem chinesischen Militärapparat verkehrt und Schwiegersohn Derrek jetzt in seine Fußstapfen tritt. Für mich steht somit fest, hinter der Angelegenheit steckt das Militär. Leider die unerquicklichste Möglichkeit: mächtig, skrupellos und in jeder Hinsicht diskret. Du kennst die Geschichte unserer glorreichen Volksbefreiungsarmee!?«

Ich kannte sie.

Jack rief mir deren Aufstieg in Erinnerung. »Bis in die siebziger Jahre hielt die Armee in der Tat an gewissen moralischen Ansprüchen fest, natürlich stets im Dienste der Partei. Der typische Soldat galt als Patriot, der jederzeit alten Damen über die Straße half. Disziplin galt in der Truppe als oberstes Gebot. Leider zeichneten sich die Jungs nicht nur an militärischen Fronten aus, sondern strebten auch im Geschäftsleben Bestleistungen an. Industriebetriebe, Transportunternehmen, es gab kaum ein Gewerbe, das nicht dem Militär unterstand. Selbst das bekannte Pekinger Palace Hotel befand sich trotz ausländischen Managements im Besitz der Armee. Immerhin begann der Staat, sprich die Partei, dem entgegenzuwirken, indem er die Uniformträger zwang, die Trennung von den zivilen Ablegern zu vollziehen, wenn auch in zahlreichen Bereichen weiterhin ein Grünberockter hinter den Kulissen die Fäden zieht. Die sogenannte Volksbefreiungsarmee verlor 1989 ihre Integrität, als sie auf dem Tiananmen wehrlose Bürger zusammenschoss. Dir dürfte bekannt sein, dass dort nicht nur Studenten, sondern tatsächlich weite Kreise des Volks den eigenen gerechten Forderungen Ausdruck verliehen. Nach diesen Vorfällen zöge jede chinesische Großmutter vor, unter die Räder eines Busses zu geraten, als sich von einem Soldaten über die Straße geleiten zu lassen. Das verlorene Ansehen in der Bevölkerung versüßte man den Jungs in Grün, indem man ihnen in der Folgezeit jegliches Spielzeug zugestand, das sie erbaten, und dazu gehörten nicht nur Waffen. Innerhalb der Truppe entstanden geheimste Abteilungen. Ich spreche von Divisionen, deren Existenz selbst dem obersten Uniformträger verborgen blieb. Kurz, das chinesische Militär bildet eine eigene Welt, die auf zivile Gesetze pfeift. Mit einem Armeekennzeichen an deinem Wagen darfst du die Verkehrsregeln ignorieren. Du kennst die Hupen, die nur an Militärfahrzeugen verbaut werden dürfen, ob Jeep, Mercedes, Cadillac, Ferrari oder Jaguar. Das Quäken bedeutet jedem Verkehrsteilnehmer: *Verpiss dich! Hier komme ich.* Das trägt natürlich ungemein zur Beliebtheit der Grünröcke bei. Und mit denen müssen wir uns jetzt befassen. Ich denke, auf einen solchen Schock benötige ich noch ein Glas.«

Er füllte auch das meine auf und nicht zum letzten Mal in jener Nacht. Am Ende bedauerten wir das Schicksal, verschoben den Beginn der Schlacht auf den Folgetag, der sich im Übrigen bereits durch die Dämmerung anzukündigen begann. Schwankend begaben wir uns zu Bett.

Kapitel 18

Jack Yang stand eine diffizile Unterredung mit dem Partner bevor. Obgleich er ihn hinlänglich zu kennen glaubte, gestand er sich ein, bisher hatte er nur unzureichend Interesse an den Lebensumständen des Teilhabers gezeigt. Um die der Kryptologie entgegenbrachte Liebe zu veranschaulichen, hatte ihm George die berufliche Laufbahn zwar minutiös dargelegt. Darüber hinaus blieben Jack jedoch Details seines Lebens unbekannt. In Vancouver bewohnte jener ein bescheidenes Einzimmerappartement, trug, falls das Wetter dies erlaubte, bevorzugt T-Shirt und Jeans und lebte hauptsächlich für die Kryptologie. Jack wusste nur, dass George einem Faible für kaffeebraune Schönheiten frönte. Zuweilen hatte ihm der Partner eine der wechselnden Freundinnen vorgestellt. Über seinen Frauengeschmack ließ sich deshalb kaum Negatives äußern. Ansonsten kannte Jack nur dessen Abneigung gegen Geheimdiensttätigkeit, vor allem die der USA. Welchen Standpunkt er gegenüber China vertrat, lag in Dunkelheit. George verlor nie ein Wort über Politik und Jack fragte nie nach. Er bedauerte, ihn persönlich nur oberflächlich zu kennen. Deshalb verschloss sich ihm, welcherart Reaktion zu erwarten stand, wenn er von der Entführung Mels erfuhr. Bestand eine Chance, ihm den Eindruck eines leidenden Vater zu vermitteln? Nur Mitleid mit Mel versprach George zu bewegen, einen Verkauf K-Labs in Erwägung zu ziehen.

Sie entschlossen sich zu einer auf einer gesicherten Leitung geführten Videokonferenz. Wenn sich die Software schon unverkäuflich erwies, diente sie in diesem Fall einem praktischen Zweck. Zwar zöge Jack einen persönlichen Diskurs einem Telefongespräch vor, doch sah er zum gegenwärtigen Zeitpunkt von einer Reise nach Kanada ab. Dem Kompagnon einen Flug nach China aufzubürden, verbot sich ebenfalls.

George führte das Gespräch in seinem Büro, Jack im häuslichen Sekretariat.

»Long time no see«, grüßte der Partner in grammatikalisch inkorrekter Intonation, mittels der er Jack bevorzugt mit Spott überzog.

Auch der bediente sich zunächst eines nonchalanten Tons. Einige Minuten übten sie sich in trivialer Konversation.

Der Zeitverzug stellte bei solchen Gesprächen ein Hindernis dar. Um die Informationen zu verschlüsseln, benötigte die Software Zeit, weshalb nach jeder Gesprächspause die Zwiesprache für Millisekunden unterbrach. Mit der Zeit gewöhnte man sich an das Handicap. Ohne Bildübertragung blieben die Pausen kaum wahrnehmbar, doch wünschte Jack, seinem Gegenüber in die Augen zu blicken. Wenn sich schon ein persönliches Treffen verbot, suchte er zumindest Blickkontakt.

Schließlich drängte ihn der Partner, den Grund der Konferenz zu offenbaren. »Du kontaktierst mich gewiss nicht zur Erörterung des Wettergeschehens.«

Das sei korrekt, erwiderte Jack und legte seufzend eine Kunstpause ein.

Insofern sich George erschloss, dass offensichtlich ein für Jack bedrückendes Thema auf der Agenda stand, verfiel er in schweigende Kontemplation.

Schließlich brachte Jack Mels Entführung und seine Bemühungen, ihre Freiheit zu erwirken, vor. Die bereits bezahlte Million verschwieg er zunächst. Stattdessen beschrieb er mit bebender Stimme, wie gravierend ihn das Verbrechen persönlich traf.

Verständnisvoll nickend begehrte George zu erfahren, wie Jane die Situation erträgt.

»Obgleich ihr der Arzt ein Schlafmittel verschrieb, verbringen wir die Nächte überwiegend ruhelos. Während du den Drang verspürst, etwas zu unternehmen, das dir deine Tochter zurückzubringen verspricht, wartest du im Grunde nur auf das ersehnte Telefonat.«

»Wie viel fordern die Kidnapper denn, falls ich das fragen darf?«

Jack zögerte, verschwieg jedoch weiterhin das bereits gezahlte Lösegeld. Stattdessen erwiderte er: »Die erstreben mehr als Geld.«

Insofern er eine Erklärung zu erwarten schien, warf George fragende Blicke in die Kamera.

Schließlich fühlte sich Jack gedrängt, die Forderung der Geißelnehmer zu offenbaren.

»Die streben eine Übernahme K-Labs an?«, fragte George skeptisch nach.

»Ein Kaufpreis blieb allerdings bisher ungenannt.«

»Die zielen auf die Verschlüsselungssoftware ab.«

»Von dieser Annahme gehe ich aus.«

»Was versprechen die sich von dem Erwerb? Schließlich stünden sie vor dem gleichen Problem wie wir. Es sei denn …«

Nickend deutete Jack Bestätigung an. Er kannte dessen Ansichten über Spionage und Geheimdiensttätigkeit, weshalb er mit routinierter Gelassenheit seine Gedanken erriet.«

»Also stellt der chinesische Geheimdienst die treibende Kraft im Hintergrund dar, so dass sich ein Verzicht auf Einschaltung der Behörden anempfiehlt.«

»Das Militär«, spezifizierte Jack.

»Und deshalb verschleppen die dein Töchterlein?«

Jack beschrieb, wie sich die Geiselnahme vollzog. Demonstrativ erwähnte er auch die beiden toten Entführer. »Wie du siehst, schrecken die selbst vor einem Mord nicht zurück. Mein Gott, wenn ich bedenke, welches Ungemach Mel in der gegenwärtigen Lage widerfährt.«

»Du tendierst also, auf die Forderung einzugehen«, konstatierte George lapidar.

»Insofern mir keine Alternative bleibt. Die Befreiung Mels gilt mir als vorrangiges Ziel.«

Das erschloss sich auch dem Kompagnon.

Umgehend fügte Jack hinzu: »Ich kenne sämtliche Vorbehalte, die du hegst. Doch solltest du bitte verstehen, wir sprechen von meinem Fleisch und Blut. Was unsere Zusammenarbeit anbelangt, sähe ich die, dein Einverständnis vorausgesetzt, auf jeden Fall gern fortgesetzt. Möglicherweise bietet sich die Gründung eines anderen gemeinsamen Unternehmens an. Was finanzielle Fragen betrifft, warte ich zuerst das Angebot ab.«

»Das Ziel besteht offensichtlich in der praktischen Nutzung der Verschlüsselungstechnologie.«

»Was sonst?«

»Das versetzt sie jedem gegnerischen Dienst gegenüber in eine äußerst vorteilhafte Position.«

»George, ich respektiere und teile deine Ressentiments. Doch versuch bitte, auch meine Lage nachzuvollziehen. Sollte Mel ein Leid zugefügt werden, stünde ich vor dem Höllenschlund. Ich erfülle dir jeglichen Wunsch, wenn du dich mit einer Übernahme einverstanden erklärst.«

»Warten wir zunächst das Angebot ab«, erwiderte George in ausweichender Art, fügte allerdings sogleich hinzu: »Sei unbesorgt Jack, ich erteile jeder Vorgehensweise Konsens, die das Risiko für Mel minimiert und keine Gefahr für sie heraufbeschwört.«

Jack atmete erleichtert auf. Diesen Satz hatte er sehnsüchtig herbeigesehnt. »Ich danke dir, George. Ich halte dich über die weitere Entwicklung informiert.«

Während Jack den Partner zu einem Verkauf zu bewegen suchte, konferierte ich mit Mats. Jack hatte am Ende zögerlich zugestimmt, Max ins Vertrauen zu ziehen. Um sicherzustellen, dass wir die notwendige Unterstützung erlangten, wünschte ich zuerst mit Mats zu konferieren. Der kannte Max schließlich länger als ich. Er gab mir zu verstehen, dass Max' Integrität außer Zweifel stand. Gleichwohl stimmte er insofern mit mir überein, was den Erwerb einer Verschlüsselungstechnologie durch eine chinesische Militärorganisation betraf, seien dem Freund zweifellos die Hände gebunden. Max sei schließlich ein treuer Diener des Heimatlands, dessen Loyalität außer Zweifel stand.

»Auch wenn der unschuldige Mädchen entführt?«, konterte ich verstimmt.

»Nein solche Verbrechen billigt Max keineswegs. Sofern sich ihm eine Möglichkeit erschließt, darfst du bei der Befreiung Mels zweifellos Hilfe von ihm erwarten. Wenn du das begehrst, führen wir ein gemeinsames Gespräch mit ihm. Möglicherweise gelingt es mir, ihn zur Unterstützung zu bewegen.«

Nach Abwägung sämtlicher Optionen signalisierte ich Konsens.

Um die Mittagszeit begaben wir uns erneut in ein Restaurant in der Innenstadt. Allerdings bestand ich auf der Forderung, dass heute ich die Rechnung beglich.

Mats' Vermutung erwies sich korrekt: Max legte dar, wenn das chinesische Militär ein strategisch bedeutendes Unternehmen zu erwerben sucht, versage er sich eine Intervention. Gleichwohl stimmte er mit uns überein, Entführung oder gar Mord, rechtfertige in keinem Fall ein sicherheitstechnisches Kalkül.

Als ich ihm die vermutete indonesische Connection beschrieb, runzelte Max erneut die Stirn. Ihm sei bekannt, dass auf verschiedenen Ebenen Beziehungen nach Südostasien bestehen, allerdings frage er sich, warum sich jemand, um eine Firma in Kanada zu erwerben, eines Unternehmens in Jakarta bedient.

»Uns drängt sich die Annahme auf, die versuchen auf solche Weise eine Verbindung nach China zu verschleiern«, warf ich ein. Um dem Argument Nachdruck zu verleihen, eröffnete ich ihm die Details, die Jack aus Singapur erfahren hatte. Max versprach, er stelle seinerseits Nachforschungen an.

»Sollte es dir gelingen, einen chinesischen Militärangehörigen zu identifizieren, der mit dem Unternehmen in Verbindung steht, führt uns das möglicherweise auf die Fährte der Entführer.«

»Falls ein solcher Kontakt besteht, werden sie ihn möglichst zu verbergen suchen, befürchte ich. Und bei Untersuchungen im

Dunstkreis des Militärs sehe ich mich grundsätzlich zur Zurückhaltung gedrängt.«

Während wir noch tafelten, nahm unser kurioser Freund einen Anruf entgegen. Er lauschte mit grimmiger Mimik, doch erhellte sich umgehend sein Mienenspiel. Nach Beendigung des Gesprächs verkündete er: »Soeben haben wir den Standort Shenyang zweifelsfrei identifiziert. Der Entführer hat Jack erneut kontaktiert. Gleichwohl unterlief ihm der Fehler, sich desselben Mobiltelefons wie beim ersten Mal zu bedienen. Deshalb gelang es uns, den Ausgangsort des Anrufs zu bestimmen. Für eine detailliertere Standortbestimmung fehlte jedoch leider die Zeit. Damit konzentriert sich hinfort die Suche auf Zhang Ning. Vermochte dein Auftraggeber inzwischen mithilfe seiner Freunde mehr über ihn in Erfahrung zu bringen?«
    »Bisher verlief die Recherche, soweit ich weiß, ergebnislos.«

Als ich umgehend Jack kontaktierte, bestätigte er einen weiteren Anruf von Mr. Telefonstimme. »Der hat offiziell verkündet, dass Hammala Trading aus Jakarta hinfort in seinem Auftrag die Verhandlungen führt. Ein Vertragsentwurf gehe mir in den nächsten Tagen zu.«
    Als ich ihn fragte, ob den Freunden Informationen über Zhang Ning zu sammeln gelang, verneinte er. Gleichwohl verkündete er, um die Dringlichkeit der Angelegenheit zu unterstreichen, insistiere er weiterhin. Auch ihm erschloss sich inzwischen, dass die Spur eindeutig nach Shenyang zu führen schien. Bei der Mobilfunkortung am dortigen Flughafen mochte es sich noch um einen Zufall gehandelt haben, der heutige Hinweis auf die Stadt schuf endlich Gewissheit bezüglich des Aufenthaltsorts.

Als ich eine Stunde später erneut Jacks Büro betrat, lauschten wir gemeinsam der Bandaufnahme des Telefonats. »Präsident Yang, ich setze Sie hiermit in Kenntnis, dass das Angebot aus Jakarta in meinem Namen erfolgt. Bitte führen Sie die Verhandlungen mit den Herren möglichst zu einem raschen Erfolg, der Ihrer Tochter umgehend zur Freiheit verhilft.«

Indem Jack energisch unterbrach, verlangte er mit Mel zu sprechen. »Keine Bandaufnahme. Ich bestehe auf direktem Kontakt.«

Der Entführer erwiderte, Jack befinde sich keineswegs in einer Position, die ihm Forderungen zu stellen erlaube, gleichwohl erklärte er sich bereit, Jack einige Worte mit der geliebten Tochter zu gewähren.

Ich wies ihn auf einen bedeutsamen Umstand hin: »Fiel dir auf, dass sich die Länge der Telefonate verkürzt? Offensichtlich befürchtet er, dass uns eine Ortung gelingt.«

Grinsend erwiderte Jack: »Andererseits lässt er die notwendige Wachsamkeit vermissen. Er benutzt mehrfach das gleiche Gerät.«

Liu Wei legte dar: »Mir bleibt zwar verschlossen, welche Technik dein Freund zur Anwendung bringt, doch gehe ich von der Annahme aus, dass eine Ortung zügiger erfolgt, wenn wir die Nummer des Anrufers kennen.«

»Dann setzen wir Hoffnung auf die Möglichkeit, dass er das Mobiltelefon ein weiteres Mal benutzt. Wenn du ihn ein wenig hinzuhalten verstehst, findet Max möglicherweise den exakten Aufenthaltsort heraus. Was hältst du im Übrigen von der Idee, dass ich nach Shenyang reise, um mich dort angelegentlich umzusehen?«

»Das erhöht das Risiko für Mel«, erwiderte Jack. »Wenn dort ein Ausländer vermeintlich diskrete Fragen stellt, werden die Entführer womöglich gewarnt. Lass mich zunächst noch weiter recherchieren. Finden wir eine konkrete Spur, kannst du immer noch intervenieren. Die Ermittlung vor Ort überlass bitte meinen Freunden oder mir. Mels Sicherheit bleibt unser oberstes Gebot.«

Notgedrungen willigte ich ein. Gleichwohl verdammte er mich zu erneuter Untätigkeit.

Offensichtlich erkannte er die aufkommende Verstimmung

meinerseits, weshalb er von seiner Videokonferenz mit George Washington zu berichten begann.

»Dann willigt er in den Verkauf von K-Lab ein?«

»Er deutete zumindest Zustimmung an. Ich glaube, ich vermag ihn zu überzeugen. Zuerst möchte ich allerdings die Details der Transaktion in Erfahrung bringen. Wenn das der Wahrheit entspricht, was der Entführer am Telefon verkündet hat, wissen wir in den nächsten Tagen mehr.«

»Vor allem die Kaufsumme«, warf ich ein.

»Geld interessiert mich nur nebenbei. Das Hauptziel besteht in dem Begehren, Mel unverzüglich den Klauen der Verbrecher zu entreißen. Ob ich bei dem Geschäft einen finanziellen Verlust erleide, erachte ich als zweitrangiges Kriterium.«

Während ich mich zu einem Kaffee auf die Terrasse begab, telefonierte Jack ein weiteres Mal mit der Mafia. Offensichtlich sah er sich Vorbehalte zu überwinden gedrängt, denn er kehrte erst nach dreißig Minuten zurück.

»Meine Freunde bestätigen, in Shenyang agiert tatsächlich ein Ganove namens Zhang Ning. Er gibt sich zwar als seriöser Geschäftsmann aus, der mit weltmännischer Bildung prahlt und angeblich fließend Englisch spricht, gleichwohl bewegen sich die Geschäfte, die er zu tätigen pflegt, jenseits der Grenze der Legalität. Allerdings arbeitet er in einem Bereich, der die Umtriebe meiner Freunde nur am Rande tangiert, weshalb man ihn bis dato gewähren ließ.«

»Kennen sie seinen Aufenthaltsort oder wissen zumindest, an welchem Ort er sich aufspüren lässt?«

»Leider nein. Wie gesagt, interessierte er sie bisher nur marginal. Gleichwohl sagt man ihm enge Beziehungen zu den Streitkräften nach. Angeblich entstammt er der Armee. Weiterhin wurde mir mitgeteilt: Die Militärs unterhalten dort eine geheimnisumwobene Mission, allerdings mit unbekanntem Ziel. Einzelheiten zu erfahren, blieb meinen Freunden zwar verwehrt, doch gehen sie von der

Annahme aus, dass den Jungs in Uniform annähernd unbegrenzte Mittel zur Verfügung stehen, ein Umstand, der einen Mann wie Zhang zweifellos verlocken mag.«

»Das passt ins Bild. Findest du nicht, es könnte sich als nützlich erweisen, mich dort ein wenig umzuhören. Falls du Bedenken hegst, ich gehe zu unbefangen vor, darfst du mir gern einen Führer zur Seite stellen.«

»Ich fürchte nur, in einer Stadt wie Shenyang fällt auf, wenn ein Ausländer nach einem chinesischen Ganoven Ausschau hält. Doch wenn es dich unumstößlich in den Nordosten zieht, möchte ich deinem Tatendrang nicht im Wege stehen. Ich organisiere dir für den Aufenthalt einen Babysitter. Wann gedenkst du, die Reise anzutreten?«

»Um keine Zeit zu verlieren, am morgigen Tag.«

»Okay, meine Sekretärin bucht einen Flug und ein Hotel für dich. Zwar gewährt dir zweifellos auch die Mafia Unterkunft, doch wahre bitte nach Möglichkeit ein Mindestmaß an Distanz.«

Kapitel 19

Auf der Fahrt zum Flughafen diente mir Liu Wei – ich hatte ihn längere Zeit nicht gesehen – abermals als Chauffeur. Dankenswerterweise hatte Jacks Sekretärin Erste-Klasse-Tickets für mich gebucht, ein Faktum, das mir die Warteschlangen beim Einchecken und an der Sicherheitskontrolle zu ersparen versprach. Und ein weiterer Glücksfall traf mich an diesem Tag: Die Maschine startete ohne Verspätung, in China eine Rarität.

Die First-Class-Kabine verfügte insgesamt nur über acht Sitzplätze, die ich mir mit nur einem einzigen Passagier teilte, der während des Flugs offensichtlich vermissten Nachtschlaf nachzuholen trachtete.

Ich verbrachte die Zeit, in trübsinnige Gedanken an frühere Aufenthalte in der Stadt verstrickt, die bei Europäern den Namen Mukden trägt. Die gesamte Provinz Liaoning wird von der Schwerindustrie geprägt: notleidende Staatsbetriebe, laienhaft von Parteifunktionären geführt, die, wenn sich die Beschäftigten der Erwerbslosigkeit ergeben, gleichzeitig als Sozialamt agieren. Jeder dieser heruntergekommenen Kolosse unterstützt ein Heer freigesetzter Arbeitnehmer, trägt Sorge für Wohnraum, grundlegende medizinische Versorgung und Bildung auf Minimalniveau. Legionen Arbeitslose streichen jahrelang Unterstützung ein, erzielen gleichwohl noch einen Nebenverdienst. Ich hatte von einem Fahrer gehört, der zehn Jahre ein privates Taxiunternehmen betrieb, während sein früherer Arbeitgeber ihn vergeblich zu kündigen versuchte. Eine Region voller Widersprüche, Probleme, Armut und im wahrsten Sinne des Worts atemberaubender Verschmutzung der natürlichen Ressourcen. Die verrottenden Industriebetriebe entlassen ungefiltert Abgase in die Luft, verpesten Wasser und Land. Bauern ernten Getreide, das mit Schwermetallen belastet neben Chemiefabriken gedeiht, ein Faktum, an dem niemand Anstoß zu nehmen scheint.

Mit anderen Worten: Shenyang galt mir als ein wenig verheißungs-voller Ort. Dass die Stadt der Mafia als Basis diente, erachtete ich als ein Symbol für ihre Lebensqualität. Mit gemischten Gefühlen stand mir ein erster direkter Kontakt mit der Welt des Verbrechens bevor.

Jack hatte mir vor der Abfahrt versichert, eine Abholung am Flug-hafen sei garantiert. Deshalb blieb mir zumindest das Feilschen mit unverschämten Taxifahrern erspart, die bei Fremden insistieren, das Taxameter ausgeschaltet zu lassen und stattdessen Wucher-preise zu verlangen. Frühere Aufenthalte standen mir warnend in Erinnerung. Andererseits sehnte ich mich keineswegs nach der Ehre, in einer Stretchlimousine die Stadt zu durchqueren.

Kaum verließ ich den nur Passagieren vorbehaltenen Sperrbe-reich des Terminals, zwängte sich ein junger Mann unter Einsatz der Ellenbogen an den Massen auf ankommende Reisende Wartenden vorbei und riss mir den Koffer aus der Hand. Hätte er sich nicht als mein Empfangskomitee identifiziert, sähe ich mich das Gepäck mit Elan zu verteidigen gedrängt. Er trug eine modische Leinenhose, eine leichte Sommerjacke und ein hellblaues Hemd, ein Outfit, in dem er keineswegs das Bild eines Ganoven verkörperte. Zudem bediente er sich eines fließenden englischen Idioms von einem dezenten amerikanischen Akzent durchwirkt. Ich erfuhr, er habe in Kalifornien ein Physikstudium absolviert. Diente er der Mafia etwa als technisches Beratertalent? Auch die Befürchtung, man erwar-tete mich mit einer Luxuskarosse, erwies sich als verfrüht. Er verlud mein Gepäck im Kofferraum einer japanischen Mittelklasselimou-sine und wies mir einen Platz auf der Rückbank zu. Dann setzte er sich neben mich und nannte dem Fahrer das Ziel.

Während der Fahrt in die Innenstadt offenbarte er mir seinen Fa-miliennamen Ma. Der Vorname blieb ungenannt. Entsprang das in diesen Kreisen möglicherweise einem berufsbedingten Kalkül? Auf Nachfrage erfuhr ich, bei dem Wagen handle es sich um eines der zahlreichen inoffiziellen Taxen. Ich enthielt mich der Rückfrage, ob er von einem Unternehmen des Familienclans sprach. Auf dem Flug hatte ich mich gefragt, welche Themengebiete ich bei den Kontakten hier klugerweise mied. Fragen nach dem beruflichen Betätigungsfeld verboten sich schließlich per se.

Allerdings enthob mich Ma der Peinlichkeit, unpassende Themen aufzuwerfen. Er versicherte, im Grunde hätte mich die gesamte Familie gern kennengelernt, doch habe man sie strengstens angewiesen, er bleibe mein einziger Kontakt vor Ort. Sprach er etwa von Jack? Suchte der mich abzuhalten, in die Welt des Verbrechens einzutauchen? Zudem laute der Befehl, jegliches Aufsehen zu vermeiden. Die Anweisung hatte mir offenbar die Luxuslimousine erspart.

Der Fahrer chauffierte uns zu einem überraschend modernen Hotelbetrieb. Mittels eines Blicks auf die Uhr konstatierte Ma, mich plage gewiss ein nagendes Hungergefühl. Nach Bezug meines Zimmers lade er mich zu einem Mittagsmahl. Zudem fragte er, ob ich einem chinesischen oder westlichen Lunch den Vorzug gebe. Um einem ausgedehnten Gelage zu entsagen, erwiderte ich: »Das Hotel verfügt doch zweifellos über einen Coffeeshop, der uns die Einnahme bekömmlicher Kost erlaubt.«

Statt mich zur Rezeption zu geleiten, rief er einen an der Eingangstür wartenden Pagen heran, der umgehend das Gepäck übernahm. Unverzüglich eilte ein Hotelangestellter herbei und begrüßte mich konziliant. Die Formalitäten erledige man auf dem Gästezimmer, das zu meiner Verwunderung aus einer umfänglichen Suite, kaum kleiner als die Unterkunft in der Yang'schen Villa bestand. Ich unterschrieb ein bereits ausgefülltes Anmeldeformular und reichte dem Angestellten den Pass. Hatte ich jedoch erwartet, er eile umgehend zu einem Kopiergerät, sah ich mich getäuscht. Stattdessen zog er ein Gerät kaum größer als ein Mobiltelefon aus der Tasche und strich damit über das Dokument, eine Prozedur, die die Anmeldeformalitäten zu komplettieren schien.

Herr Ma wartete unterdessen im Foyer. In der Annahme, dass die Anmeldung wie in anderen Hotels geraume Zeit in Anspruch nähme, hatte ich ihm versichert, ich sei in etwa zwanzig Minuten zurück.

»Nehmen Sie sich Zeit«, hatte er betont.

Die nutzte ich zur Inspektion des Quartiers, das aus einem Empfangsraum mit eigener Toilette und Bad bestand. Daran schloss sich ein Raum an, dessen Verwendungszweck sich mir einstweilen verschloss. Von dort gelangte man zum einen in ein weiteres Bad, zum anderen in ein Büro, das wiederum eine Tür mit einem Schlafzimmer verband. Selbstverständlich verfügte auch das Schlafgemach über ein eigenes Bad. Ich hoffte nur, mir bleibe in dem Labyrinth irrezugehen erspart. Zudem galt es, jeden Morgen eine Entscheidung zu treffen, welcher Dusche ich den Vorzug gab. Mein Koffer stand bereits auf einem Gestell. Auf dem Couchtisch daneben entdeckte ich je eine Flasche Cognac, Whisky und Wein. Eine potenzielle Verdurstungsgefahr schien damit gebannt.

Nach Beendigung der Inspektion wandte ich mich dem Ausgang zu. Aufgrund der fortgeschrittenen Stunde plagte mich ein nagendes Hungergefühl. Ma erwartete mich wie versprochen im Foyer und erkundigte sich, ob ich mein Zimmer hinreichend komfortabel empfand. Als ich ihm das Labyrinth von Räumen und Bädern beschrieb, versicherte er konziliant, sein Vater habe ein Upgrade erwirkt. Hielt die Mafia etwa Anteile an dem Hotelbetrieb? Eine weitere Frage, bei der ich klugerweise nicht auf eine Antwort bestand. Leider hatte mir Jack einen Benimmkurs für Gangsterkreise zu erteilen versäumt.

Der Coffeeshop präsentierte sich annähernd gästefrei. Wir suchten uns einen Tisch im hinteren Bereich, der eine ungestörte Unterhaltung zu gestatten versprach. Ich bestellte Sandwich und Salat, Ma entschied sich für ein italienisches Nudelgericht. Während wir auf die Speisen warteten, fragte Ma: »Ist Ihnen die Stadt bekannt?« Obgleich ich bejahte, ließ ich Details früherer Aufenthalte unerwähnt. In den letzten Jahren hatte ich mir Besuche in der Provinzhauptstadt versagt.

Auch das überraschenderweise professionell zubereitete Mahl verbrachten wir mit Small Talk. Erst zum Kaffee fühlte sich Ma bemüßigt, mir in Grundzügen Teilhabe an seinem Leben zu gewähren. Ich erfuhr, der Vater sei Jurist. Diente er der Mafia etwa als Rechtsbeistand? Ein Rechtsgelehrter in einem Land, in dem sich niemand an Gesetze hält.

Solche Gedanken ließ ich jedoch unerwähnt. Stattdessen fragte ich: »Unterhält Ihr Senior eine Anwaltskanzlei?«

Der junge Mann ließ ein herzliches Lachen erschallen, wobei er weißblinkende Zähne erkennen ließ. »Nein, der alte Herr übt keineswegs den Rechtsanwaltsberuf aus.«

Blieb die Frage, welcherart Aufgaben ein Jurist in diesem Milieu übernahm? Erstellte er Rechtsgutachten für seine Klientel, vermittelte den Mandanten, welche Strafe auf ein spezifisches Verbrechen stand?

Offenbar erschloss sich Ma, dass es mir an Hintergrundwissen gebrach.

»Kennen Sie Fushun?«, begann er das Seminar.

Und ob ich die Stadt kannte! Zu meinem Leidwesen hatte ich sie mehrfach besucht. Mit ihren circa 1,2 Millionen Einwohnern stand sie mir allerdings als dreckiges Loch in Erinnerung, in dem die Zeit stillzustehen schien. Sie hatte weithin für zwei Dinge Berühmtheit erlangt: Zum einen befand sich dort die Haftanstalt, in der der letzte Kaiser Chinas jahrelang eingekerkert gesessen hatte. Für die Tatsache, dass ihn die Japaner zum Marionettenkaiser über die Mandschurei ernannt hatten, verbüßte er unter dem kommunistischen Regime eine langjährige Haft. Das Gefängnisgebäude diente bis zum heutigen Tag als Strafanstalt, weshalb eine Besichtigung nur über den Umweg einer Straftat in Frage kam. Zum anderen zeichnete sich der Ort durch die weltweit größte offene Kohlemine aus. Ein gewaltiges schwarzes Loch inmitten der Innenstadt, in dem eine Raffinerie allmählich versank. Die Grube galt heute als weitestgehend ausgebeutet. Man hatte mir erzählt, in den Hochtagen der

Fushuner Kohle, lag die komplette Stadt unter einer zentimeterdicken Schicht Kohlestaub. Allseits verkehrten hochbeladene Kohlelaster und Güterwaggons.

Vornehmlich die damals reichlich vorhandenen Kohlevorkommen zogen die Schwerindustrie an. Stahlwerke, Aluminiumhütten, sämtliche Industriezweige, die Dreck und stinkenden Qualm erzeugten, konzentrierten sich an diesem Ort. Die Stadtmitte ziert auch heute noch ein Großkraftwerk, das die Stadtbewohner und Industrie mit Strom versorgt. Das speit Tag und Nacht dunkle Rauchwolken aus. Ein reizender Ort, der jedem lebhaft vor Augen führt, zu welch zerstörerischen Werken sich der Mensch befähigt fühlt.

Statt ihm die persönlichen Eindrücke zu schildern, antwortete ich: »Ja, ich kenne Fushun.«

Ma ließ ein Lächeln erkennen. »Dort begründete mein Vater einst seine Karriere.«

Hatte er etwa in der Jugendzeit im Kohlestaub gewühlt?

Ma berichtete, sämtliche staatlichen Betriebe – private Unternehmen blieben von Anbeginn dem Untergang geweiht – generierten Verlust. Weshalb sich das Stahlwerk außerstande sah, die dringend benötigte Kohle so wenig wie den Strom zu bezahlen. Die Kohlegrube schuldete den Arbeitern den wohlverdienten Arbeitslohn. Die Rohstofflieferanten der Aluminiumhütte ebenso wie die der Raffinerie warteten vergeblich auf Geld. Da sich sämtliche Betriebe in der Hand des Staats befanden, verbot sich ein Konkurs. Bisweilen schoss die Regierung Barmittel zu, doch niemals genug, um die Wirtschaft wiederzubeleben. Aus dieser Not entwickelte sich ein System der Tauschwirtschaft. Das Stahlwerk bezahlte die Kohlegrube mit einem Papier, das eine Quote an dem verkauften Stahl versprach. Genauso verfuhren sämtliche Großbetriebe der Stadt mit dem Resultat einer Versprechensinflation. Wie erschloss sich den Kohleförderern, ob dem versprochenen Anteil am Stahlhandel eine realistische Zahl zugrunde lag? Wer kannte sich mit Absatzmengen und Preisen für Aluminium aus?

Die Betriebe benötigten einen *unabhängigen* Moderator, der die zahlreichen Versprechungen zu koordinieren verstand und garantierte, dass nicht alle mit leeren Händen endeten. Damals diente Ma senior offenbar wie fast alle Bürger der Stadt dem Staat. Das Juradiplom, wo auch immer er das erworben hatte, befähigte ihn nach Ansicht der Oberen, die Geschicke der Fushuner Wirtschaft zu koordinieren. Damit avancierte er zu einem mächtigen Mann. Nur ihm oblag es, die Summen zu errechnen, welche die zahlreichen Papiere zierten. Ob er der Aufgabe nach bestem Wissen und Gewissen nachzukommen geruhte oder eigene Ziele verfolgte, blieb unerwähnt. Selbst wenn er sich bemühte, vermochte er einen Umstand jedoch nie zu ignorieren. Die tausende Tonnen Stahl, die das Stahlwerk versprach, erreichten den Kunden niemals in zugesagter Höhe und Qualität. Ebenso wenig die Kohle, das Aluminium und all die anderen Produkte, die an dem System partizipierten. Bei jeder Lieferung galt es zahllose offene Hände zu füllen, angefangen beim Lieferanten, dessen Verkaufsabteilung, dem Management, den Transportunternehmen bis zu den Fahrern, beim Kunden jeweils etliche Abteilungen hinauf und hinab. Jedermann bereicherte sich, bis auf die Besitzer der Werke: der Staat. Dessen Repräsentanten füllten sich zwar besonders unverfroren die Taschen, das Regierungssäckel hingegen blieb weiterhin leer.

Da Ma die Vorlesung anschaulich hielt, und bereitwillig Zwischenfragen akzeptierte, erschloss sich mir der dargebotene Wissensstoff. Überdies deckten sich seine Beschreibungen mit Beobachtungen meinerseits. Jeder sprach von Bekämpfung der Korruption, um sich im eigenen Tätigkeitsfeld nur umso dreister die Taschen zu füllen. Das System führte sich selbst in den Untergang.

Der zweite Teil des Seminars beschäftigte sich mit dem Aufstieg des Vaters und blieb schon aus persönlichen Gründen in manchen Bereichen diffus. Zwischenfragen sah Ma zwar nicht ausdrücklich als verboten an, doch ließen mich die Antworten meist mit einem Fragezeichen zurück.

Verstand ich Ma Junior korrekt, schien das Moderatorentalent des Seniors abermals gefragt. Hinfort regelte er statt der versprochenen Anteile an Stahlverkäufen, Kohle, Strom oder Aluminium, die Verteilung des Bestechungsgelds. Aus naheliegenden Gründen wurden die Vereinbarungen nicht mehr schriftlich fixiert. Naturgemäß kamen bei Absprachen solcher Art oft sogenannte Missverständnisse auf. Jeder Beteiligte behielt, was den eigenen Anteil betraf, eine höhere Zahl im Hinterkopf. Ma Seniors Aufgabe bestand in dem Bestreben, den Mitspielern des Monopolyspiels die jeweiligen Quoten in Erinnerung zu rufen. Das erforderte nicht nur Überzeugungskraft, sondern oft sanften, im Einzelfall auch physischen Druck. Zuweilen ergab sich die Notwendigkeit, einen Teilnehmer mit besonders löchrigem Erinnerungsvermögen aus dem Spiel zu nehmen. So diktierte Herr Ma, wie viel in wessen Taschen floss, ein Umstand, der manchen Mitspieler bewog, seine Freundschaft zu suchen, bei anderen jedoch Rachegefühle heraufbeschwor. Zum persönlichen Schutz unterhielt er hinfort eine kleine Armee, welche die eigene Unversehrtheit garantierte und Rachegelüste etwaiger Widersacher in Grenzen hielt. Nebenbei entwickelte sich die Familie Ma zu einem wohlhabenden Clan. Sie verließ Fushun und atmete in Zukunft stattdessen die geringfügig reinere Luft Shenyangs ein. Naturgemäß erstreckten sich die wirtschaftlichen Interessen Mas in der Folge ebenso auf die Belange der Provinz.

Ließ der zweite Teil des Seminars gegenüber dem ersten schon Klarheit vermissen, so ließ mich Nummer drei weitestgehend in dichtem Nebel zurück. Den Bericht über den Aufstieg der Familie hatte Ma Junior im Perfekt formuliert. Bei Teil drei wechselte er allmählich zur Gegenwartsform, doch schien der Wechsel vage. Insbesondere blieb unbeantwortet, ob Ma Senior das in Phase zwei beschriebene System weiterführte.

Mir erschloss sich nur, dass die Sippschaft unvermittelt auf Ehrlichkeit bestand, wobei sie im Grunde auf Ehrbarkeit abzuzielen begann. Das in der Vergangenheit, möglicherweise auch in der

Gegenwart erwirtschaftete Kapital rief nach Anlagemöglichkeiten, von denen man sich Zinsen versprach. Verstand ich Ma Junior korrekt, expandierte die Familie hinfort im legalen Bereich, dabei fand der Vater in den Augen des Sohns zur ursprünglichen Profession zurück. Ob sich auf diese Weise auch die Schutztruppe erübrigte, blieb unerwähnt.

Offensichtlich kam in Phase drei der Ma'schen Unternehmensentwicklung Jack Yang ins Spiel. Ich meinte, mich zu erinnern, dass er, als wir uns über den Ma-Clan unterhielten, von einer schlagkräftigen Truppe gesprochen hatte. Daraus schloss ich, wenn auch nur indirekt, der Wirtschaftszweig Nummer zwei leiste weiterhin einen Beitrag zur Familienbilanz. Flossen aus Fushun und umliegenden Gemeinden – dem Vernehmen nach war der Clan inzwischen provinzweit aktiv – der Familie anrüchige Barmittel zu, so verwandelte sich das Kapital mit Jacks Hilfe zu sauberem Geld. Ob Ma auch Steuern entrichtete, thematisierten wir nicht. Ich bezweifelte zumindest, dass die Steuerlast dem Staat in voller Höhe zugutekam. Schließlich brachten ihn die Geschäfte auch in Kontakt mit den Oberen der Provinz. Womöglich garantierte der Provinzgouverneur, dass die Steuerbehörde bei Ma eine unverhältnismäßig penible Prüfung unterließ.

Da ich jetzt die wirtschaftliche Basis der Familie kannte, fragte ich Ma Junior nach seiner Tätigkeit im Familienkonzern. Möglicherweise widmete er die eigene Arbeitskraft und Erfahrung als studierter Physiker einem Unternehmen aus Phase drei.

Ich erfuhr nur, dass bei der gegenwärtigen Profession physikalische Formeln eine untergeordnete Rolle spielten. Die Antwort auf die Frage, welcher Erfahrungsschatz vonnöten sei, blieb er mir schuldig. Woraus ich schloss, dass der Junior in seiner derzeitigen Ausbildung zum Ganoven soeben den Werdegang des Vaters in Phase zwei nachvollzog. Möglicherweise eröffnete sich ihm bei Bewährung in Zukunft der Einstieg in die legale Seite des Konzerns.

Die Schilderung der wirtschaftlichen Strukturen der Familie zog sich den gesamten Nachmittag hin. Er schlug eine Einladung zum Abendessen vor, gewährte mir allerdings zuvor eine Auszeit zur Regeneration. Die nutzte ich, um die Ohren einer Reinigung zu unterziehen, insofern die an diesem Tag allerhand Unrat ausgesetzt blieben.

Kapitel 20

Statt mir nur die Ohren zu waschen, unterzog ich die Hightech-dusche des Etablissements einem Praxistest. Ohne Studium der Ingenieurswissenschaften gelang es mir allerdings nur, den verschiedenen Duschköpfen pulsierende Wasserstrahlen zu entlocken. Insofern sich die versprochene Massagewirkung marginal erwies, griff ich auf die traditionelle Dusche zurück. Das Duschgel verströmte dagegen einen intensiven Blütenduft, der mich hoffen ließ, dass kein Bienenschwarm den Verlockungen des Odeurs erlag. Als ich um sieben Uhr aromenumflo't die Halle betrat, bewies Herr Ma hinlängliches Anstandsgefühl, um sich ein Naserümpfen zu versagen.

Er stellte verschiedene Restaurants zur Wahl. Wir entschieden uns für ein Etablissement, das die lokale Küche in Form kräftiger Speisen mit opulent verwendeter Sojasauce repräsentierte. Auf der Fahrt – der gleiche Fahrer wie am Vormittag chauffierte uns – reservierte Ma telefonisch einen Tisch, der sich, wie zu erwarten stand, in einem separaten Raum befand. Das Restaurant lag in einem einstöckigen traditionellen Gebäudekomplex von außen kaum als solches zu erkennen. Auf Laufkundschaft legte man hier offenbar wenig Wert.

Mein Mafiabegleiter übernahm die Bestellung, vergewisserte sich allerdings, wie weit ich als Ausländer die Exotik der Speisen ertrug. Seegurken und skurriles Getier blieben deshalb von der Tafel verbannt. Wir tranken Bier und den unvermeidlichen chinesischen Feinsprit. Im letzten Moment vermochte ich ihn zur niederprozentigen Variante zu überreden, wobei das fünfunddreißigprozentige Destillat immer noch ein heftiges Brennen im Hals hinterließ. Zudem forderte ich, dass wir das Feuerwasser in verträglichen Dosen durch die Kehlen rinnen ließen und ein Bacchanal ausgeschlossen blieb.

Über den Vorspeisen stellte ich bedachtsam Fragen zu anderen Mafiafamilien der Stadt.

Ma Junior fühlte sich bemüßigt, mir den Ausdruck Mafia in allen Details zu vermitteln. Seines Wissens bezeichne das Wort eine italienische Verbrecherorganisation. Diese Definition lasse sich nur indirekt auf chinesische Verhältnisse übertragen, beteuerte er.

Mit Interesse erwartete ich eine Interpretation, die mir das Ma'sche Unternehmen gewiss als gemeinnützige Organisation zu schildern versprach. Stattdessen brachte er die Geschichte eines Freunds zu Gehör.

»Die Familie stellt Elektrogeräte her, wobei sie sich auf den Bedarf industrieller Kunden spezialisiert. Pumpen für Säure, Rührwerke für giftige Substanzen und ähnliche Applikationen. Das Geschäft floriert. Sie erwarben sich in der Branche einen ausgezeichneten Ruf. Kontinuierlich weiteten sie das Tätigkeitsfeld auf weitere Produkte aus. Im letzten Jahr stießen sie auf einen Betrieb, der Elektromotoren mit einem speziellen Getriebe benötigt. Normalerweise stellen sie Kleinserien her, doch der Kunde verlangte Großserienproduktion. So entwickelte der Clan ein geeignetes Spezialprodukt, das den Bedarf zu befriedigen versprach. Der Abnehmer lobte die Qualität und Zuverlässigkeit, die Familie des Freunds verdiente ordentliches Geld. Alle schienen zufriedengestellt, bis eines Tages die Gewerbepolizei bemängelte, er besitze keine Genehmigung zur Herstellung eines solchen Produkts. Können Sie das verstehen?«

Ich blieb zwar weit von einem Verständnis entfernt, wusste jedoch immerhin, wovon er sprach. In China durchläuft jeder Betrieb einen gestrengen Anmelde- und Genehmigungsprozess, der sich über Jahre hinzuziehen pflegt. Im Verlauf des Verfahrens muss der Unternehmer im Detail spezifizieren, welches Produkt hergestellt werden soll. Zwar bestand die Möglichkeit einer späteren Änderung des Produktportfolios, in der Praxis wurden solche Genehmigungen allerdings nur in Ausnahmefällen erteilt. Für mich zeigte eine derartige Regelung nur die Starrsinnigkeit der Behörden, die

die Innovationskraft der Wirtschaft lähmte. Deshalb antwortete ich: »Ich glaube ich weiß, was Sie thematisieren.«

Er fuhr fort: »Die neuerrichtete Produktionslinie stellte die Arbeit ein, der Betrieb wurde zu einer Geldstrafe verurteilt und mein Freund konnte sich glücklich schätzen, dass sich der Fortbestand des Unternehmens als Ganzes bewahren ließ. Da er jedoch über Nacht keine Motoren mehr lieferte, verklagte ihn der Kunde auf Schadenersatz. Und wer fand eine Lösung für ihn? Eine Familie, die Sie als der Mafia zugehörig bezeichnen würden. Die stellte dem Freund eine Produktionshalle auf dem Land zur Verfügung, half ihm seine Maschinen dort zu installieren und unter ihrer Protektion, die Produktion fortzuführen. Inzwischen ernährt der Betrieb zwanzig Einwohner des Dorfs, die endlich ein Auskommen finden. Gewiss, gestreng nach chinesischem Gesetz gilt das als illegal. Deshalb bezeichnet man Leute wie uns als kriminell. Da wir traditionell die Familienbande propagieren, verleiht man uns die Bezeichnung Mafia. In einem anderen Land würden wir für solche Dienstleistungen Ehrungen erwarten. Wenn wir uns um die vernünftigen Belange der Bürger bemühen, spricht man in China hingegen von einer Verbrecherorganisation. Die für die Leistungen bezogene Vergütung bezeichnet man als Erpressungsgeld. Mein Freund bezahlt jedoch, ohne zu murren. Er fühlt sich in keinster Weise ausgepresst. Dank Organisationen wie der unsrigen überlebt sein Betrieb.«

»Und alle Familien ... sagen wir all Ihre Kollegen ... arbeiten mit einem vergleichbaren Business-Modell?«, fragte ich.

Ma Junior hob sein Glas und forderte mich zum Austrinken auf. Danach führte er kryptisch aus: »Wie überall auf der Welt treten auch bei uns schwarze und weiße Schafe auf.«

»Und mit was beschäftigen sich die schwarzen?«

»Mit Tätigkeiten, die Sie, ich, mein Vater und viele Kollegen verschmähen. Da wir jedoch alle nicht als gesetzestreue Bürger gelten, bleibt uns keine Möglichkeit, gegen tatsächliche Verbrechen vorzugehen. Wir können höchstens Abstand zu solchen Auswüchsen wahren. In manchen Fällen zwingt uns das Schicksal, mit Familien, deren Umtrieben wir distanziert gegenüberstehen, zu kooperieren. Bitte bedenken Sie, wir gelten alle als Missetäter, die in der Illegalität operieren.«

»Die gewiss über Möglichkeiten verfügen, sich einer Strafverfolgung zu entziehen«, gestattete ich mir einzuwerfen.

»Wir wollen alle überleben«, erwiderte er mit einem um Vergebung werbenden Lächeln auf den Lippen. »In der freien Wirtschaft schließen Sie eine Haftpflichtversicherung ab. Doch solche Policen sind in einem Gewerbe wie dem unsrigen unbekannt. Wir sichern uns auf unmittelbare Weise ab.«

Was er verschwieg, doch gleichwohl zum Ausdruck zu bringen begehrte, war: Wie alle Kollegen schmierten die Mas Behördenvertreter, Polizei, selbst die Regierung. Es würde jedoch eine Unhöflichkeit darstellen, ein solches Faktum offen zu thematisieren, weshalb auch ich mein Glas erhob und auf das Wohl des gesamten Familienverbands trank.

Danach wechselten wir das Sujet und plauderten über die exquisiten Speisen des Lokals sowie die wirtschaftliche Situation der Gastronomie. Beiläufig fragte ich nach, ob die Familie Ma auch im Restaurant- und Bargeschäft Betätigung fand. Nachtclubs und Etablissements zur Befriedigung anderer Triebe ließ ich unerwähnt, wusste jedoch, dass in Shenyang auch diese Branche einen Aufschwung durchlief.

»Natürlich unterstützen wir auch in solchen Bereichen unsere Freunde, wenn sie in Not geraten.«

Mir drängte sich unmittelbar das Wort *Schutzgelderpressung* auf, doch nach der Schilderung der Vorgehensweise der Clans, fehlte mir ein Kriterium, um zu entscheiden, ob sie das Geschäft den sogenannten schwarzen Schafen überließen.

Ich fragte ihn, ob es bevorzugt von der Unterwelt frequentierte Lokale gebe.

»Sie thematisieren Leute wie uns?«, erwiderte er pikiert.

»Nein, ich spreche von herkömmlichen Verbrechern: Taschendieben, Geiselnehmern und Drogenschmugglern. Personen wie Zhang Ning.«

Insofern ich seine Familie nicht mit solchem Geschmeiß in einen Topf zu werfen schien, reagierte er beruhigt und antwortete unbeirrt: »Auch ein Dieb stillt den Hunger im Restaurant, geht auf den Markt und sucht möglicherweise eine Teestube auf. Sofern er sich den Beruf in keinem speziellen Umfeld auszuüben gezwungen sieht, besitzen spezifische Lokale jedoch wenig Anziehungskraft auf ihn. Was Bars und Nachtclubs betrifft, bietet Shenyang ein umfangreiches Spektrum an, unter dem sich gewiss auch ein zwielichtiges Etablissement findet, das entsprechendes Gesindel anziehen mag. Doch warum sollte sich dort ein Dieb vergnügen, wenn er sich Besseres zu leisten vermag?«

Das Argument leuchtete mir ein, allerdings torpedierte es einen Plan, der in der Massagedusche entstanden war. Bestand die Möglichkeit, Zhang in einschlägigen Spelunken aufzuspüren? Falls er sich überhaupt ins Nachtleben begab, galt es offensichtlich sämtliche Schenken der Stadt zu durchkämmen. Ein überaus ehrgeiziger Plan!

Leider missdeutete Ma Junior mein Interesse an nächtlicher Lustbarkeit. Er versprach, nach dem Mahl gewähre er mir Einblick in den einen oder anderen Club. In der Hoffnung, dort auf Zhang Ning zu stoßen, willigte ich ein, bat ihn jedoch, den Schnapskonsum bei der Mahlzeit zu reduzieren.

»Wenn er Ihre Kondition übersteigt, rate ich zu Gerstensaft«, erwiderte er und erhob sein Glas mit dem Destillat.

Aus reiner Höflichkeit fragte ich, ob die Mafiafamilien, mir fiel leider keine passendere Bezeichnung für die Branche ein, regelmäßige Kontakte unterhielten.

Ma ließ ein amüsiertes Lachen erschallen. »Sie stellen sich offenbar heimliche Zusammenkünfte vor, auf denen wir unsere Beutezüge koordinieren.«

Verflixt! Er las meine Gedankenflut.

»Solche Treffen beflügeln nur die Fantasie der ehrbaren Bürgerschaft«, legte er dar. »Manche Familien pflegen einen privaten Kontakt. Ansonsten greifen wir wie jeder Unternehmer zum Telefon, um Wünsche an die Kollegen heranzutragen. Gemeinhin bleiben die Clans unter sich. Man kennt sich und respektiert die Konkurrenz, doch besteht keine Notwendigkeit zu einer engeren regelmäßigen Fühlungnahme.«

»Und Gangster wie Zhang Ning?«

»Solche Leute meiden wir wie jeder gesetzestreue Bürger. Aus welchem Grund sollten wir Umgang mit derartigem Abschaum pflegen?«

Mir erschloss sich endlich, warum es sich schwierig erwies, mehr über den Burschen zu erfahren. Die Mafia schien dafür offenbar keineswegs der korrekte Ansprechpartner zu sein, und mich persönlich in Verbrecherkreise zu begeben, stellte keinen realisierbaren Ansatz dar.

Ma bezahlte und wir verließen das Restaurant. Der Fahrer wartete bereits auf dem Parkplatz auf uns. Er chauffierte uns quer durch die Stadt und hielt in einer Seitenstraße vor einem Lokal, aus dem dezente Musik erklang. Ma Junior schien hier bekannt, denn der Türsteher ließ uns bereitwillig ein.

Über einen kurzen Flur betraten wir einen spärlich erleuchteten Raum, der bis auf die Beleuchtung einer Hotelbar glich. Eine etwa vierzigjährige *Dame* in einem tief ausgeschnittenen Abendkleid rutschte vom Barhocker und trat auf uns zu. Ma stellte sie mir als Melody, die Besitzerin des Nachtclubs, vor. Der Name erinnerte mich an Glockenklänge, die mit dem Beben des ausladenden Busens korrespondierten. Leider führte Ma die Diskussion mit ihr in dem mir unverständlichen lokalen Dialekt. Offensichtlich erzielten die zwei ein für beide Seiten genehmes Arrangement, denn Melody geleitete uns durch einen weiteren Flur in einen nur dezent erleuchteten Raum, in dem Sessel und Sofas zum Verweilen luden. Sie reiche uns die Getränkekarte sowie eine Taschenlampe, die uns die Karte zu lesen ermöglichte. Ohne einen Blick auf das Dokument entschied ich mich für Gin Tonic, Ma für Whisky on the rocks. Als Melody verschwand, nahmen wir Platz; Ma auf dem Sofa, ich auf einem ausladenden Möbelstück. In der Bar hatte ich einige andere Gäste gewahrt, in diesem Raum blieben wir vorerst unter uns.

Nach wenigen Minuten betraten zwei Kellnerinnen mit den Getränken den Raum. Aufgrund der Dunkelheit nahm ich sie nur schemenhaft wahr. Erst als sie nähertraten, erschloss sich mir, dass ihr einziges Kleidungsstück aus einer knappen Schürze bestand. Während die eine Ma Whisky servierte, präsentierte sie mir ein entblößtes Hinterteil. Die andere stellte den Gin Tonic auf den Tisch und traf Anstalten, sich auf meinem Schoß niederzulassen. Als ich erschrocken zur Seite wich, setzte sie sich neben mich. Der überbreite Sessel bot ausreichend Platz für zwei. Gleichwohl rieb sie ihre nackte Haut an mir.

Während Ma Junior das Glas zu einem Toast erhob, hob er mit der anderen Hand die Schürze des Mädchens an und begutachtete interessiert das zutage tretende Körperteil. Sie schien sich einer täglichen Rasur zu unterziehen. Die neben mir sitzende Kellnerin, ein alternatives Wort vermied ich vorerst, packte meine Hand und führte sie an ihre Schenkel heran. Auch sie wandte offensichtlich ausgiebig Zeit für eine erschöpfende Totalrasur auf.

Ich fragte Ma, was sie von uns erwarteten.

»Was immer du begehrst«, antwortete er. »Nimm sie hier oder begleite sie in einen separaten Raum. Massiere sie, wenn du Lust verspürst, berühre sie, wo es dir behagt. Beschwerden wirst du keine vernehmen. Solltest du keinerlei Lust verspüren, dann ignoriere sie. In diesem Fall empfehle ich jedoch, ihr als Beweis deiner Gunst zumindest zuweilen eine Hand auf den Schenkel zu legen. Ansonsten wähnt sie, sie missfalle dir.«

Zur Demonstration der Möglichkeiten streichelte er das Mädchen an den Innenseiten der Oberschenkel. Aus einer spontanen Laune heraus pickte er einen Eiswürfel aus dem Glas und strich ihr damit über die Brust, woraufhin sie ein helles Kichern erklingen ließ.

Ansonsten reagierten die Damen tendenziell passiv. Berührte man sie, zeigten sie sich entzückt, doch ergriff keine von sich aus die Initiative.

Ma spielte inzwischen scheinbar gelangweilt an den Brustwarzen des Mädchens auf der Couch. Gleichzeitig plauderte er mit mir über das Nachtleben seiner Heimatstadt. Ich erfuhr, die Familie unterstütze auch Melody bei der Ausübung des Berufs.

»Was stellt das hier dar?«, fragte ich ihn. »Ein Bordell?«

»Aber nein«, ereiferte er sich. »Ihr Ausländer zeigt euch immerdar so indiskret. Der Ort verschafft uns die Möglichkeit, Entspannung zu finden. Wenn du Lust auf Sex verspürst, wird man dich genauso bedienen, wie wenn du nur nach Tee verlangst. Wir genießen hier die Gelegenheit, uns in konzilianter Konversation zu üben. Die Mädchen verstehen kein Englisch. Doch selbst wenn sie Fremdsprachen beherrschen würden, stellte das kein Problem dar. Sie gelten als überaus diskret. Mir bleibt verschlossen, wie ihr Ausländer über solcherart Vergnügungen denkt. Ich für meinen Teil empfinde es stimulierend, zu wissen, dass ich mich mit dem hübschen Kind jederzeit in sexueller Exstase üben kann, wenn mich die Lust überkommt. Allerdings verlangt keine Menschenseele von mir, mich im Sinnesrausch zu verlieren. Ein Bordell betrittst du nur aus einem Grund. Die Dirnen zielen ausschließlich auf umgehende Befriedigung ab. Ich erkenne in einem solchen Verhalten eine vergleichsweise beschämende Art der Lustbarkeit. Hier hingegen stehen dir sämtliche Möglichkeiten offen. Niemand übt Druck auf dich aus. In diesem Raum zählen nur deine Wünsche, und wenn du keine verspürst, dann demonstrieren alle ebenso Zufriedenheit. Entspann dich, genieß die Atmosphäre und zeig den Damen, dass du sie magst.«

Wie zur Bestätigung massierte er sanft die Brüste des Mädchens auf der Couch, zog sie zu sich heran und tätschelte ihr mit der anderen Hand das Hinterteil. Sie ließ begehrliche Laute vernehmen, ein Umstand, der Ma sie zwischen den Beinen zu streicheln bewog. Umgehend lehnte sie sich zurück und öffnete die Schenkel. Ohne jeglichen Anflug von Scham mir oder dem Mädchen auf dem Sessel gegenüber liebkoste er ihre Vagina.

Hatte ich erwartet, er verliere sich hinfort im Liebesrausch, setzte er die Unterhaltung fort. »Solche Vergnügungen sieht die chinesische Regierung natürlich als verboten an, weshalb die Clubchefin Unterstützung erbat. Seither garantiert mein Vater, dass sich auch Behördenvertreter hier entspannen und Melody sich in Geborgenheit wiegt. Verirrt sich ein dreister Polizist hierher, ruft sie uns umgehend herbei. Dann vermitteln wir dem Beamten, er möge seinen Dienstvorgesetzten die Peinlichkeit ersparen, hier auf altbekannte Gesichter zu stoßen. Ein Gratisdrink an der Bar und die Polizei zieht sich diskret zurück. Inzwischen erlangten Melody und die entspannende Atmosphäre des Etablissements Bekanntheit in der gesamten Stadt. Deshalb beehren hier allenfalls zahlende Kunden das Lokal.«

»Und du, bezahlst du auch?«

Ma führte lachend aus: »Das würde Melody als Unhöflichkeit bewerten. Sie respektiert die Gesetze der Gastfreundschaft.«

»Du steckst den Mädchen also allenfalls einige Scheine unter die Schürze zu.«

»Um sie am Herunterfallen zu hindern, müsste ich sie schon tiefer versenken«, scherzte er. »Nein, auch das setzt Melody für uns ins Werk. Sie zieht zu wissen vor, wie viel die Damen verdienen. Stellt mich eine in besonderer Weise zufrieden, teile ich das der Chefin mit, woraufhin sie einen adäquaten Bonus gewährt.«

»Führt ihr noch mehr derartige Clubs in der Stadt?«

»Klar. Möchtest du andere kennenlernen? Die Nacht ist noch lang. Jeder übt eigene Reize auf die Besucher aus.«

»Kennst du die Gäste, die hier verkehren?« Ich dachte an Zhang Ning.

»Nein«, antwortete er verstimmt. »Die Kunden genießen absolute Anonymität. Melody würde mir niemals einen Namen enthüllen, sofern sie überhaupt welche kennt. Für die meisten vollzieht sich das Vergnügen in diesen Hallen inkognito.«

Über die Unterhaltung hatte er die Bewegungen seines Fingers eingestellt, deshalb setzte sich das Mädchen auf der Couch erneut respektvoll neben ihn, während es keusch die Schenkel schloss.

»Tut mir leid«, flüsterte er ihr, laut genug, dass ich die Worte vernahm, ins Ohr. Als Kompensation nahm er die Massage der Brüste wieder auf. Allerdings verlor er auch daran alsbald die Lust, denn er forderte mich auf: »Komm, gehen wir woanders hin. Shenyang hat schließlich noch mehr zu bieten als Melodys Salon.«

Da die annähernd unbekleidete Dame an meiner Seite eindeutig die Entspannung unterband, deutete ich Einverständnis an. Ich präferierte einen einsamen Barhocker ohne Damenbegleitung. Kaum erhoben wir uns, betrat Melody den Raum und bedauerte, dass wir uns in Enthaltsamkeit übten. Ma kniff seinem Mädchen zum Abschied freundschaftlich in die Brust, meine lehnte sich kurz an mich und drückte mir einen Abschiedskuss auf die Wange. Die Berührung rief mir in Erinnerung, welche Wonnen ich mir entgehen ließ.

Das nächste Lokal lag keine fünf Gehminuten entfernt. Es handelte sich um eine klassische Bar, die jedoch offenbar unter Besuchermangel litt. Ma begab sich ohne zu Zögern an die Theke. Offensichtlich kannte man ihn und seine Getränkepräferenz. Der Barkeeper füllte umgehend Eiswürfel in ein Glas und goss großzügig Whisky darauf. Dann blickte er mich fragend an. Ich schloss mich an.

Nach dem ersten Schluck unterzog ich das Lokal einer visuellen Inspektion, erspähte allerdings niemanden, der Zhang Ning auch nur annähernd glich. Ich fragte Ma, ob die Familie auch an dieser Bar eine Beteiligung hielt.

Er schüttelte den Kopf. »Der Bursche hier kommt auch ohne unsere Hilfe zurecht.«

Mit solchen Worten zeigte er auf den Barmann, offenkundig der Eigentümer des Lokals.

»Doch kennt man sich«, fügte er hinzu, »und die Drinks gehen natürlich aufs Haus.«

In seiner Stellung genoss er offenbar Gastrechte in annähernd jedem Etablissement der Stadt. Das Leben als Mafiosi brachte Vorzüge mit sich, registrierte ich.

Da wir beide den Alkohol spürten, selbst das im Restaurant konsumierte Destillat zeigte noch Wirkung, wenngleich die nur in bitterem Nachgeschmack bestand, verzichteten wir auf ein Nachfüllen der Gläser. Ma rief den Fahrer an, der Minuten später vor dem Lokal auf der Straße hielt. Ma brachte mich ins Hotel und begehrte zu erfahren, ob er mir am morgigen Tag als Führer durch seine Heimatstadt dienen dürfe. In Ermangelung einer Alternative akzeptierte ich das Angebot.

Kapitel 21

Zhang Ning blickte mit sechsundfünfzig Jahren auf ein bewegtes Leben zurück. 1959 in der Provinz Jiangsu geboren, erreichte er das Schulalter zu einem Zeitpunkt, als in China die Kulturrevolution zu wüten begann. Bildung bedeutete zu jener Zeit: Ausbildung zum Klassenkampf. Und obwohl er die allgegenwärtigen Parolen nur unzureichend verstand, schloss er sich den revolutionären Garden an. Wie alle Jugendliche dereinst schwenkte er hinfort ein kleines Büchlein, das die Lehren Maos enthielt. Sie zogen mit lautstarken Rufen durch die Straßen und verurteilten Bourgeoisie ebenso wie Revisionismus und Imperialismus, retteten das Heimatland vermeintlich vor dem Zusammenbruch. Zusammenhänge nachzuvollziehen, trat in den Hintergrund, sie kämpften schließlich fürs Vaterland. Sie zerschlugen Tempelfiguren – die Religion galt als Opium fürs Volk – und verprügelten Kollaborateure, ohne zu verstehen, worin im Grunde deren Schuld bestand. Die roten Halstücher und Maos Werke in der Hand verliehen den Jugendlichen Macht und Autorität. Der Kampf zur Befreiung der Massen vom bürgerlichen Übel stand über dem Schulunterricht. Nur die Notwendigkeit, den großen Vorsitzenden korrekt zu zitieren, anempfahl zumindest einen marginalen Bildungsstand.

Einzig die Armee rettete ihn vor der Gefahr kompletter Ruchlosigkeit. Ab 1976 diente er im Militär. Von da an ersetzte Disziplin den jugendlichen Hang nach Rebellion. Die Ausbilder lenkten den revolutionären Tatendrang der Rekruten übergeordneten Zielen zu. Um auch schriftliche Befehle zu verstehen und die Funktion mancher Waffen zu beherrschen, drückten die zukünftigen Kämpfer fürs Vaterland erneut, viele erstmals, die schulische Bank.

Die Abstammung der Familie aus der Mitte des Landes hatte Zhang Ning eine überdurchschnittliche Körpergröße zuteilwerden lassen. Die, gepaart mit den im Straßenkampf erworbenen Muskeln verliehen ihm gegenüber den Kameraden eine natürliche Autorität. Obgleich ihm eine gewisse Sturheit zu eigen schien, förderten die ausbildenden Offiziere seine Karriere und führten ihn hinfort an Führungsaufgaben heran. Er dankte dem Land die Beförderung mit glühender Hingabe an die Armee.

Bisher materialisierten sich die Heldentaten, mit denen er Partei und Regierung diente, allerdings vornehmlich in der Fantasie. Das wandelte sich, als die Einheit an die Grenze Vietnams zog. Das Land stand über Nacht im Krieg.

Hinfort wurde er mit dem wahren Gesicht des Metiers konfrontiert. Die Armeeführung schickte die Rekruten gnadenlos in die ausgedehnten Minenfelder. Unzählige starben für Partei und Vaterland. Täglich kehrten die Bahren mit den verstümmelten Kameraden von der Front zurück. Abgerissene Gliedmaßen und Ströme von Blut trübten die Träume vom gerechten Freiheitskampf. Zusätzlich regten sich erste Zweifel am Grund ihres Bemühens um Überlegenheit über das Nachbarvolk. Stellten die Vietnamesen nicht ein sozialistisches Brudervolk dar? Hatte Ho Chimin sein Volk nicht ebenso wie der große Vorsitzende Mao in die Freiheit geführt? Warum reichten sich die Proletarier nicht die Hand und bekämpften gemeinsam den imperialistischen Klassenfeind?, fragte er sich. Allerdings äußerte er solche Fragen niemals in der Öffentlichkeit. Offiziell widmeten sie sich einem gerechten Kampf. Die tägliche ideologische Schulung garantierte, dass sich jedem der Zusammenhang erschloss.

Zudem gehörte er der Gruppe der vom Glück Begünstigten an, die hinter der Front den Nachschub organisierten. Der Anblick verstümmelter Gliedmaßen blieb ihm deshalb weitestgehend erspart. Nur die Unerschütterlichkeit seiner politischen Überzeugung wankte von Zeit zu Zeit.

Überraschend verkündete die Propagandaabteilung eines Tages ihren Sieg. Der manifestierte sich zwar in keinem Geländegewinn — die chinesischen Truppen zogen sich zurück — doch offensichtlich an ideologischer Front. Erkannten die Vietnamesen endlich die Weisheit des Vorsitzenden Maos an?

Ohne je einen Schuss auf den Feind abgefeuert zu haben, versetzte man ihn als erfahrenen Frontkämpfer in eine Shanghaier Marinewerft. Körpergröße und Muskelkraft qualifizierten ihn zum Arbeiter, der hinfort einen Vorschlaghammer schwang. Zu Zhangs Glück entdeckte ein Vorgesetzter, dass er nicht ausschließlich aus Muskelmasse bestand, sondern auch Verstand besaß.

Ohne eine weitere Erklärung betrat er am nächsten Tag einen Klassenraum der der Werft angeschlossenen Marineuniversität. Das schwerste Werkzeug, das er hinfort bewegte, stellte ein Rechenschieber dar, die größte Herausforderung bestand aus einem technischen Konstrukt am Zeichentisch.

Er benötigte über ein Jahr, bis sich ihm allmählich erschloss, sie führten hier einen Kampf, dessen Bedeutung dem im Schützengraben in nichts nachzustehen schien. Das geliebte Vaterland zeigte sich von Klassenfeinden eingekreist. Die wagten zwar keinen Angriff aufs Heimatland, verweigerten ihm jedoch den rechtmäßigen Führungsanspruch auf See. Die Führung in Peking hatte die Schwächen der eigenen Marine erkannt und befahl, den bedauerlichen Umstand einer Korrektur zu unterziehen. Die bereitgestellten finanziellen Mittel flossen auch der Ernährung der Studenten zu.

Mit zunehmenden Kenntnissen im Schiffbau durchdrang er allmählich auch die Strukturen des Militärs. Ein Oberst, der an der hauseigenen Universität als Professor lehrte, führte ihn nicht nur in die Welt komplexer Gleichungen ein, sondern ebenso in die Geheimnisse der Befehlsstruktur: Die Aufforderung, das Feuer zu eröffnen, wurde vom Gruppenführer erteilt. Der wiederum erhielt den Befehl von einem Vorgesetzten, der indessen einem Obersten unterstand, der die Strategien der Generalität zu übermitteln verstand. Jeder Schritt in der Hierarchie nach oben verlieh nicht nur Macht, sondern garantierte ebenso bequemeres Schuhwerk und angemessene Kost. Der Uniformstoff des gemeinen Soldaten kratzte auf der Haut, der eines Generals diente der Selbstdarstellung und Aufrechterhaltung der Disziplin.

Als der Professor Oberst ihn zum ersten Mal in die Unterkünfte der Offiziere lud, lernte er nicht nur eine weitere Lektion über die Schlagkraft einer Armee, ihm taten sich gleichzeitig Welten auf. Nach offizieller Lesart galt China weiterhin als Entwicklungsland. Diesen Status trug es wie eine Auszeichnung von Stolz erfüllt. Der manifestierte sich auch in der Reisschüssel des gemeinen Soldaten, die in der Regel nur Gemüse und zuweilen ein Bröckchen Fleisch oder Fisch enthielt. Die Oberen des Militärapparats ließen den Entwicklungslandstatus indessen bereits hinter sich. Sie speisten von feinstem Porzellan und labten sich an exquisiten Delikatessen. Professor Gao bekundete, das richte ihren Blick auf die Zukunft aus. In wenigen Jahren übertreffe China den Klassenfeind Amerika. Zhang Ning nahm die Erweiterung der Weltsicht mit Wohlbehagen auf. Zwar fehlte ihm die Zeit, die er hinfort im Kasino verbrachte fürs Studium, doch Gao und Kollegen verkündeten, die Bewertung seiner studentischen Leistung rangiere trotz manch falscher Berechnung auf höchstem Niveau. Offenbar schmiedeten die elitären Zirkel bereits Zukunftspläne für ihn.

Er schloss das Studium als Jahrgangsbester ab, ein Umstand, der ihn selbst am meisten mit Verwunderung erfüllte, denn die Prüfungsvorbereitungen hatte er im Bankettsaal absolviert. Als frischgebackener Held des Zeichentischs stieg er automatisch in den Offiziersrang auf, wodurch er die Vergünstigungen der Freunde Gaos hinfort auch offiziell genoss. Die schlossen einen Dienstwagen mit Chauffeur ebenso wie eine Wohnung in einem nur dem Militär vorbehaltenen Wohngebiet mit ein.

Den nächsten Karriereschub absolvierte er, als ihm der Professor seine Tochter zur Ehe anempfahl. Das Mädchen hatte bereits ein wenig Staub angesetzt und blieb vom gängigen Schönheitsideal

Meilen entfernt. Doch entstammte sie einem mächtigen Familienverband, ein Fakt, der das Tempo von Zhangs Aufstieg im militärischen Apparat zu beflügeln begann. Mit einem zusätzlichen Stern
an den Schulterklappen schwor er ihr ewige Treue. Der Schwiegervater versprach, er reiche dem neuen Familienmitglied auf dem
Weg nach oben stets eine hilfreiche Hand.

Da hatte er sich bereits im Kampf in einem Versorgungsbataillon
ausgezeichnet. Die damalige Aufgabe bestand im Abzeichnen von
Listen, wobei die Fronterfahrung ausdrücklich Erwähnung in der
Personalakte fand, übertrug man ihm hinfort die ehrenvolle Be-
stimmung, die Versorgung der Werft mit Material sicherzustellen.

Umgehend erkannte Zhang, welche Macht ihm dadurch erwuchs.
Ebenso erschlossen sich ihm die Gründe der Förderung durch den
elitären Kreis. Seine Autorität erstreckte sich hinfort auf das Abzeichnen der Lieferantenrechnungen, inklusive Bezahlung des Ma-
terials. Dieser Aufgabe kam er mit Sorgfalt und Hingabe nach.

Fortan erhob er es zur Ehrenpflicht, die bedeutenderen Lieferanten regelmäßig einer Inspektion zu unterziehen. Gleichwohl vollzog sich eine solche Begutachtung nach einem immer gleichen
Regelwerk in einem abgetrennten Raum eines Luxusrestaurants.
Dort verhandelte er zu ausgewählten Gaumenfreuden des Etablissements die Höhe seiner Kommission. Jeder einzelnen Lieferung
fügte er einen gewissen Betrag hinzu, den der Hersteller sodann
in bar oder Sachleistungen an ihn entrichtete.

Als Gao ihn erstmals in der Kunst der Beschaffung unterwies,
beteuerte er, die aufgezeigten Methoden seien annähernd so alt
wie das Kriegshandwerk. Allerdings erwarte er von Zhang, dass er
die Früchte der Bemühungen großzügig anteilsweise den Gönnern
überließ. Das führte vornehmlich in der Anfangszeit zu einer Situation, in der der eigene Anteil auf beschämend geringem Niveau
verblieb.

Doch hatte die Ausbildung auf der Straße sowie an der Universität
hinreichend den kreativen Intellekt geschult. Er ersann eine Reihe

zusätzlicher Wege, die den Lieferanten weitere Möglichkeiten erschlossen, sein Auskommen zu garantieren. Da er gleichsam ein
Patent auf die Manipulationen besaß, sah er keine Notwendigkeit,
die Förderer in die Verteilung des Geldsegens miteinzubeziehen.

Die Einnahmen aus den neu erschlossenen Quellen investierte
er auf eine Weise, dass sein Wort auch über den ursprünglichen
Gönnerkreis hinaus immerwährend Gewicht behielt. Er unterhielt
Freundschaften zur Leitung der Werft bis hin zum hauptstädtischen
Marinestab. Zhang Ning stieg hinfort zum ungekrönten Herrscher
des chinesischen Marinewesens auf.

Leider rief die Ballung der Macht Missbilligung in den Ecken, die
seine Zuwendungen nur spärlich erreichten, hervor. Zusätzlich
stellten ihn die fortwährend steigenden Forderungen des obersten
Führungsorgans der Werft vor eine ernstzunehmende Herausforderung. Ihm blieben letztlich nur zwei Alternativen: Entweder erhöhte er das Spendenaufkommen auf Seiten der Lieferanten oder
er drosselte den Mittelabfluss. Ersteres trüge ihm allenfalls unter-
drücktes Murren ein, die zweite Option barg die Gefahr, die Karriere
vorzeitig beendet zu sehen. Er entschied für Möglichkeit Nummer
eins. Innerhalb kurzer Zeit heftete er einen dritten Stern an die Uniform. Der berechtigte ihn zum Bezug einer größeren Wohnung und,
ein Umstand, der bei Weitem bedeutsamer erschien, zwang ihn
zu häufigen Dienstreisen und Konsultationen ins Pekinger Hauptquartier. Auch die dort geschlossenen Freundschaften bedurften
der Pflege, ein Faktum, das die Balance der Zahlungen erneut zu
stören begann.

In der Annahme, die Protektion, die er in der Hauptstadt genoss, wiege den Verdruss in der Werft zweifellos auf, reduzierte
er notgedrungen die Mittelabflüsse in Shanghai. Das und die häufigen Dienstreisen nach Norden kühlten die Innigkeit der dortigen
Freundschaften drastisch ab. Die ständige Abwesenheit vom Büro
hinderte ihn, die Zeichen der Zeit korrekt zu lesen. Dort schien
niemand geneigt, Verzicht auf die zurecht erworbenen Anteile zu

üben. So trat die Notwendigkeit, den Weichensteller der Geldflüsse auszuwechseln in den Vordergrund. Diskret leiteten die ehemaligen Verbündeten ein Untersuchungsverfahren ein. Eines Tages konfrontierten sie ihn mit der Botschaft, er sei der Korruption überführt.

Gleichwohl lag es in niemandes Interesse, die Untersuchung mit unverhältnismäßiger Sorgsamkeit zum Abschluss zu führen. Hätte die Suche der Inspektoren in dem Fall doch vor die eigene Haustür geführt. Also ließen sie Gnade vor Recht ergehen und verzichteten auf die Einschaltung der Disziplinarkommission. Das ersparte Zhang letztlich den Anblick eines Erschießungskommandos. Notgedrungen akzeptierte er, den Posten freiwillig zu räumen, wodurch er zwar seinen Rang behielt, den Arbeitsplatz jedoch verlor.

Die Wunden leckend zog er sich in die Heimatprovinz zurück. Versüßt wurde ihm der Aufenthalt durch etliche versteckte Konten, die der Aufmerksamkeit der Untersuchungskommission entgangen waren.

Nach einer ausgedehnten Erholungsphase und dem Genuss der frischen Luft in der Provinz – die Chemiefabrik am Rande der Stadt setzte Bedienstete frei und arbeitete nur noch okkasionell – nahm er Kontakt zu den alten Kameraden von den roten Garden auf. Wie zu erwarten stand, erstreckte sich deren Betätigungsfeld auf die inoffiziellen Bereiche des Wirtschaftslebens. Was hatten sie auch anderes gelernt?

Die zwischenzeitliche Karriere beim Militär verschwieg er zunächst. Mit Sternen am Revers vermochte er in diesen Kreisen schwerlich, Punkte zu erzielen. Stattdessen gründete er ein eigenes Unternehmen und bot seine Dienste chinesischen Staatsbetrieben an. Allerdings verlegte er sich auf die Vermittlung von leichteren Gütern: Hinfort führte er Elektronik und Medizintechnik im Angebot. Schiffstahl und Turbinen hätten des Aufbaus umfangreicher Lagerhäuser bedurft.

Aufgrund eigener Kenntnisse und alter Beziehungen kehrte er

in kurzer Zeit ins Geschäft zurück. Selbst das Militär nahm seine Leistungen in Anspruch, allerdings nicht mehr im Schiffbau. Hinfort besaß er dank der Freunde in Peking ein quasi Monopol auf die Ausstattung von Hospitälern und Kliniken. Kaum ein Soldat in China durfte Heilung erwarten, solange Zhang Lieferungen unterband.

Das Hauptquartier des Unternehmens verlegte er vom Land in die Heimatstadt und eröffnete kurzentschlossen in Peking eine Dependance. Während die Gattin in der Provinz Hof zu halten begann, verlagerte er seinen Wohnsitz fast vollständig in die Hauptstadt, pflegte eifrig bestehende Freundschaften und knüpfte weitere Beziehungen an.

Dort traf er auf General Jiang, der hinter den Fronten Strippen zog. Niemand vermochte Auskunft zu erteilen, in welchen Bereichen sich der Herr engagierte. Doch jeder, den er befragte, versicherte ihm dessen Bedeutung im Führungsstab. Manche vermuteten eine geheimdienstliche Tätigkeit, andere mutmaßten Geschäfte jenseits der Legalität. Zhang vertiefte den Kontakt zum General. Verwegen deutete er ihm bei einer Flasche Hochprozentigem Details der eigenen Militärkarriere an. Der Grund seines Ausscheidens aus der Truppe blieb gleichwohl unerwähnt.

Doch der General gab ihm Rätsel auf. Die Militärs, die er kannte, erweiterten den Kreis ihrer Getreuen, indem sie der Geselligkeit frönten. Jiang hingegen mied übermäßig innigen Kollegenkontakt. Niemals erblickte man ihn in Gesellschaft anderer Uniformträger, die Treffen mit ihm verliefen ausschließlich als Tête-à-Tête. Kein Fahrer, kein Assistent oder Adjutant. Er wirkte wie ein Einsiedler, der nur gelegentlich seine Höhle verlässt. Man sah ihn lediglich, wenn man eine Verabredung mit ihm traf. Auf dem hauptstädtischen Parkett begegnete man ihm nie. Überdies ergriff er nur sporadisch die Initiative, schlug eine Einladung, die meist Hochprozentiges einbezog, hingegen niemals aus.

Zhang missbilligte den Umstand, dass ihm das Vorleben des Generals verborgen blieb. Deshalb intensivierte er die Bemühungen, ihm sein Geheimnis zu entreißen. Über Militärkreise erfuhr er, Jiang arbeite an einem selbst initiierten Beschaffungsprogramm. Welcherart Unternehmungen er betrieb, verblieb gleichwohl in Dunkelheit. Gerüchte besagten, er erfreue sich bei der Tätigkeit höchster Protektion.

Schließlich gab Zhang die Bemühungen zur Wahrheitsfindung auf. Stattdessen konzentrierte er sich auf das angestammte Metier, den Handel mit geschmuggelter Elektronik – oft wechselten die Teile auch auf geheimnisvolle Weise in China den Besitzer – und der medizinischen Versorgung Chinas Armee.

Insofern der Medizinbereich einen rasanten Aufwärtstrend verzeichnete, sicherte er sich einen gerechten Anteil an dem Profit. Leider brachten ihn missliebige Kameraden ein weiteres Mal zu Fall. Zwar verstießen die Geschäfte gegen keinerlei Gesetz, zumindest keines, das die Streitkräfte betraf, die Steuerbehörden sowie der Zoll mochten abweichende Anschauungen pflegen, gleichwohl erregte er das Missfallen der Militärs. Insofern die Krankenhäuser auch der Behandlung hoher Parteimitglieder und Ministern dienten, fand bei den Uniformträgern nur das Beste Akzeptanz. Die gesamte Ausstattung nur über eine einzige Quelle zu beziehen, stieß bei den Planern im Verteidigungsministerium jedoch auf Missbilligung. Kurz entschlossen nahmen sie die Beschaffung selbst in die Hand und drängten Zhang aus dem Geschäft. Hinfort sank der Absatz der kostspieligen Gerätschaften jählings auf null. Obgleich bestellt, wurden sie niemals bezahlt, und wiesen im Suzhouer Lagerhaus allmählich Rostbefall auf.

Beim zweiten Sturz verlor er zwar keinen Arbeitsplatz, doch annähernd sein gesamtes Kapital. Auch die Elektronik schien kaum noch Abnehmer zu finden. Deshalb versuchte er notgedrungen erneut sein Glück bei Jiang. Er lud ihn in das beste, zumindest das kostspieligste Restaurant der Hauptstadt ein. Unter Missachtung der schwindenden Firmenkasse bestellte er ausschließlich Delikatessen sowie das edelste Destillat.

Während sie sich gemeinsam an hochpreisigen Speisen delektierten, wendete sich das Blatt. Jiang deutete geheimnisvoll an, er habe vom Ungemach des geschätzten Kollegen gehört, das Medizingewerbe verzichte inzwischen auf seine tatkräftige Hand. Deshalb gehe er von der Annahme aus, Zhang verfüge über ausreichend Zeit, ein Umstand, der ihm die Möglichkeit schaffe, einen Neukunden zu akquirieren.

Vom genossenen Destillat bereits in der Wahrnehmung getrübt fragte er zurück: »Und wer sollte das sein?«

Grinsend erläuterte Jiang: »Ich schätzte mich glücklich, vermöchte ich mich Ihrer Expertise im Elektronikbereich zu versichern.«

Details der Kooperation ließ er zunächst unerwähnt. Stattdessen stießen sie auf eine zukunftsträchtige Zusammenarbeit an.

Kapitel 22

Endlich hielt Jack Yang den Vertragsentwurf für den Verkauf seines kanadischen Unternehmens an Hammala in der Hand. Mr. Telefonstimme hatte ihm den Zugang zuvor avisiert. Allerdings fungierte er nicht persönlich als Empfänger des Dokuments, sondern die Gesellschaft in Kanada. George hatte ihm den Entwurf, der im Großen und Ganzen seinen Erwartungen entsprach, per E-Mail zugesandt. Dennoch zog Jack die Einschaltung eines Anwalts vor. Ohne juristische Unterstützung lief man auf dem amerikanischen Kontinent stets Gefahr, ein Detail zu übersehen oder sich in eine Falle zu begeben. Außerdem hatte auch Hammala für ihre Seite einen kanadischen Advokaten benannt. Zwar zöge er eine persönliche Verhandlung mit den Indonesiern vor, ein Begehren, das Mr. Telefonstimme jedoch unterband. Die Beweggründe für die verweigernde Haltung beschworen Spekulationen herauf.

Als er den vorgeschlagenen Kaufpreis gewahrte, rötete sich sein Antlitz erbost vor Zorn. Hammala bot exakt eine Million US-Dollar für das Unternehmen an. Bedachte er die Probleme des Softwareverkaufs, erschien das im Grunde ein generöser Preis. Gleichwohl wurde er keineswegs dem Nutzen für den Käufer gerecht, insofern der ihn in die Lage versetzte, jegliche Kommunikation vor sämtlichen Geheimdiensten zu verbergen. Manche Organisationen gäben für eine solche Möglichkeit Milliarden aus. Was ihn zusätzlich erboste, stellte die Frechheit Mr. Telefonstimmes dar, mit der er exakt die zuvor ergaunerte Summe bot, denn der stand letztlich hinter dem Geschäft. Zuerst betrog er Jack um eine Million, die er sich sodann in vermeintlicher Großzügigkeit zurückzuzahlen erbot. Das abgekartete Spiel unterlag eiskaltem Kalkül, diente vornehmlich seiner Erniedrigung. Gleichwohl verschloss sich ihm eine Möglichkeit, sich einer Verweigerungshaltung zu befleißigen.

Ein weiteres Problem stellte Mr. Washington dar. Da sich dessen Zustimmung zum Verkauf unabdingbar erwies, sann er über die Frage nach, welches Argument genügend Überzeugungskraft besaß. Zwar konnte er um Mels willen um Georges Einverständnis werben, eine Strategie, die an sein Herz zu appellieren versprach. Der Softwareentwickler handelte zuweilen von Emotionen geprägt. Zudem sprachen sie über sein Lebenswerk. Der zehnprozentige Anteil an dem Unternehmen trug ihm lediglich einhunderttausend Dollar ein. Eine derart geringe Summe beschwor die Gefahr einer Kränkung herauf, die keineswegs in Jacks Absicht lag. Selbst wenn er Georges Geschäftsanteil auf fünfhunderttausend bemaß, fühlte der sich möglicherweise düpiert. Für eine halbe Million gab er sein Lebenswerk gewiss nur widerstrebend aus der Hand. Überdies stand Jack in einem solchen Fall die gleiche Summe zu, und die eigene Motivation zielte ausschließlich auf die Befreiung Mels. Die einzige Möglichkeit, die sich ihm erschloss und zudem George zu überzeugen vermochte, bestand in dem Angebot, ihm großzügig die gesamte Million zuzugestehen. Das mochte eine Diskussion um die Höhe des Kaufpreises, wenn schon nicht erübrigen, so doch zumindest verkürzen. Auf diese Weise zählte er auch in Zukunft auf dessen Loyalität.

Nach erneuter Lektüre des Vertragsentwurfs griff er schließlich zum Telefon.

»Hi George«, eröffnete er das Gespräch, beschwingter als er empfand, als er die Stimme des Partners im Hörer vernahm.

Der reagierte zunächst mit verhaltener Distanz auf Jacks Plan. Er sehe dem Verkauf mit gemischten Gefühlen entgegen, hielt er ihm vor. Sodann zählte er seine Bedenken auf: Schon aus Prinzip widerstrebe ihm, ein Geschäft abzuschließen, das auf Nötigung basiert. »Mit durch kriminelle Methoden aufrechterhaltenem Zwang«, fügte er missgestimmt hinzu. Wie könne er einem Vertragspartner Vertrauen entgegenbringen, der sich derartiger Arbeitsweisen bedient? Was die angebotene Kaufsumme betraf, erachte er die für eine ansonsten unveräußerliche Software einerseits zu hoch, angesichts des Nutzens, die sie dem Käufer versprach, dagegen wesentlich zu gering. Gleichwohl argumentiere er in diesem Fall tendenziell emotional, räumte er ein. Schließlich handle es sich bei dem Produkt um sein Lebenswerk.

»Das du ungern in den Händen fremder Mächte zu sehen wünschst«, unterbrach Jack.

Überraschenderweise antwortete George: »Das Argument erachte ich im vorliegenden Fall als vernachlässigbar.«

»Wie kommt dieser Sinneswandel zustande?«, fragte Jack. »Deine Forderung lautete doch stets, das Produkt dürfe niemals in die Hände geheimer Dienste geraten. Bewertest du das chinesische Militär harmloser als die NSA?«

»Keineswegs«, beteuerte George. »Nur würden wir der NSA unsere Seele verkaufen, beim chinesischen Militär dagegen sehe ich die Möglichkeit einer Manipulation.«

»Gedenkst du einen Bug einzubauen oder einen Selbstzerstörungsmechanismus vorzusehen?«

»Wesentlich besser«, schmunzelte George. »Wir öffnen uns eine Hintertür.« Als sich ihm erschloss, dass Jack weiterhin um Verständnis rang, erläuterte er den Plan. Der Vorteil der Software gegenüber jedem vergleichbaren Produkt gründe sich auf den Fakt, dass sich der Algorithmus der Verschlüsselung selbst erschafft. »Zur Entschlüsselung einer Meldung benötigst du zwei Dinge: erstens Zeit, zweitens möglichst viel codierten Text. Nur mit mehreren Nachrichten in der Hand mag es gelingen, den dahinterstehenden Code zu erkennen. Im vorliegenden Fall misslingt das allerdings, insofern jedwede weitere Botschaft nach abweichenden Algorithmen verschlüsselt wird. Jetzt sehe ich für uns eine Hintertür vor. Ohne dass der Anwender ihn bemerkt, sendet das Programm mit der Übermittlung jeder Nachricht, einen Hinweis auf den verwendeten Algorithmus an uns. So gestaltet sich die Entschlüsselung als Kinderspiel, während sich der Benutzer in Sicherheit wiegt.«

»Ein geniales Konzept«, kommentierte Jack. »Weder dem Sender noch dem Empfänger erschließt sich die Manipulation?«

»Unmöglich«, versicherte Mr. Washington.

»Und welche Verwendung siehst du für die entschlüsselten Nachrichten vor? Drängt es dich etwa ins Geheimdienstmetier zurück?«

»Danke, diese Zeiten erachte ich als längst passé«, erwiderte George. »Erinnere dich bitte an den Grund, warum sich die Software für uns unverkäuflich erwies. Wir befürchteten, mit ihr gäben wir einer Seite eine überlegene Waffe in die Hand.«

»Die hinfort plötzlich unter Ladehemmung zu leiden scheint.«

»Die dem Besitzer allerdings verborgen bleibt.«

»Klar, aber welchen Vorteil versprichst du dir von der Manipulation? Mich interessiert zumindest wenig, welcherart Geheimnisse das Militär des Reichs der Mitte zu wahren sucht.«

»Das gilt jedoch keineswegs für den Rest der Welt. Was gäbe die NSA, die Franzosen, die Briten, die Deutschen, jeder auf der Welt für die Erfüllung des sehnlichsten Wunschs, bei den Chinesen mitzuhören, obwohl die wähnen, ihre Kommunikation weise keine Sicherheitslücken auf?«

»Du gedenkst das Entschlüsselungsprogramm zu verkaufen«, vermutete Jack.

»Und sämtliche Geheimdienste der Welt reißen sich um das Produkt. Möglicherweise schließt das auch konkurrierende Dienste aus China ein.«

»Du gerissener Hund«, kommentierte Jack.

Der Partner nahm die Bezeichnung als Wertschätzung auf.

»Bedeutet das, du gibst deinen Widerstand gegen den Verkauf der Software auf?«

»Ich bestehe jetzt sogar auf eine Veräußerung«, erwiderte George.

Im Lichte dieser Informationen wog Jack verschiedene Optionen ab. Er erkannte keinen Grund, die komplette Million dem Partner zuzugestehen, um sich dessen Zustimmung zu erkaufen. Gleichwohl brachte er den ursprünglichen Vorschlag vor.

George wirkte verwirrt und zugleich entsetzt. »Warum gestehst du mir die gesamte Summe zu?«, fragte er, als er den Schock überwunden hatte.

»Ich erhalte dafür meine Tochter zurück«, erwiderte Jack. »Überdies verdienen wir am Verkauf deines Entschlüsselungsprogramms weitaus mehr, als uns die Software jemals einzubringen versprach. Das wahre Geschäft beginnt, wenn jeder bei den Chinesen mitzuhören gedenkt. Und möglicherweise erschließt sich mir auf diese Weise auch, wer hinter Mels Entführung steht.«

»Deine Geschäftsmethoden weckten bei mir schon immer Sympathie«, kommentierte George.

Entspannt lehnte sich Jack im Chefsessel zurück. Ohne erneut um Mitleid zu werben, gelang es ihm, die Zustimmung des Partners zu erlangen. Zusätzlich erschlossen sie sich eine bedeutende zukünftige Einnahmequelle sowie die Möglichkeit einer späteren Rache am chinesischen Militär. Deshalb fragte er umgehend nach, ob George für das neuzugründende Unternehmen zur Verfügung stand.

»Worauf du dich verlassen kannst«, antwortete der, ohne eine Sekunde zu zögern.

Jack versprach, den kanadischen Anwalt mit den Formalitäten zu betrauen.

****

Unser Ausflug in die chinesische Geschichte – ich vermied, den Gebrauch des Worts Tourismusprogramm – verlief bisher überaus strapaziös. Trotz seiner Lage siebenhundert Kilometer nordöstlich der Hauptstadt präsentierte sich das Wettergeschehen in Shenyang heiß und schwül. Der Schweiß troff mir von der Haut. Der Kaiserpalast der Mandschu, die 1644 das gesamte Land erobert hatten, wies Ähnlichkeit mit dem Pekinger Äquivalent auf. Während sich dort jedoch Touristenhorden scharten, blieben wir hier, bis auf einige chinesische Besucher annähernd unter uns. Fremdenführer Ma erkannte offensichtlich meine Sättigung mit historischen Details und schlug deshalb ein Mittagsmahl in einem Restaurant mit Klimaanlage vor. Für ein solches Begehren fand er bei mir umgehend ein offenes Ohr.

Während wir uns zum Ausgang begaben, klingelte das Mobiltelefon.

Jack wünschte, mich über die aktuellen Entwicklungen zu informieren. Er hielt inzwischen den Entwurf eines Kaufvertrags in der Hand und zeigte Bereitschaft, den Handel abzuschließen, woraus ich schloss, dass der Partner einstweilen hinter ihm stand.

»Und was hat dessen Umdenken bewirkt?«, fragte ich tendenziell aus Höflichkeit denn aus professionellem Interesse heraus. Die Details seiner Geschäfte blieben für mich schließlich ohne Belang.

Geheimnisvoll deutete er an, er habe eine Möglichkeit ersonnen, den Wert der Software für den zukünftigen Besitzer zu minimieren.

Mich befielen Zweifel, ob es ratsam erschien, die Entführer mit Winkelzügen zu verdrießen, immerhin befand sich die Tochter in deren Hand.

Jack beruhigte mich, die Kidnapper sähen sich außerstande, das Strategem nachzuvollziehen. Leider könne er mir telefonisch keine Einzelheiten anvertrauen, versicherte allerdings, erst dieser Entschluss habe George Washington zu einer Zustimmung zu der Transaktion bewogen.

Obgleich mein Interesse fortbestand, verstand ich die Zurückhaltung am Mobiltelefon. Offenbar empfand auch er die Geheimhaltungsmentalität als unbefriedigendes Lösungsmodell. Insofern eine Situation entstehen mochte, die uns, um Mels Befreiung zu erwirken, Informationen auszutauschen zwang. Kurz entschlossen erbot er sich, Herrn Liu mit einem seiner Wundergeräte, das uns zu ungestörter Kommunikation befähige, nach Shenyang zu entsenden.

Wenn schon eine Expedition in die Provinz erfolge, scherzte ich, dann mochte es sich nützlich erweisen, wenn auch ich vor Ort über ein Gerät verfüge, das mir den Standort von Mr. Telefonstimme verriet, wenn er sich erneut in Diskussionen mit ihm erging.

Jack bedauerte, die Entscheidung über ein solches Begehren übersteige seine Kompetenz. Die Verfügungsgewalt über die Geräte liege ausschließlich in der Hand unseres mysteriösen Freundes Max. Da ich die Auffassung vertrat, der erfülle mir zweifellos diesen Wunsch, versprach ich, alles Notwendige in die Wege zu leiten. Liu möge mit sich führen, was immer man mir an Technik zugestand.

Da sich mein Mafiafreund, höflich um Diskretion bemüht, bereits zum Ausgang begeben hatte, nutzte ich die Gunst der Stunde für ein Telefonat mit Max. Ich schilderte ihm die aktuelle Situation, die sich aus dem Aufenthalt in der Hauptstadt der Liaoning-Provinz ergab. Leider sei es mir bisher misslungen, den Aufenthaltsort Zhang Nings zu ermitteln. Gleichzeitig wies ich ihn auf den Vorteil hin, der mir entstünde, wenn ich anlässlich eines weiteren Telefongesprächs dessen Standort möglichst umgehend erfuhr. Insofern sich Max der Beweggrund meines Wunschs erschloss, gewährte er mir die Bitte um technischen Support. Lachend versprach er, seinen Herrn Liu zu ersuchen, die Gerätschaften dem Namensvetter im Dienste Jack Yangs zu übergeben. Er hoffe allerdings, dass uns der nächste Anruf, sofern er mit dem gleichen Gerät erfolge, auf die Spur des Gesuchten führe.

Den Nachmittag verbrachte ich im Hotel mit einem Stadtplan in der Hand, der die Frage aufkommen ließ, in welchem Winkel der Stadt sich Zhang Ning aufhalten mochte. Das Problem bestand in dem Fakt, wir wussten zu wenig über ihn: Hobbys, kulinarische Vorlieben, sportliche Betätigung. Er mochte sich überall verbergen, und das in Shenyang, immerhin einer Millionenstadt. Außerdem vermochte niemand zu sagen, ob er sich zu alternativen Orten begab. Während ich mich hier, ihn zu erspähen, bemühte, delektierte er sich möglicherweise in einer Pekinger Bar an einem hippen Drink. Verdrossen starrte ich den Stadtplan an. In Ermangelung einer Alternativoption fasste ich den Entschluss, von morgen an durchkämmte ich systematisch sämtliche Viertel der Stadt.

Mein ortskundiger Führer, Herr Ma, hatte mir für den Abend eine weitere Essenseinladung angedroht. Der erwehrte ich mich zwar mit dem Hinweis auf im Hotel wartende Arbeit, doch bewahrte mich das nur vor dem heutigen Bankett. Am morgigen Tag würde er mir erneut die Gastfreundschaft erweisen, welche die Mafia traditionell Besuchern angedeihen ließ.

Zum Abendessen verzehrte ich ein frugales Mahl im Coffeeshop und trank dazu ein Bier. Auch das chinesische Destillat blieb heute unberührt.

Stattdessen teilte ich nach dem Mahl die Stadt in Suchgebiete auf. Den nächsten Tag plante ich in Tiexi, dem Viertel jenseits der Eisenbahn, zu verbringen. Dort erwarteten mich verfallende Industriebetriebe und herunterkommende Arbeiterblocks. Die Antwort auf die Frage, warum ich dort die Suchaktion begann, verschloss sich auch mir.

Ich überlegte soeben, in welchem Stadtviertel sich die Suche fortsetzen ließ, als ein weiterer Anruf Jacks die Gedankenflut unterbrach. Seine Intonation vermittelte Empörung und Verdruss zugleich, woraus ich schloss, er habe ein unerquickliches Telefonat mit Mr. Telefonstimme geführt.

Zunächst berichtete er, die Anwälte in Vancouver warteten inzwischen mit einem unterschriftsreifen Vertragswerk auf, das auch der Rechtsvertreter Hammalas akzeptiere. Offensichtlich war auch Mr. Telefonstimme diese Entwicklung bekannt. Er forderte Jack auf, den Vertrag mit seiner Unterschrift zu versehen und per Kurier an ein Hotel in Tianjin zu übersenden.

Als Jack allerdings zu wissen begehrte, wann mit Mels Freilassung zu rechnen sei, verfiel Mr. Telefonstimme in schweigende Kontemplation. Die Befreiung erfolge erst, nachdem er den Vertrag in Händen halte.

Einer solchen Vorgehensweise versperrte sich Jack vehement. Falls notwendig, zeige er sich zu einem Treffen bereit, übergebe das Vertragsdokument jedoch erst zu einem Zeitpunkt, wenn er das Töchterlein in den Armen hielt. Offensichtlich entwickelte sich aus der Auseinandersetzung ein spannungsgeladener Disput. Bevor der zu eskalieren drohte, bot ihm sein Gegenüber die Übersendung eines Ohrläppchens des Mädchens an. Wie sollte Jack reagieren? Eine Verstümmelung Mels durfte er unter keinen Umständen riskieren.

Schließlich fanden sie einen Kompromiss: In den nächsten Tagen sei ein direktes Telefongespräch zwischen Vater und Tochter geplant.

»Du musst ihn aufspüren, bevor er sich an Mel vergeht«, flehte Jack in annähernd tränenseliger Intonation.

Leider hatte Mr. Telefonstimme bei dem Anruf nicht das bereits bekannte Mobiltelefon benutzt,sondern einen Festnetzanschluss, der sich aufgrund der Umleitung über die Tianjiner Relaisstation allerdings kaum zurückverfolgen ließ. Immerhin zeichnete sich auf diese Weise ein weiterer Punkt, die Stadt Tianjin, in der Angelegenheit ab.

Kapitel 23

Anstatt wie ursprünglich intendiert sämtliche Stadtbezirke Shenyangs nach dem Gesuchten zu durchkämmen, wartete ich am Vormittag im Hotel auf die Ankunft Herrn Lius. Der traf um die Mittagszeit sowohl mit diversen Geräten als auch mit einem nagenden Hungergefühl ein. Das unterzogen wir im Hotelrestaurant unverzüglich einer Therapie. Gesättigt begleitete er mich in meine Luxussuite, wo er mich in der Bedienung der Elektronik unterwies. Die Handhabung der Verschlüsselungskommunikation gestaltete sich trivial, das Ortungsgerät zu bedienen, bedurfte hingegen einiger Übung, die mir Herr Liu jedoch umgehend angedeihen ließ. Zudem erbot er sich, mehrere Tage in Shenyang zu verweilen, um zu garantieren, dass ich mich der Geräte würdig erwies.

Anschließend weihte ich ihn in meine Strategie der Suche nach Zhang Ning ein. Woraufhin er zu bedenken gab, ein Ausländer, der die Straßen in unübersehbar suchender Absicht durchstreife, ziehe möglicherweise Aufmerksamkeit auf sich. Um die Ausländernase vor der Neugier der Passanten zu verbergen, ersannen wir einen Plan, der zusätzlich meiner Bequemlichkeit Rechnung trug. Wenn ich das Antlitz unter einem Motorradhelm verbarg, blieb die charakteristische Ausländerphysiognomie verhüllt. Zudem verlieh mir das Fahrzeug mehr Bewegungsraum und befähigte mich, weiter entfernte Stadtviertel anzusteuern. Verblieb die Frage, wo sich ein Motorrad beschaffen ließ. In der Hoffnung, dass Familie Ma mir auch in dieser Hinsicht Hilfe angedeihen ließ, rief ich Ma Junior an und trug ihm mein Ansinnen vor. Nach einer kurzen Phase der Kontemplation sicherte er mir bis zum morgigen Tage Unterstützung zu. Er erwarte mich um neun Uhr früh in der Lobby des Hotels.

Nachdem die Mission somit als abgesichert galt, legte mir Herr Liu eine Bilderserie des gesuchten Zhang Nings vor. Obgleich die

Bildqualität zu wünschen übrig ließ, erkannte ich auf den Fotos einen Herrn in dunklem Zwirn, dessen Miene äußerste Entschlossenheit erkennen ließ. Namentlich der mitleidlose Blick beförderte die Sorge um Mels Unversehrtheit. Degoutiert legte ich die Darstellungen zur Seite und wandte mich wieder meinem Unterstützer zu. Ich trug ihm den Plan für die morgige Suchaktion vor. Auf einem Stadtplan hatte ich bereits die zu durchstreifenden Stadtviertel markiert.

»Und welcher Umstand beflügelt deine Hoffnung, dort auf den Gesuchten zu stoßen?«, merkte Liu kritisch an.

»Glück, Schicksal, Instinkt …«, entgegnete ich, fügte jedoch siegesgewohnt an: »Wenn wir die gesamte Stadt durchkämmen, sollte er sich zweifellos aufspüren lassen. Möglicherweise ziehen wir zusätzlich meine Mafiafreunde hinzu. Die erweisen sich zumindest als intime Kenner der Heimatstadt. Gewiss ist ihnen hier jedes Schlupfloch bekannt.«

In Ermangelung einer Alternative stimmte Liu mir zu.

Am nächsten Morgen erwartete mich – wie versprochen – Ma Junior in der Lobby des Hotels. Nachdem ich ihm Herrn Liu vorgestellt hatte, fuhr er uns zu einem befremdlichen Ladengeschäft, das sich dem Schrotthandel zu verschreiben schien. Überall auf dem Hof erspähten wir verbeulte Karossen. Im Inneren des düsteren Verkaufsraums fanden sich gebrauchte Fahrrad-, Motorrad- und PKW-Teile aufgereiht. Ich wähnte bereits, Ma erwarte von mir, dass ich mir selbst ein Gefährt zusammenschraube. Dessen Interesse galt jedoch zunächst anderen Artikeln. In einer Ecke legte er mir Lederbekleidung und Motorradhelme vor. Dem Leder entströmte zwar ein muffiges Odeur, gleichwohl fanden wir sowohl für Herrn Liu als auch für mich eine passende Lederkluft, die mein Mafiagönner umgehend ohne eine Bezahlung in Erwägung zu ziehen in den Wagen verlud.

Sodann begaben wir uns auf eine Fahrt quer durch die Stadt, die am Stadtrand in Form einer heruntergekommenen Industrieruine ein Ende fand. Nachdem es Ma mithilfe eines mitgebrachten Schlüssels das Tor zu öffnen gelang, fuhren wir zwischen aufgelassenen Werkhallen zu einem Schuppen, dessen Tor einer Einladung gleich offenstand.

Im Dämmerlicht des Raums erkannte ich mit Mühe ein zwar altes, gleichwohl auf Hochglanz poliertes Motorrad mit Beiwagen russischer Provenienz. Ma erläuterte mir kurz die Bedienung, dann legte ich die Lederkluft an. Zunächst ohne Beifahrer begab ich mich auf eine Probefahrt. Auf dem das gesamte Gelände durchschneidenden Weg nahm ich mit Hochachtung die Beschleunigung des altertümlichen Vehikels wahr. Allerdings erlag ich offenbar dem Geschwindigkeitsrausch, denn als ich einem Schlagloch auszuweichen suchte, geriet ich ins Schleudern, woraufhin ich samt dem Gefährt in einem schlammigen Loch eine hinlänglich weiche Landung vollzog. Als ich mich schlammverschmiert, gleichwohl unverletzt erhob, tröstete ich mich mit dem Gedanken, dass das Kraftrad inzwischen den im Shenyanger Stadtverkehr anzutreffenden Fahrzeugen glich. Im Schritttempo fuhr ich zum Schuppen zurück, in dem Liu erheitert meine überragenden Fahrkünste pries. Mittels eines Lappens säuberten wir notdürftig Armaturen und Sitz.

Auch Liu legte jetzt die Lederbekleidung an und begab sich umgehend auf Probefahrt. Nach zehn Minuten kehrte er ohne erlittene Blessuren zurück. Frohgemut argumentierte er, in Zukunft übernehme er den Fahrersitz; mir wies er den Beiwagen zu.

Zum Dank luden wir Ma Junior in einem nahegelegenen Restaurant zu einem frugalen Mahl. Angesichts der intendierten Suchaktion entsagten wir zum Essen dem Alkohol. Während der Mahlzeit brachte ich ein weiteres Anliegen vor. Ich fragte Ma, ob potenziell die Möglichkeit bestand, unserer Suche durch die Entsendung zusätzlicher Familienmitglieder Unterstützung zu gewähren. Ma gab zu bedenken, das Familienunternehmen befinde sich zurzeit in einer Phase der Ausweitung der Geschäftstätigkeit, weshalb der

Personalbestand vorübergehend Restriktionen unterliege. Gleichwohl erbot er sich, befreundete Familien um Beistand zu ersuchen. Allerdings bat er um Verständnis, ein solcher Beschluss erfordere eine Beratung der Oberhäupter der betroffenen Familienclans.

Nach dem Mahl verabschiedete er sich. Nebenbei merkte er an, er informiere mich über die Entscheidung des Familienrats. Liu und ich setzten die Helme auf und begaben uns auf den Weg ins Suchgebiet. Dort fuhren wir in gemächlicher Fahrt von Arbeiterwohnblocks gesäumte Straßenzüge ab, wobei ich sämtliche Passanten einer detaillierten Inspektion unterzog. Doch erspähte ich nirgends ein Individuum, das auch nur entfernte Ähnlichkeit mit dem gesuchten Zhang Ning aufzuweisen schien. Allenfalls erblickte ich ermattete Lohnarbeiter, die nach der Arbeit müde der heimischen Wohnung entgegenstrebten, hier noch einen Einkauf erledigten und sich dort in einem Plausch mit der Nachbarschaft übten. Anschließend weiteten wir die Suche auf die westlich der Eisenbahn gelegenen Industrieviertel aus, wo wir allenfalls Radfahrer oder LKWs erspähten. Von dem Gesuchten keine Spur. Als sich die Dämmerung über die Stadt zu senken begann, unterbrachen wir die Mission und fuhren zum Hotel zurück.

Dort stellte Herr Liu das Motorrad in der hintersten Ecke der Tiefgarage ab. Zunächst suchte ich prioritär die Dusche auf und spülte den verbliebenen Schlamm vom Körper ab. Danach delektierte ich mich an einem Schluck des großzügigen Geschenks der Familie Ma. Am Abend labte ich mich gemeinsam mit Herrn Liu an den Spezialitäten eines stadtbekannten Restaurants. Während der gesamten Mahlzeit schweifte mein Blick in der Absicht Zhang Ning zu erspähen über die Gästeschar. Schließlich verspürte der gewiss ebenso zuweilen ein Hungergefühl, das sich in einem Speiselokal stillen ließ.

Am nachfolgenden Morgen nahmen wir die Suche wieder auf, gleichwohl abermals ohne Erfolg. Notgedrungen weiteten wir die Suchmission auf andere Stadtgebiete aus.

Am Abend des dritten Tages, wir kehrten soeben ins Hotel zurück, erreichte mich ein Anruf Jacks.

»Er hat mir heute ein kurzes Gespräch mit Mel gewährt«, teilte mir der überglückliche Vater mit. »Laut Max führte eine Ortung endlich zum Erfolg. Zumindest kennen wir jetzt annäherungsweise den Aufenthaltsort Mels«, fügte er beseelt hinzu. Nach Beendigung des Telefonats, fühlte ich mich Max zu kontaktieren versucht. Doch traf mich jäh die Erkenntnis, dass auch ich inzwischen ein Ortungsgerät besaß, mit dessen Hilfe sich der Aufenthaltsort des Entführers ermitteln ließ. Das hatte ich in einem Anfall von Einfältigkeit mitzuführen versäumt. Umgehend nahm ich das Gerät zur Hand und in der Tat zeigte es die Koordinaten des Gesuchten an. Eiligst bat ich Herrn Liu in meine Suite.

»Ich benötigte Hilfe«, fügte ich hinzu.

Als er nach wenigen Minuten den Raum betrat, bat ich ihn einen Blick auf das Ortungsgerät zu werfen, das uns vorgeblich den Aufenthaltsort Mels verriet.

»Die Zahlen hier verhelfen mir zu keinem Erkenntnisgewinn«, kommentierte ich mein Begehren lapidar.

»Wenn wir die Daten auf eine Karte projizieren, erschließt sich uns das gesuchte Gebiet«, erwiderte Liu, während er die Koordinaten in seinen Laptop einzutippen begann. Dort leuchtete unverzüglich ein Stadtplan Shenyangs mit einem leuchtenden roten Punkt im Süden der Stadt jenseits des Hun-Flusses auf.

»Dort setzen wir bei der Suche an«, jubilierte Liu und schritt umgehend zur Tat.

Eiligst legten wir die Motorradkleidung an und fuhren mit dem Lift ins Kellergeschoss. Inzwischen bereits versiert lenkte er das schwere Gerät zur Brücke über den Hun. Das Viertel, das wir dort betraten, wurde überwiegend landwirtschaftlich genutzt. Nur vereinzelt tauchten zwischen den Bauernhäusern Fabriken auf. Die meisten hatten die Produktion eingestellt. Da mich Zweifel beschlichen, Mel in einer der Bauernkaten zu erspähen, wähnte ich ihren

Aufenthaltsort in einer der aufgelassenen Hallen. Doch galt es, bedachtsam vorzugehen. Schreckten wir die Entführer auf, barg das Risiken für das Mädchen. Deshalb erachteten wir Verstärkung als opportun.

Gleichwohl stimmte ich mit Liu überein, zunächst gelte es, uns einen Überblick zu verschaffen. Möglicherweise vermochten wir die Zahl der zu durchsuchenden Immobilien zu reduzieren. Straßenzug um Straßenzug fuhren wir das Viertel ab und notierten auf dem mitgeführten Plan die Lage jedes potenziellen Verstecks. Leider kamen etwa vierzig Objekte in Betracht, eine Zahl, die mir den enormen Suchaufwand in Erinnerung rief.

Da wir keine Perspektive sahen, zu zweit in der Nacht Mel aufzuspüren und das Risiko, die Entführer zu warnen stieg, fuhren wir zurück.

Kaum im Hotel angekommen, rief ich Ma Junior an und brachte ihm mein Begehren zu Gehör.

»Wir grenzten das Suchgebiet ein. Erstmals bietet sich eine reelle Chance, auf das Mädchen zu stoßen. Gleichwohl stehen wir vor dem Problem, dass zwei Personen, Liu und ich, zu wenig sind, die Zahl der potenziellen Aufenthaltsorte zu limitieren. Bitte ersuchen Sie den Familienrat um mehr Personal. Ich gehe von der Annahme aus, dass Jack Yang Ihre Unterstützung zu schätzen weiß und deshalb möglicherweise in Zukunft eine umfassendere Zusammenarbeit in Erwägung zieht.«

Meine Rede zeitigte Wirkung. Nach dreißig Minuten rief er zurück und teilte mir mit, dass uns am morgigen Tag ein komplettes Truppenkontingent zur Verfügung stünde. Um die Helfer in die Aufgaben einzuweisen, trafen wir eine Verabredung um acht Uhr morgens unweit der Brücke über den Hun.

Sodann erstellten wir Kopien von Zhang Nings Konterfei. Für jeden Unterstützer galt es, ein Exemplar mitzuführen. Ebenso planten wir Bilder Mels zu verteilen, um zu garantieren, dass sich jedermann das Aussehen des Mädchens erschloss.

Danach entwarfen wir eine Strategie, wie sich die Mission erfolgreich bewältigen ließ. Das Auftreten einer größeren Gruppe drohte die Entführer zu warnen. Zudem bestand das vornehmliche Ziel in dem Bemühen, die Anzahl potenzieller Verstecke einzugrenzen.

Basierte das Vorgehen der Kidnapper auf einem strategischen Plan, befand sich der Aufenthaltsort des Mädchens gewiss nicht innerhalb eines Dorfs. Dort zögen die Entführer zweifellos die Aufmerksamkeit der Bewohner an. Weiterhin präferierten sie möglicherweise einen Ort, der ihnen im Fall einer Entdeckung ein reibungsloses Entkommen verhieß. Deshalb analysierten wir die Verkehrswege zu jedem potenziellen Versteck und grenzten die Zahl der Aufenthaltsorte weiter ein.

Zudem lenkte uns die Erwägung, die Entführer verbargen sich nicht nur vor uns, sondern auch vor den Dorfbewohnern, auf die Notwendigkeit den Suchtrupp einer Tarnung zu unterziehen. Dessen Teilnehmer mussten sich mit der dörflichen Umgebung assimilieren, bis Kleidung und Habitus dem ländlichen Ambiente entsprach.

Um ihm die Überlegungen zu vermitteln, führte ich ein weiteres Telefonat mit Ma, der ohne zu zögern versprach: »Morgen gebieten Sie über eine komplette Bauernarmee.«

In der Gewissheit, alle Eventualitäten seien bedacht, telefonierte ich mit Jack. Offenbar fand auch er keinen Schlaf. Trotz vorgerückter Stunde nahm er nach dem ersten Klingelton den Hörer ab.

»Hallo, Jack«, begrüßte ich ihn. »Erstmalig erkenne ich am Ende des Tunnels Licht. Wir grenzten inzwischen die Lage des Verstecks deiner Tochter ein. Mit tatkräftiger Hilfe der Familie Ma spüren wir sie möglicherweise morgen auf. Sollte dich der Entführer ein weiteres Mal kontaktieren, musst du auf ein Gespräch mit ihr bestehen. Das versetzt uns in die Lage, die Position des Aufenthaltsorts zu ermitteln, um einen Zugriff in die Wege zu leiten. Lacht uns das Glück, darfst du sie in Kürze in die Arme schließen.«

Im Überschwang der Gefühle plante er, umgehend nach Shenyang zu eilen. Um das Vorhaben zu unterbinden, warnte ich ihn, für ihn gelte es, zu Hause jederzeit für ein Gespräch mit Mr. Telefonstimme zur Verfügung zu stehen.

»Wenn uns das Schicksal gewogen bleibt, erringen wir morgen den entscheidenden Sieg«, bekundete ich. Als ich das Telefonat beendete, fragte ich mich allerdings, ob ich womöglich voreiligem Optimismus erlag. Bisher verfügten wir allenfalls über eine vage Vorstellung, in welchem Gebiet sich Mel möglicherweise befand. Welcherart Reaktion bot sich an, wenn uns der Entführer mit einer Waffe entgegentrat oder ihm eine Flucht mit dem Mädchen gelang?

Um meine Nerven zu beruhigen, schenkte ich mir einen Whisky ein. Da auch Herr Liu einer Stärkung zu bedürfen schien, schloss ich ihn in das Therapieprogramm mit ein. Insofern der morgige Tag jedoch die volle Aufmerksamkeit zu erfordern versprach, verabschiedeten wir uns danach ins Bett.

Bereits um sieben Uhr bestiegen wir das Krad. Liu lenkte es zu dem vereinbarten Treffpunkt am nördlichen Ufer des Hun. Dort beschlossen wir einen Posten zu stationieren, der die Brücke im Auge behielt. Schließlich bestand die Möglichkeit, dass Zhang Ning über das Bauwerk fuhr. Reiste er jedoch in einem Automobil mit abgedunkelten Scheiben, entging er unserer Aufmerksamkeit.

Um sieben Uhr dreißig trafen sowohl einzeln als auch in kleinen Grüppchen die ersten Truppenteile ein. Ma Junior hatte die Helfer in der Tat dem Anlass entsprechend ausstaffiert. Einer trug einen Sack, wie Bauern ihn benutzen, um ihre Produkte zum Markt zu transportieren. Ein anderer zog einen Maulesel am Zügel. Fahrräder, Schubkarren und einfache Karren fanden sich im Arsenal. Zudem hatte Ma die Mitglieder mit Walkie Talkies ausgestattet. Auch für Liu und mich stellte er jeweils ein Gerät zur Verfügung. Überdies führten sämtliche Teilnehmer Waffen mit, zwar nur Messer und Dolche, doch bewiesen sie immerhin Wehrhaftigkeit. Auch die Kleidung der Truppe zeigte sich der Umgebung angepasst. Einzig die Fortbewegungsweise wies sie als Stadtbewohner aus. Deshalb übten wir zunächst den bäuerlichen Gang, schlurfend und zuweilen gebeugt.

Anhand des Stadtplans erläuterten wir die Vorgehensweise. Ich teilte die etwa dreißig Männer in drei Gruppen auf und wies jeder spezifische Objekte zu, die es zu durchsuchen galt. Gleichwohl drängen nur einige in die Gebäude ein. Um ein Entfliehen der Entführer im Keim zu ersticken, postierten wir die anderen an einer vorgegebenen Position. An Fahrzeugen verfügten wir über einen Kleintransporter sowie einen japanischen PKW. Sollten die Geiselnehmer eine Flucht mit Kraftfahrzeugen in Erwägung ziehen, nahmen wir umgehend die Verfolgung auf. Hinlänglich mit der Strategie vertraut, begaben sich die Truppenteile einzeln oder in kleinen Gruppen ins Einsatzgebiet.

Da ich in dieser Umgebung als Ausländer Aufmerksamkeit auf mich zog, trug ich abermals die Lederbekleidung mit einem Helm, der meine Ausländernase verbarg.

Wir ließen den Unterstützern einen Vorsprung, denn die meisten bewegten sich zu Fuß. Sodann bestiegen Herr Liu und ich das Krad und begaben uns zum ersten zu durchsuchenden Objekt, einer aufgelassenen Fabrik am nordwestlichen Rand des Einsatzgebiets. Um möglichst wenig Aufmerksamkeit zu erregen und keines der freilaufenden Hühner zu überfahren, durchquerten wir die Dörfer mit reduzierter Geschwindigkeit.

Am Ziel angekommen, verbargen wir das Motorrad im spärlichen Gebüsch. Sodann postierten wir Wachen an jedem vorbestimmten Punkt, bevor drei Zweiergruppen das Gelände betraten, um es einer Inspektion zu unterziehen. Da die ehemalige Fabrik aus zahlreichen Werkhallen und Nebengebäuden bestand, währte es annähernd zwei Stunden, bis die Männer wieder erschienen. Sie berichteten, sie hätten zwar keine Personen erspäht, doch einen Raum entdeckt, der als Unterschlupf zu dienen versprach.

Offenbar handelte es sich um eines der ehemaligen Büros, in

dessen Ecke fanden sich Säcke und alte Decken aufgetürmt. Gleichwohl wies nichts auf den Aufenthalt eines Entführungsopfers hin.

Enttäuscht wies ich dem Trupp das nächste zu inspizierende Objekt auf der Karte zu, eine alte Lagerhalle unweit unseres derzeitigen Aufenthaltsorts. Auch dort gingen wir in vergleichbarer Weise vor: platzierten Wachen an markanten Punkten, bevor jeder Späher die Hallen einer Inspektion unterzog, doch leider abermals ohne Resultat.

Als mich ein Anruf Mas informierte, er versorge uns in Kürze mit Lunchpaketen, legten wir eine Pause ein. Erwartete ich ein frugales Mahl, beglückte er uns mit einem Drei-Gänge-Menü, begleitet von Riesenportionen Nudeln oder Reis. Er hielt sich nur wenige Minuten bei uns auf, dann nahm er umgehend die Belieferung der übrigen Gruppen auf.

Nach der üppigen Verpflegung legten sich die Kameraden zu einem Verdauungsschlaf ins karge Gras. Ich nutzte die Zeit, um die anderen Truppenteile einer Inspektion zu unterziehen. Insgesamt hatten wir von den circa vierzig potenziellen Objekten bisher nur sieben durchsucht. Damit stand uns eine Tage während Suchmission bevor. Um die Anzahl der zu durchsuchenden Gebäude zusätzlich einzugrenzen, studierte ich in der Absicht, die vielversprechendsten auszuwählen, erneut das Kartenmaterial. Da jedoch keines wesentliche Vorzüge gegenüber den übrigen aufzuweisen schien, entschied ich in Absprache mit Herrn Liu entsprechend des ursprünglich festgelegten Plans vorzugehen.

Am späten Nachmittag stießen wir auf einen überraschenden Fund. Eines der Gebäude, die wir einer Inspektion unterzogen, zeigte sich durch ein solides Vorhängeschloss geschützt. Was verbirgt sich dort?, drängte sich die naheliegende Frage auf. Um das zu klären, sahen wir uns gezwungen, das Schloss aufzubrechen. Um das zu arrangieren, besorgte ein Abgesandter der Familie Ma eine schwere Zange, mit deren Hilfe sich die Kette sprengen ließ. Hoffnungsfroh betraten wir das befremdliche Versteck. Statt jedoch auf Mel zu stoßen, fanden wir nur hochpreisige elektronische Produkte vor, offensichtlich Schmuggel- oder Diebesgut, das hier einer Verteilung zu harren schien.

Umgehend verständigte einer der Männer das Ma'sche Familienoberhaupt. Um sich der Ware zu bemächtigen, entsendete er am Abend beziehungsweise in der Nacht einen LKW.

Am späten Nachmittag konstatierte ich, auch der heutigen Suche blieb der Erfolg versagt. Deshalb beschloss ich bei Einbruch der Dämmerung eine Unterbrechung der Mission. Gleichwohl schien es mir angeraten, einige Wachen in dem Gebiet zu belassen, um Zhang Ning zu ergreifen, sollte er sich ins Zielgebiet begeben. Allerdings erachtete ich es als opportun, der nächtlichen Patrouille nur ausgeruhte Männer zuzuweisen. In einem weiteren Telefonat mit Ma signalisierte er Bereitschaft, eine Ablösung zu organisieren.

Als die kurz nach Einbruch der Dunkelheit die Szene betrat, sprach ich eine Essenseinladung an die Tagesschicht aus. Allerdings zogen die Kämpfer ein häusliches Mahl einem Restaurantbesuch vor. Patron Ma werde sie ausreichend entschädigen, versicherten sie. Ein Bonus, der sich aus dem Verkauf des Diebesguts finanzieren ließ, mutmaßte ich.

Müde und desillusioniert fuhren wir zum Hotel zurück und delektierten uns nach einer ausgiebigen Dusche im Hotelrestaurant an einem üppigen Mahl.

Anschließend telefonierte ich erneut mit Jack, dem ich die niederschmetternde Nachricht übermittelte, die bisherige Suche nach Mel sei auch heute nicht von Erfolg gekrönt.

»Gestern gabst du dich noch siegesgewiss«, klagte er. »Ein weiterer Tag vergeudet, an dem Mel in den Händen übler Ganoven verharrt.«

Seine Gemütslage zeigte sich insofern getrübt, als sich Mr. Telefonstimme heute jeglichen Telefonkontakts enthielt.

Ich rief ihm erneut in Erinnerung, anlässlich eines Telefonats mit dem Entführer möge er auf einem Gespräch mit der Tochter bestehen.

Vom unzureichenden Schlaf der letzten Nacht sowie der aufreibenden Suche erschöpft, begab ich mich umgehend zu Bett.

Kapitel 24

Am Morgen traf ich mit Herrn Liu abermals zu nachtschlafender Zeit kurz nach sieben Uhr am Treffpunkt nördlich des Hunufers ein. Nachdem sich die gesamte Gruppe dort versammelt hatte, wies ich den Männern die aktuell zu durchsuchenden Objekte zu, dann setzten wir die Mission ins Werk. Gleichwohl blieb uns bis zur Mittagszeit weiterhin ein Erfolg versagt. Kein Geißelnehmerversteck, keine Mel, nicht einmal ein Lager mit Diebesgut erspähten wir.

Trotz des Misserfolgs beglückte uns Herr Ma erneut mit einem Drei-Gänge-Menü, wenngleich aus Styroporboxen serviert.

Auch am Nachmittag versagte uns das Schicksal einen entscheidenden Erkenntnisgewinn. Immerhin hatten wir bei Einbruch der Dunkelheit dreißig Objekte durchkämmt. Damit verblieben noch zehn. Hielt sich das Mädchen weiter im Suchgebiet auf, stießen wir am Folgetag gewiss auf sie.

Während sich ein Großteil der Truppe bereits auf den nach Hause Weg begab, summte jählings mein Ortungsgerät. Als ich von Nervosität erfüllt die Anzeige in Augenschein nahm, gewahrte ich, dass sich der Anrufer in unmittelbarer Nähe des gegenwärtigen Standorts befand. Eiligst befahl ich der verbliebenen Gruppe, hier zu verharren, bestieg das Motorrad und gab Gas.

Bei dem Gebäude, das mein Interesse weckte, handelte es sich um eine annähernd fertiggestellte Shoppingmall auf der grünen Wiese, die zurzeit allerdings überwiegend aus Schlammpfützen bestand. In der gegenwärtigen Bauphase werkten Handwerkerkolonnen am Innenausbau der zahlreichen Ladengeschäfte im Erdgeschoss. Aufgrund des regen Bauarbeitervekehrs hatte ich in der Annahme, der aktive Baubetrieb halte die Entführer von einer Nutzung des Gebäudes ab, das Objekt auf der Prioritätenliste nach unten gesetzt. Andererseits hatte ich zu erwägen versäumt, dass es vermöge der betriebsamen Bautätigkeit ideale Voraussetzungen für eine Rückzugsstätte bot.

Als ich auf dem bereits fertiggestellten Vorplatz eine Parkmöglichkeit für das Motorrad fand, bestand überraschenderweise das Signal fort, drang indessen unverkennbar aus dem Inneren des Gebäudes zu mir heraus. Insofern der Gebäudekomplex mindestens fünf Etagen plus möglicherweise mehrere Untergeschosse zu umfassen schien, stand ich vor einem Problem. Das Wissen, in welchem Gebäudeteil sich der Entführer zurzeit befand, blieb mir gleichwohl versagt.

Eiligst rief ich per Mobiltelefon Herrn Liu mitsamt der restlichen Suchkräfte herbei. Im selben Moment verstummte das Ortungssignal, weshalb sich die Frage erhob, ob der Anrufer jetzt den Gebäudekomplex verließ oder dort verblieb. Um eine potenzielle Flucht zu unterbinden, sah ich vorerst von einer Durchsuchung des Gebäudes ab. Stattdessen bezog ich auf dem Parkplatz Wachposition.

Die Verstärkung traf nach wenigen Minuten mit dem Kleintransporter ein, die Nachhut überwand die Distanz zu Fuß. Zunächst teilten wir vier Männer zum Wachdienst an den Ausgängen des Einkaufszentrums ein. Die Übrigen nahmen die Suche im Inneren auf, wobei ich mich den oberen Etagen zuzuwenden erbot. Da noch sämtliche Zwischenwände fehlten, gestaltete sich die Aufgabe mühelos. Es galt lediglich, hinter die zahlreichen Pfeiler zu spähen. Sodann wandten wir uns den Kellerräumen zu. Insofern sich die Räume mit den technischen Anlagen dem Zugang entzogen, durchkämmten wir die Lagerräume und Depots. Jählings drang vom anderen Ende des Flurs ein Geräusch an mein Ohr. Unverzüglich eilte ich auf die Geräuschquelle zu und gelangte an eine unverschlossene, metallene Kellertür. Dort eröffnete sich mir ein Blick auf zwei Gestalten, die ein Mädchen in einen PKW nötigten. Obgleich mir verborgen blieb, ob es sich um Mel handelte, spurtete

ich umgehend die Treppe hinauf. Bevor ich jedoch den Verlade-
platz hinter dem Haus betrat, gab der Fahrer Gas. Da das Motorrad
auf der anderen Seite des Gebäudekomplexes stand, beobachtete ich zunächst, in welche Richtung das Fahrzeug entschwand.
Dann eilte ich zu dem Gefährt und nahm die Verfolgung auf. Da ich
auf höchste Geschwindigkeit beschleunigte, gewahrte ich soeben
noch in der Ferne, wie sich das Fluchtfahrzeug nach Westen zu
entfernen begann. Insofern der PKW dem Motorrad gegenüber an
Tempo Überlegenheit bewies, befürchtete ich bereits, ich verliere
den Kontakt. Doch führte die Fahrt in ein nahegelegenes Bergmas-
siv. Auf den kurvenreichen Straßen verkürzte sich zusehends die
Distanz. Auf einer kurzen Geraden holte ich auf. Vor mir leuchteten
die Rücklichter des Fluchtfahrzeugs auf. Da zu befürchten stand,
dass die Entführer meine Scheinwerfer erspähten, löschte ich das
Licht. Einen Moment fuhr ich annähernd blind in die Dunkelheit.
Doch gewöhnten sich die Augen allmählich an das Dämmerlicht.
Dank des Vollmonds am Firmament erahnte ich zumindest den Stra-
ßenverlauf. Sollte sich allerdings ein Gegenstand auf der Straße
befinden, verblieb für Bremsmanöver keine Zeit.

Vorzugsweise hätte ich per Mobiltelefon Herrn Liu um Unterstützung ersucht, doch insofern zu befürchten stand, dass ich die
Kontrolle über das Motorrad verlor, falls ich eine Hand vom Lenker
nahm, sah ich von dem Ansinnen ab. Die Verfolgungsjagd währte
bereits annähernd eine Stunde, als jählings ein Bremslicht vor mir
aufzuleuchten begann. Offensichtlich bogen die Entführer von der
Straße ab. Als ich die Stelle erreichte, reduzierte auch ich die Geschwindigkeit. Dabei offenbarte sich mir eine Abzweigung auf einen
schmalen Weg. Der führte zunächst einen steilen Hang hinauf. Da
aufgrund des Bergmassivs das Mondlicht das Laub der Bäume nur
diffus durchdrang, sah ich mich erneut die Scheinwerfer einzuschal-
ten gedrängt. Keine Sekunde zu früh, konstatierte ich, als der Weg
jählings eine Biegung nach links beschrieb.

Danach öffnete sich eine freie Fläche, auf der rechten Seite von einem steilen offensichtlich zu einem Steinbruch gehörenden Hang überragt.

Insofern sich den Entführern erschloss, hier eröffnete sich keine Fluchtmöglichkeit, hielten sie auf die andere Steinbruchseite zu. Dort schlängelte sich ein Pfad empor, der ihnen offenbar ein Entkommen verhieß. Sorgsam Felsbrocken ausweichend folgte ich dem Fluchtfahrzeug. Als ich jedoch die Steigung erklommen hatte, wurde ich Zeuge eines dramatischen Unfallgeschehens. Möglicherweise durch ein Ausweichmanöver ausgelöst, geriet das Fahrzeug ins Schleudern und stürzte über die Klippe des Hangs. Umgehend hielt ich das Motorrad an und eilte auf den Abgrund zu. Hatte mich die Befürchtung erfüllt, der Wagen sei in die Schlucht gestürzt, erwies sich die Annahme verfrüht. Der PKW lag seitlich auf einem schmalen Grat. Gleichwohl drang kein Lebenszeichen zu mir herauf. Während ich noch mit Blicken die Szene einer Inspektion unterzog, gewahrte ich, wie sich eine Hand aus dem hinteren Seitenfenster schob, gefolgt von einem weiblichen Oberkörper, den es mir als Mel zu identifizieren gelang. Mühsam kletterte sie aus dem auf der Seite liegenden Fahrzeug heraus, stürzte jedoch kopfüber auf den Felsabsatz. Auf allen vieren kriechend entfernte sie sich eiligst vom Fahrzeugwrack.

Allerdings erwachten jetzt auch die Entführer aus der Regungslosigkeit. Auf der Fahrerseite erschien im Seitenfenster ein Oberkörper gefolgt von einer Hand, die eine Pistole hielt. *Oh Gott, der schießt auf Mel*, schoss mir ein furchterregender Gedanke durch den Kopf. Insofern sich das Mädchen völlig schutzlos darzubieten schien, sprang ich, ohne die Risiken zu bedenken, hinab und bot ihr mit meinem Körper Schutz. In diesem schicksalhaften Augenblick vollzogen sich mehrere Ereignisse zugleich: Der Fahrer feuerte Schüsse ab, verfehlte jedoch sein Ziel, wodurch allerdings das Fahrzeug ins Wanken geriet, ob durch die Bewegungen des Schützen ausgelöst oder aufgrund der Bemühung des Beifahrers, sich dem Automobil zu entwinden, verschloss sich mir. Wie in Zeitlupe kippte der Wagen in die Schlucht. Nach gefühlten Minuten drang von unten ein Aufprallgeräusch zu uns herauf.

Aus Furcht oder einem Schockimpuls heraus schreckte das Mädchen auf. Dabei lösten sich einige Steine am Rand des Schlunds, weshalb ihr ein Sturz bevorzustehen schien. Da ich sie weiterhin schützend in den Armen hielt, verlor auch ich das Gleichgewicht. Glücklicherweise blieb uns ein Absturz in die Schlucht erspart, stattdessen landeten wir unsanft auf einer Stufe zwei Meter unter dem Grat. Da in dem Abschnitt die Breite nur knapp fünfzig Zentimeter betrug, klammerten wir uns an Zweigen fest. Allerdings hatte sich Mel, ob aufgrund des Sturzes oder des Unfalls Verletzungen zugezogen.

»Ich verliere jegliche Wahrnehmung im Bein«, klagte sie.

Durch die Jeans versuchte ich zu erfühlen, ob dem Leiden ein Knochenbruch zugrunde lag. Obgleich mir die endgültige Gewissheit fehlte, konstatierte ich: »Die Knochen scheinen intakt.« Gleichwohl befanden wir uns in einer annähernd aussichtslosen Situation. Ohne Hilfe von außen bot sich keine Möglichkeit, den Hang zu erklimmen, zumal Mel fehlende Kraft in den Beinen zu beklagen begann. Zunächst zog ich sie zu einem Abschnitt am Fels, der aufgrund der Breite mehr Geborgenheit verhieß. Sodann sann ich über Mittel und Wege nach, wie sich eine Errettung arrangieren ließ. Insofern wir Hilfe von außen benötigten, tastete ich nach dem Mobiltelefon. Doch fand ich zu meinem Schrecken die Brusttasche der Lederjacke leer. Hatte sich das Gerät beim Sturz gelöst? War es in die Schlucht gestürzt, befanden wir uns in einer ausweglosen Situation. Ich kroch zu der Stelle, auf der wir die unsanfte Landung vollzogen, und suchte im Zwischenraum des Gerölls sowie im kargen Gebüsch. Ohne das Objekt zu erspähen, robbte ich auf den Abgrund zu, tastete mit der Hand darüber hinaus. Endlich erspürte ich zwischen dürren Zweigen und einem Felsen eingekeilt das gesuchte Gerät. Behutsam reckte ich die Fingerspitzen nach ihm vor. Bemüht, einem Absturz zu entgehen, bewegte ich mich zentimeterweise nach vorn, bis ich das begehrte Objekt in Händen hielt.

Zunächst kehrte ich zu Mel zurück. Dann kontaktierte ich Herrn Liu. Statt eines umfassenden Berichts zu Verfolgungsjagd schilderte ich die verzweifelte Situation, die uns in einem Steinbruch gefangen jeglichen Fluchtweg zu versperren schien. Als ich jedoch darzulegen versuchte, an welchem Ort sich das Unglück vollzog, reichte Liu das Handy an Herrn Ma. Als ich ihm die zurückgelegte Fahrtstrecke beschrieb, erschloss sich ihm, als intimem Kenner der Region, der derzeitige Aufenthaltsort.

»Wir benötigen sowohl einen Krankenwagen als auch einen Arzt. Und führen Sie nach Möglichkeit Seile oder lange Gurte mit. Die Bergungsaktion erfordert zweifellos Bergsteigergeschick. Wir kauern auf einem schmalen Grat am oberen Steinbruchrand. Insofern Mel ernsthafte Verletzungen erlitt, bitte ich, uns umgehend zu Hilfe zu eilen.«

Uns stand eine bange Wartezeit bevor, in der mich Mel zunehmend mit Sorge zu erfüllen begann. Allmählich verlor sie in den Beinen jegliches Gefühl. Als ein Frösteln den weiblichen Körper durchlief, breitete ich schützend die Lederjacke über ihr aus.

Nach annähernd zwei Stunden gewahrten wir in der Talsohle endlich Scheinwerferlicht; die Rettung traf ein. Mittels der Lampe des Mobiltelefons lenkte ich ihre Aufmerksamkeit auf uns. Der Wagen benötigte mehrere bange Minuten, bis er die Steigung überwunden hatte. Oben angelangt, spähten die Rettungskräfte über den Rand.

Ich bedeutete dem Rettungsteam, eine Annäherung mit einem Bergsteigerseil, erweise sich zweifellos als Methode der Wahl. Ein Helfer band sich ein Seil um den Leib, dann ließen die anderen ihn zu uns herab. Umgehend unterzog er Mel einer medizinischen Inspektion. Nach seiner Mimik zu schließen, missfiel ihm der erste Befund vehement.

Als ich jedoch das Resultat der Untersuchung zu erfahren begehrte, erwiderte er nur mit besorgtem Mienenspiel, für eine abschließende Diagnose fehle ihm die notwendige medizinische Apparatur.

Mittels zweier Seile ließen die Sanitäter eine Bahre vom oberen Steinbruchrand herab. Vorsichtig betteten wir Mel, die glücklicherweise unter keinerlei Schmerzen zu leiden schien, auf dem Gestell. Sorgfältig banden wir sie fest, dann zogen sie die Helfer hinauf. Ein weiterer Arzt nahm eine neurologische Untersuchung vor, überprüfte Reflexe sowie Pupillenkontraktion.

Inzwischen war auch Herr Liu mit zwei Männern der Ma-Familie eingetroffen. Einer erbot sich, das Motorrad zu überführen, ein Umstand, der mir Gelegenheit, zu Mel in den Rettungswagen zu steigen, gab, der sich umgehend mit Blaulicht gleichwohl ohne Martinshorn in Bewegung zu setzen begann.

Unterwegs rief ich Mels Vater an und erstattete ihm Bericht. Allerdings hatte ihn Herr Liu bereits informiert.

»Jack, leider fühle ich mich dich zu unterrichten gedrängt, dass Mel auf der Flucht Verletzungen erlitt. Wir befinden uns zurzeit auf der Fahrt ins Krankenhaus. Wenn sich die Mediziner in der Lage zu einer Diagnose sehen, bitte ich den Arzt, er möge in Kontakt mit dir treten.«

Am anderen Ende setzte betretenes Schweigen ein. Als er die Contenance zurückzuerlangen schien, suchte ich ihn mit den Worten zu besänftigen: »Ich übergebe das Telefon an Mel.«

»Hallo, Paps, ich habe endlich die Freiheit zurückerlangt!«

Die Stimme der Tochter zu vernehmen, trug maßgeblich zu seiner Beruhigung bei. Als sie jedoch in epischer Breite die Geschichte ihrer Gefangenschaft auszubreiten begann, unterbrach der Arzt: »Bitte fassen Sie sich kurz. Sie bedürfen jetzt vornehmlich der Regeneration.«

Deshalb übernahm ich das Gerät und kündigte an, ihn über das weitere Procedere zu informieren, betrachte ich als meine heilige Pflicht. »Du kannst mich jederzeit kontaktieren. Heute Nacht bleibt mir ohnehin der Schlaf versagt.«

Nach Beendigung des Telefonats hielt ich schweigend Mels Hand.

Gegen vier Uhr morgens fuhren wir endlich an der Krankenhausvorfahrt vor. Dort stand ein Ärzteteam bereit, das sich umgehend des Mädchens anzunehmen erbot.

Insofern sich das Bemühen der Mediziner jedoch in einem Raum vollzog, zu dem sie mir den Zutritt verwehrten, schlossen sie mich vom weiteren Geschehen aus.

Im Wartezimmer überwältigte mich offenbar der Schlaf. Gegen acht Uhr morgens rüttelte mich ein Arzt an der Schulter wach.

Noch annähernd orientierungslos lauteten meine ersten Worte: »Befindet sich Mel auf dem Weg der Besserung?«

Mit einem Lächeln auf den Lippen erwiderte er: »Wir haben die Operation erfolgreich zum Abschluss gebracht. Es besteht begründete Hoffnung, dass sie die volle Bewegungsfähigkeit wiedererlangt. Gleichwohl erfordert das eine ausgedehnte therapeutische Phase der Regeneration.«

Da sie auf der Intensivstation lag, blieb mir abermals das Besuchsrecht verwehrt. Ich nutzte die Zeit, zu einem Frühstück, das vornehmlich aus Nudelsuppe bestand, in einem der umliegenden Restaurants.

Um elf Uhr erreichte mich ein Anruf Jacks. Der informierte mich, dass er soeben in Janes Begleitung in Shenyang eingetroffen sei. Er begebe sich umgehend ins Krankenhaus.

Als er kurz vor der Mittagszeit gemeinsam mit Jane die Pforte der Klinik durchschritt, suchte er zunächst das Gespräch mit dem behandelnden Arzt. Da er dabei keinen Zeugen benötigte, schlenderte ich durch den Garten des Hospitals. Nach etwa einer Stunde setzte sich Jack neben mich auf eine Bank.

»Sie wird die Verletzungen überleben. Es besteht eine hinlängliche Chance auf vollständige Rekonvaleszenz. Allerdings liegen Monate der Therapie vor ihr. Der Arzt empfahl, sie in eine Klinik in

Kalifornien zu verlegen. Das dortige Spezialistenteam verfüge über ausreichend Erfahrung in angepasster Bewegungstherapie. Da ich sämtliche Unternehmen in China veräußern will, traf ich auf dem Flug die Entscheidung, nach Amerika zu übersiedeln. Das Leben in diesem Land verliert allmählich jeglichen Reiz.«

»Hast du das auch reiflich durchdacht?«, warf ich ein.

»Dazu besteht keine Notwendigkeit. Der Entschluss steht unwiderruflich fest.« Insofern er zu registrieren schien, dass mir die Rettung seiner Tochter gelungen war, fuhr er fort: »Oh, bitte verzeih, ich vergaß, dir zu danken, dass du die Befreiung Mels aus den Händen der Entführer ins Werk gesetzt hast.«

»Gleichwohl trug ich maßgeblich zu ihrer Verletzung bei«, räumte ich freimütig ein. »Ich vertrete die Überzeugung, die zog sie sich beim Sturz von der Klippe zu.«

Sodann schilderte ich die Katastrophe am Steinbruchrand. In der Absicht, sie vor den Kugeln der Kidnapper zu schützen, habe ich mich auf sie gestürzt. Daraufhin sei ein Teil des Abhangs abgerutscht, der uns mit in die Tiefe riss, glücklicherweise nur auf einen Vorsprung am Hang.

Jack legte eine Hand auf meinen Oberarm: »An der Verletzung trägst du keine Schuld. Dein Sprung erfolgte zweifellos in der Absicht, sie vor einer Schussverletzung zu bewahren. Ich sehe dich weiterhin als ihren Retter an.«

»In welcher Verfassung befindet sie sich zurzeit?«, lenkte ich das Gespräch von der leidigen Schuldfrage ab.

»Sie ist aus der Narkose erwacht. Allerdings gewähren die Ärzte nur einem Elternteil das Recht zum Verweilen am Krankenbett. Jane beharrt auf der Forderung, dass ausschließlich sie dort Wache hält.«

»Hast du am gestrigen Abend gegen acht Uhr längere Zeit mit ihr telefoniert?«, wechselte ich erneut das Sujet.

»Ja, Mr. Telefonstimme bewies überraschend Großzügigkeit.«

»Dieser Umstand versetzte mich in die Lage, den Standort zu orten. Wir hatten das Suchgebiet eingegrenzt, deshalb befand ich mich unweit seines Aufenthaltsorts. Wären wir einige Minuten früher an dem Gebäude angelangt, hätten wir ihn dort gefasst.«

»Herr Liu und der junge Ma verfolgten ihn bis zu einem militärischen Sperrgebiet im Norden der Stadt. Leider blieb den beiden dort der Zutritt verwehrt. Gleichwohl hat Ma Wachen postiert.«

»Dann befand sich Zhang Ning nicht bei Mel im Fluchtfahrzeug?«

»Dass müssen Gehilfen gewesen sein.«

»Die ihre Beteiligung an der Missetat durch einen Sturz in die Tiefe büßten.

Glaubst du, dass es uns Mr. Telefonstimme zu ergreifen gelingt? Schließlich vermag er in einem Fahrzeug versteckt aus dem Sperrgebiet entfliehen.«

»Selbst wenn er mir entgeht, trifft ihn mein rächender Donnerkeil. Die Vernichtungsstrategie gewinnt allmählich Kontur, die ersten Schritte erfolgten bereits. In Vancouver übergab George die Baupläne des Kryptofons. Allerdings benötigen sie zur Produktion der Geräte mindestens ein Jahr. Deshalb überließen wir ihnen einhundertsechzig Exemplare unseres Verschlüsselungsmobiltelefons. Bei jedem Gespräch hören wir in Zukunft mit.«

»Was erhoffst du dir, wenn du den Funkverkehr verfolgst?«

»Oh, ich persönlich zeige wenig Interesse an der Konversation eines Truppenkontingents. Deren Feinde jedoch umso mehr. Wo glaubst du, werden die Geräte eingesetzt?«

»Schätzungsweise beim Militär.«

»Exakt. Unserer Analyse zufolge, vornehmlich bei der Marine im asiatischen Raum. Südkoreaner, Japaner, Taiwanesen, Vietnamesen, Philippinos und andere wüssten gern, was der Gegner im Schilde führt. Welches Schiff läuft wann welche Insel an? Auf derartige Fragen im Voraus die Antwort zu kennen, versetzt dich in die Lage, Vorkehrungen zu treffen. Mit solchen Geräten eröffnen wir sämtlichen Anrainerstaaten die Chance, Hinterhalte zu planen, beispielsweise rechtzeitig Flottenteile zusammenzuziehen, um Überlegenheit zu demonstrieren.«

»Ist der heutige militärische Funkverkehr denn nicht bereits codiert?«

»Gewiss, doch lassen sich die bisherigen Codes dechiffrieren.
Allerdings benötigt das wertvolle Zeit. Sofern sie in Zukunft auf
herkömmliche Codierung verzichten, verfügen wir über die Informationen ohne Zeitverzug.«

»Damit fügst du dem chinesischen Militär in der Tat enormen
Schaden zu. Doch auf welche Weise übst du Rache an Zhang Ning
und seinem Verbrecherteam?«

»Früher oder später wird die Marine meines ach so aggressiven
Vaterlands wähnen, dass sie einem Irrtum erlag, als sie sich im
Vertrauen auf die Kryptofone in Sicherheit wog. Dann wird sich die
Frage erheben, woher man die Geräte bezog. Sofern dann aller
Finger auf Zhang Ning weisen, findet er sich umgehend mit einem
Erschießungskommando konfrontiert.«

»Doch endet dann auch der Nutzeffekt deiner Mithörstrategie.«

»Die erachten wir ohnehin zeitlich beschränkt. Das Modul, das uns
ein Mithören erlaubt, findet sich nur in den übergebenen Geräten
verbaut. In die Schaltpläne integriert, hätte sich die Manipulation
offenbart.«

»Also endet die Überlegenheit spätestens, wenn sie eigene Kryptofone produzieren.«

»Die lassen uns in Taubheit zurück. Gleichwohl gehen wir von der
Annahme aus, dass sie auch denen misstrauen. Dann üben sie auf
den Einsatz Verzicht. Damit wäre der Status quo wiederhergestellt.«

»Hegst du keine Befürchtung, dass sich die Spur bis zu dir verfolgen lässt?«

»Bis dahin lebe ich längst in Amerika.«

»Der Arm der chinesischen Geheimdienste reicht bekanntlich
überaus weit. Und dennoch wiegst du dich dort in Sicherheit?«

»Auch dazu besteht bereits ein Plan, der allerdings noch einer
Modifizierung bedarf.«

»Offenbar handelst du in der Intention, das chinesische Militär, zumindest die Marine, lahmzulegen, ein Akt, der dir gewiss die innige Feindschaft der Regierung einzutragen verspricht.«

»Diese Gefahr akzeptiere ich. Überdies prognostizieren wir einen bemerkenswerten Nebeneffekt. Wenn sie sich von der Wirksamkeit der Methode überzeugen, verzichten sie zweifellos auf eine zusätzliche Codierung. Damit entbinden sie den Gegner von der Notwendigkeit einer Dechiffrierung.«

»Und wenn der über eure Mithörgeräte verfügt, lauscht er in Echtzeit jeglicher chinesischer Kommunikation. Ein Traumziel, das jeden Geheimdienst vor Neid erblassen lässt.«

»Gleichwohl besteht noch ein relevantes Problem. Wer tritt an die Gegenseite heran? Mir verbietet sich ein Auftritt auf der Bühne des Militärs. Zwar bestünde die Möglichkeit, über Verbündete Kontakt aufzunehmen, doch benötigen wir für die Verhandlungen eine dritte Partei.«

»Ich hoffe, du setzt keine Hoffnungen auf mich.«

»Du erfüllst die Funktion in idealer Weise. Als Europäer besitzt du in Asien ausreichend Glaubwürdigkeit. Zudem denke ich, was den Verhandlungsort betrifft an Länder wie Österreich oder die Schweiz. Beide liegen in deiner unmittelbaren Nachbarschaft.«

»Auf diese Weise verwandle ich mich in ein international gesuchtes Subjekt.«

»Nein, keineswegs. Du führst nur Gespräche mit einem subalternen Emissär. Du demonstrierst die Möglichkeiten des Mithörgeräts. Wenn dein Verhandlungspartner dem geheimen Funkverkehr der chinesischen Marine lauscht, zeigt er sich gewiss zum Kauf bereit. Dann übergibst du ihm für fünfzehntausend Dollar das Gerät und versetzt ihn so in die Lage, Kontakt mit uns aufzunehmen. Den Rest übernehmen wir.«

»Und warum hältst du dich selbst im Hintergrund?«

»Mein Bekanntheitsgrad vor allem in Asien zwingt mir Zurückhaltung auf.«

Zwar hatte mich Jack noch lange nicht überzeugt, gleichwohl versprach ich, eine Unterstützung in Erwägung zu ziehen.

In den nachfolgenden Tagen ließen wir das heikle Thema unberührt. Am Wochenende trat ich den Rückflug an. Zum Abschied überreichte mir Jack ein Päckchen, das eines seiner Kryptofone enthielt.

»So bleiben wir in Zukunft diskret in Kontakt«, kommentierte er.

Kapitel 25

In die Heimat zurückgekehrt ließ ich zunächst die Erlebnisse im Steinbruch hinter mir, ein Wunsch, der nur unzureichend Erfüllung fand. Immerwährend stieg Mels Bild vor dem inneren Auge auf, wie sie gelähmt an der Abbruchkante lag. Immerhin erhöhte Jack nach einigen Tagen meinen Kontostand, indem er den Betrag von einhunderttausend Dollar überwies. Für wenige Wochen Recherchearbeit ein exorbitantes Honorar.

Danach traten die Ereignisse in den Hintergrund, andere Aufträge erforderten meine Aufmerksamkeit.

Nach zwei Monaten erreichte mich ein Anruf Jacks, der sich auf einer Dienstreise in München befand. Als er mich um ein Treffen bat, willigte ich aus alter Freundschaft ein. Wir trafen uns in seinem Hotel, wo sich die Bar für eine Konversation anempfahl.

Ein Glas Single Malt in der Hand berichtete er, Mels Rekonvaleszenz schreite zügig voran. Sie weile mit Jane in einer Klinik in den USA.

»Die Ärzte dort bewirken wahre Wunder an ihr. Leider misslang es bisher, Zhang Ning zu erspähen, insofern er sich offenkundig an einem unbekannten Ort dem Zugriff entzieht.«

Von Neugier erfüllt fragte ich: »Bezahlte er dir jemals die Million zurück?«

»Wenige Tage, nachdem ich ihm die Pläne übergab, traf die Zahlung ein. Zumindest in diesem Punkt bewies er Aufrichtigkeit.«

»Dennoch quält dich weiterhin ein Rachegefühl. Zweifellos hoffst du, die Entführung deiner Tochter bleibe nicht ungesühnt.«

»Erinnerst du dich an den Plan, die Kommunikation der chinesischen Marine zu kontrollieren?«

Stumm nickend erahnte ich bereits, welchem Ziel die Frage galt.

Umgehend offenbarte er mir, er stehe mit einem ersten Interessenten für die Abhörgeräte in Kontakt. Doch gelte es einen Weg zu finden, wie sich die Übergabe realisieren ließe, ein Unterfangen, bei dem er vorzugsweise nur im Hintergrund die Fäden zog. Gleichwohl hoffe er auf Mithilfe meinerseits. Meine Aufgabe bestehe in dem Bemühen, ein Treffen mit einem Herrn zu arrangieren, dem es die Funktion des Geräts zu erläutern galt. Gegen Zahlung von fünfzehntausend Dollar überlasse ich ihm sodann das begehrte Objekt. Damit sei der Auftrag erfüllt. Für spätere Lieferungen erübrige sich ein persönlicher Kontakt. Der Kontaktmann stamme aus Taiwan und gelte als überaus diskret.

»Und wo findet das Treffen statt?«, fragte ich, ein Fehler, der mein latentes Interesse bewies.

»In Zürich«, antwortete Jack sogleich. »Über Zeitpunkt und Übergabeort verständigen wir uns per Telefon.«

Nach dem dritten Glas Single Malt bewegte er mich zur Übernahme der Mission. Von Freude erfüllt bestellte er für sich ein Bier und entschuldigte sich kurz. Ich wähnte, er suche die Toilette auf. Als er jedoch nach zehn Minuten wieder den Barhocker bestieg, erläuterte er mir die Übergabedetails. Offensichtlich hatte er in der Hoffnung, ich stehe zu meinem Wort, mit dem Kontaktmann Einigkeit erzielt.

»Ich habe soeben ein Hotelzimmer in Zürich gebucht, in dem du ab morgen logierst. Übermorgen früh um neun begibst du dich zum Ufer des Sees. Auf jener Bank erwartet dich der Herr.«

Mit diesen Worten reichte er mir eine Skizze des Übergabeorts.

»Wir überließen den Chinesen einhundertvierundsechzig Kryptofone. Die Telefonnummern wurden in die Abhörgeräte codiert. Um die Funktion zu demonstrieren, wählst du so lange eine Nummer zwischen 1 und 164, bis sich eine Verbindung aufzubauen beginnt. Das versetzt dich in die Lage, die Kommunikation der Marine des Reichs der Mitte zu belauschen. Wenn du den Emissär überzeugst, übergibst du das Gerät und nimmst das Geld entgegen. Falls du anschließend Entspannung suchst, gönnst du dir einige Tage Erholung in der Schweiz. Das Hotel wird von mir bezahlt.«

Ich nickte nur stumm.

Als er kein Wort des Widerstands vernahm, erläuterte er den langfristigen Plan. Er werde in den nächsten Wochen und Monaten weitere Treffen mit Interessenten terminieren. Deshalb bitte er mich in der soeben beschriebenen Weise vorzugehen. Möglicherweise erfordere der Auftrag eine rege Reisetätigkeit, für die er sich sämtliche Spesen zu übernehmen erbot. Zusätzlich zahle er für die gesamte Mission, welche die Zeitspanne von sechs Monaten nicht überschreite, zweihunderttausend US-Dollar. »Bitte erklär dich auch im Namen Mels zur Übernahme der Aufgabe bereit.

Als ich Einwände erhob, legte er mir beschwichtigend die Hand auf den Arm und versicherte mir seine aufrichtige Dankbarkeit. Am Ende hisste ich geschlagen die Fahne der Kapitulation.

Beim anschließenden Abendmahl in einem bayrischen Restaurant blieb der Auftrag unerwähnt. Stattdessen ließen wir die alten Zeiten auferstehen. Ich erfuhr, dass Jack inzwischen eine Villa an einem kalifornischen Strand erworben hatte. Jane und Mel hielten sich bereits dort auf. Innerhalb Monatsfrist übersiedle auch er endgültig in die USA.

Am Morgen begab ich mich in die Schweiz, wo ich eine exklusive Suite in einem Sternehotel bezog. Am See traf ich mich verabredungsgemäß mit dem avisierten Emissär. Anlässlich der Erläuterung des Geräts überzeugte er sich von dessen Funktion. Probeweise wählte er verschiedene Codes. Bereits bei Nummer zwölf stellte die Apparatur eine Verbindung her, die auf einen chinesischen Kreuzer hinzudeuten schien.

Befremdet registrierte er, das Schiff gab entgegen sonstiger Gepflogenheiten sowie unter Umgehung der Geheimhaltungspflicht die eigenen Koordinaten preis. Eine beeindruckende Demonstration, welches Vertrauen die Marine in die Kryptofone zu setzen schien. Beglückt stimmte er einer Vereinbarung zu.

Noch am gleichen Tag fuhr ich nach Hause zurück.

In der Folgezeit erhielt ich zuweilen ein Päckchen per Kurier, das weitere Abhörgeräte sowie Anweisungen für ein Treffen enthielt. Jacks Prophezeiung, ich werde mich auf Reisen begeben, bestätigte sich. Eine führte mich nach Helsinki, eine andere nach Paris. Ich flog nach Hongkong und mehrmals nach Singapur. Auch Tokyo und Kuala Lumpur stellten häufige Ziele dar. Meist fand ich an den vorbestimmten Treffpunkten verschwiegene Herren vor. In einem Fall eine überaus reizende ältere Dame, die für ihr Heimatland ein Gerät erwarb.

Jack informierte mich am abhörsicheren Telefon, dass jede Übergabe in der Regel Nachbestellungen nach sich zog. Eines erfuhr ich gleichwohl nie, welche Resultate das Abhören zu erzielen begann. Selbst Jack blieb unbekannt, welcherart Reaktion die jeweilige Aktion heraufbeschwor.

Da Taiwan die ersten Geräte erworben hatte, stellten sich vor dessen Küste die erwarteten Ergebnisse ein. Durch eine Lauschaktion gelang es, mehrere Schmuggelaktivitäten zu vereiteln. Die Fahrten wurden in der Regel von chinesischen Marinebooten geschützt, die gaben in vermeintlicher Sicherheit die eigenen Koordinaten preis.

Obgleich sich mehrfach die Möglichkeit, die feindlichen Schiffe zu entern, bot, schreckten die Taiwanesen vor solch harschen Schritten zurück. Gleichwohl beschlagnahmten sie das Schmuggelgut. Auch sahen sie von öffentlichen Prozessen gegen die Besatzung der Boote ab. Die wurden verschärften Verhören unterworfen und danach zurückgeschickt. Nach wenigen Wochen verzeichneten beide Seiten einen drastischen Rückgang der Schmuggelaktivität.

Auch die Japaner profitierten von der durch die Geräte ermöglichten Lauschaktion. Als sich ein aus drei Schiffen bestehender chinesischer Marineverband einer zwischen den Ländern umstrittenen Inselgruppe anzunähern begann, erwartete ihn eine feindliche Übermacht, der eine Landungsaktion der Nachbarmacht zu vereiteln gelang.

Im Südchinesischen Meer erhob das Reich der Mitte Ansprüche auf zahllose Inselgruppen, die, obgleich weit vom Festland entfernt, dennoch Begehrlichkeiten weckten. Die Strategie bestand in dem Bemühen, dort Brückenköpfe zu errichten. In einer gemeinsamen Aktion mit amerikanischen, vietnamesischen und philippinischen Schiffen schlugen die Insulaner jedoch die Invasoren zurück.

Auch eine Geheimdienstaktion gegen Russland wurde vereitelt. Zwar verfügte das Land über kein Abhörgerät, doch erhielt es eine Warnung von einem japanischen Militärattaché. Die besagte, wann und an welcher Stelle ein chinesisches Kommando in feindlicher Absicht die Grenze überschreiten werde. Als es jedoch den Fuß auf Mütterchen Russlands Erde setzte, wurde die Gruppe festgesetzt. Anders als die Taiwanesen erachteten die Russen einen solchen Akt der Invasion keineswegs als Kavaliersdelikt. In einem aufsehenerregenden Prozess verurteilten sie die Invasorengruppe zu langjähriger Haft, ein Akt, der die Chinesen aufs Heftigste erzürnte, zumal er internationale Aufmerksamkeit auf sich zog.

Jack, der inzwischen in Amerika lebte, schenkte den Vorgängen in Asien weiterhin gesteigertes Augenmerk. Da die Scharmützel um Inselgruppen weithin Interesse in den Anrainerstaaten erregten, erlebte er sie täglich in Fernsehen oder Presse mit. Gleichwohl befürchtete er, die Chinesen schöpften angesichts der zahlreichen erlittenen Niederlagen Verdacht.

Dabei hätte ein Vorkommnis in Vietnam um ein Haar sämtliche Bemühungen torpediert. Das Reich der Mitte unterhielt dort ein Spionagenetz. Da in dem Land zahllose Chinesen lebten, bewegte sich die Volksgruppe relativ unüberwacht. Deshalb schleusten sie einen Herrn namens Tian ins Verteidigungsministerium ein. Der berichtete hinfort von den Strategien des asiatischen Staats. Um die Nachrichten zu übermitteln, bediente er sich eines Kryptofons. Als er Gerüchte von einer Wunderwaffe vernahm, setzte er eine Meldung an sein

Hauptquartier ab. Das wies ihn zu einer eingehenden Recherche in der Angelegenheit an. Aufgrund der Kommunikation mit Peking geriet er ins Visier des vietnamesischen Geheimdienstapparats. Der nahm ihn fest und unterzog ihn einem verschärften Verhör. Anstatt ihn jedoch vor einen Richter zu zitieren, behielten sie ihn in Haft, während ein eigener Mann den Kontakt mit China aufrechterhielt. Um den Gegner zu verwirren, setzte der hinfort Falschmeldungen ab. Obgleich die Funktion der angeblichen Wunderwaffe weiterhin unbekannt blieb, weckte die Aktion bei den Verantwortlichen in Peking gleichwohl Zweifel an der überraschenden Verwundbarkeit.

Allerdings ging die Marineführung von der Annahme aus, die fortgesetzten Niederlagen resultierten aus einer Spionageaktion. Deshalb nahmen sie umgehend Nachforschungen auf und schickten sich an, vornehmlich in der Marine jeden Stein umzudrehen. Solange Unwissenheit herrschte, wer das Vaterland verriet, beschränkten sie sämtliche Marineaktionen auf ein Mindestmaß.

Das führte zu einer dramatischen Reduktion des Funkverkehrs, ein Faktum, das in Asien nicht unbemerkt blieb. Deshalb erreichte Jack über Mittelsmänner die Nachricht, die Kunden seien aufgrund der gesunkenen Effektivität besorgt.

In einem Telefonat bat er mich umgehend zu ihm nach Amerika. Folglich bezog ich erneut in einer Yang'schen Villa Quartier. Die Reise gab mir Gelegenheit, Jane und Mel wiederzusehen.

Als er bei einem Bier im Garten seiner Sorge um nachlassenden Funkverkehr Ausdruck verlieh, rief ich ihm in Erinnerung, die Chinesen benutzten die Kryptofone weiterhin. Somit setzten sie offensichtlich noch Vertrauen darauf. Der Rückgang der Kommunikation beruhe deshalb auf einem anderen Sachverhalt. Möglicherweise hegten sie Verdacht bezüglich einer gegnerischen Spionageaktion. Gleichwohl stand zu befürchten, dass der gestörte Informationsaustausch in den Fokus einer Untersuchung geriet. Früher oder später verstummte er ohnehin.

Die geheimdienstliche Mission, die in der Entlarvung von Spionen bestand, wurde fortgesetzt und kostete etliche Kapitäne den Rang. Gleichzeitig traten Bestechung, Unterschlagung und Korruption ans Tageslicht. Zwar zog man nicht alle gefundenen Übeltäter zur Verantwortung, doch lichteten sich die Reihen beim Militär. Allerdings fehlte weiterhin ein Beweis für eine Spionagetätigkeit.

Notgedrungen nahm die Marine ihre Tätigkeit wieder auf, die in überfallartigen Aktionen bestand. Die endeten jedoch überwiegend desaströs.

Namentlich ein Einsatz resultierte im Verlust von Matrosen und Kriegsmaterial. Ein Zerstörer nahm Kurs auf eine zwischen Japan und China umstrittene Inselgruppe, an der ihn allerdings eine Flotte feindlicher Schiffe zu umzingeln verstand. In einem gewagten Manöver ergriff der Kapitän die Flucht. Als das Wasserfahrzeug auf ein Riff geriet, schlug es Leck. Bei der Rettungsaktion ertranken mehrere Matrosen. Zudem fielen dem Gegner strategische Dokumente sowie Waffen in die Hand. In einer Kampagne ohnegleichen prangerte die Propaganda des Reichs der Mitte die Aggressivität der Imperialisten an. Es folgte eine Verschlechterung der Beziehungen zwischen den Staaten. Der Botschafter in Japan wurde zurückberufen, Protestbriefe ausgetauscht. Kurz, man griff auf das gesamte diplomatische Protestarsenal zurück.

Daraufhin nahm im Pekinger Marinehauptquartier ein qualifiziertes Team die Analyse sämtlicher fehlgeschlagener Missionen auf. Im Zuge der Untersuchung offenbarte sich ein offenkundiger Zusammenhang zwischen erlittenen Niederlagen und der Verwendung der Kryptofone. Offenbar lösten die das Datenleck aus, weshalb ihr Einsatz hinfort unterblieb.

Gleichzeitig erforschten die Militärs die Quelle, aus der man die Geräte bezogen hatte. Dabei stießen sie auf General Jiang und seinen Helfer Zhang Ning. Im Lauf der Untersuchung traten auch frühere Verfehlungen auf Seiten der zwei ans Licht. In einem geheimen Verfahren verurteilte man sie zum Tod und exekutierte sie im Morgengrauen des Folgetags.

Allerdings legte sich ein Schleier der Geheimhaltung über die Angelegenheit. Nicht einmal Zhang Nings Gattin erfuhr von der Erschießung des Ehemanns.

Als die gesamte Kommunikation mit den Geräten zum Erliegen kam, lag auf der Hand, das Militär hatte die Manipulation durchschaut. Gleichwohl stand zu befürchten, China nehme in der Folge die Eigenproduktion auf. Da sich jedoch niemandem die Funktionsweise erschloss, untersagte der Generalstab eine Herstellung im Land.

Auch Jack begriff, dass die Episode hiermit ein Ende fand. Zwar blieb ihm das Ausmaß des Schadens auf chinesischer Seite unbekannt, doch sah er angesichts der zahlreichen Pressemeldungen Mel hinlänglich gerächt.